Diseño de cubierta: Mario Muchnik

Foto de contracubierta:
© Carlota Subirós

Anaya & Mario Muchnik,
Juan Ignacio Luca de Tena, 15, 28027 Madrid.
ISBN: 84-7979-185-3
Depósito legal: M. 23.224-1994

Título original: *La rosa del desert*

Esta edición de
La rosa del desierto
compuesta en tipos Garamond de 11,5 puntos en el ordenador de la editorial se terminó de imprimir en los talleres de
Closas-Orcoyen, S. L.,
Polígono Industrial Igarsa, Paracuellos de Jarama (Madrid)
el 25 de agosto de 1994.
Impreso en España — Printed in Spain

Pep Subirós

La rosa del desierto

Versión castellana
del autor

Anaya & Mario Muchnik

La rosa del desierto

A Lali

Itinerario

0

Hamdi, Nabil e Ismail duermen bajo las tripas del camión. Said y Colombo reposan a la sombra espinosa de la acacia junto a la que hemos hervido y comido nuestra *chorba* de cada día. Los cinco están exhaustos, al límite de sus fuerzas. También yo lo estoy, aunque tal vez no tanto como ellos. No hago más que dejarme llevar. Quizá contribuyan a mantenerme despierto la tensión y la curiosidad, a veces el miedo, por no hablar de este calor metálico, reseco, compacto, despiadado.

Hace ya cuatro días que salimos de Djanet, un pequeño oasis situado en lo más hondo del desierto argelino, en el vértice que forma la línea fronteriza con Libia y Níger. Viajamos en dos vehículos: un gran camión, un Berliet de veinte toneladas, potente, seguro, tranquilizador, amorosamente cuidado por Ismail, el mecánico, sabiamente conducido por Said y sorprendentemente orientado por Alí, *alias* Colombo, nuestro guía tuerto; y un viejo Toyota todo terreno, un cacharro desquiciado y cochambroso que algún día fue azul y que ahora recorre su último trayecto, hacia el desguace final, y con el que Hamdi, un joven de diecinueve años, trata de superar su reválida como conductor trans-sahariano.

El viaje debía durar tres días, me dijeron, pero hasta hoy no cubriremos, si no surgen nuevos problemas, la mitad de los mil quinientos kilómetros que separan Djanet de Ouargla, vía Amguid, por el corazón del Sáhara, siguiendo y al mismo tiempo ignorando unas *pistas* intransitables. Muy poco después de partir se rompió el disco del embrague del Toyota y tardamos un día en repararlo. Luego, hemos avanzado sin grandes contratiempos pero, entre la extrema dureza del camino y las paradas ordinarias –comer, rellenar los depósitos de los vehículos con el combustible almacenado en grandes bidones, preparar el té, dormir–, y las extraordinarias –desarenar el Toyota y, a veces, el Berliet, ayudar a unos camiones averiados con los que nos cruzamos hace un par de días, la cacería de gacelas de ayer…–, el hecho es que nuestro promedio es muy modesto y, al mismo tiempo, agotador. En fin, nada grave. Aquí, las previsiones y las indicaciones de distancia, en el tiempo y en el espacio, son siempre muy relativas. Quienes van hacia algún lugar podrían ir a cualquier otro. Yo también. Nadie tiene prisa por llegar a ninguna parte. Yo tampoco. Lo importante es llegar, algún día. Cuándo y dónde, esto es lo de menos. Llegar, saludar a los parientes, a los amigos, dormir bien un par de noches, cargar agua y víveres… Y después, volver a partir.

Este mediodía nos hemos detenido, para descansar y comer, en un paraje que es una especie de compendio de los espacios saharianos. Nos hallamos en medio de una pequeña sierra áspera, quebrada, calcinada. El camión ha parado junto a un *oued* donde malviven tres acacias y algunos matojos amarillentos. El cauce seco del viejo río es un mosaico de piedras de colores aplanados, casi borrados por el sol, sobre un lecho de arena anaranjada. Hemos dejado atrás una llanura pedregosa, al oeste del Tassili N'Ajjer. Hacia el nordeste podemos distinguir ya las dunas y arenales del Erg Tifernine. Escultóricas, sensuales, seductoras, las dunas, estas grandes putas del desierto, avanzan poco a poco, implacablemente, extendiendo su dorado velo mortal. Un par de cuervos, uno negro, blanco el otro, planean por encima de nosotros describiendo grandes círculos, al acecho.

Tres o cuatro kilómetros antes de detenernos hemos pasado a escasa distancia del chasis descarnado de una furgoneta Volkswagen. Poco después, Said ha debido maniobrar bruscamente para no aplastar una tumba de piedras, aparentemente reciente, en uno de cuyos extremos se alzaba una cruz construida con un par de finas y relucientes barras metálicas.

Ahora, mientras mis compañeros duermen, no dejo de preguntarme por el extraño poder de seducción del desierto, esa omnipresente e inseparable mezcla de pavor y de fascinación.

Supongo que sí, es todo lo que tantas veces ha sido dicho ya: la terrible belleza de los espacios yermos e inabarcables, la maravilla y el terror de la infinitud, el alargamiento del tiempo, la quietud, el silencio, la soledad... Aunque tal vez la fascinación no sea más que uno de los nombres del narcisismo: del orgullo, de la vanidad de sentirse vivo en unas condiciones extremas, de descubrir recursos insospechados en el interior de uno mismo. Sí, también, pero hay algo más. O algo menos. Quizá lo que nos abruma, lo que nos aterra y nos seduce, sea más una negación que una afirmación, más una ausencia que una presencia. Quizá sea la ausencia de signos y símbolos, de carteles y de anuncios, de ídolos y de banderas, de promesas y de esperanzas. Llegar, finalmente, a una certidumbre y a una claridad absolutas. El desierto como plenitud del vacío, como negación de todas las ilusiones. La vida en estado puro: frágil, feliz, absurda, plena, vulnerable. El infinito presente en cada instante. Vivir ahora es vivir siempre, pues no hay antes ni después. Eso es todo. Tal vez haya una historia, pero nadie la dice, no está escrita en parte alguna. Sólo las piedras guardan callada memoria del pasado. Sólo los geólogos pueden descifrarla. Al igual que en el camino hacia Tamara, una de las *ciudades invisibles* de Italo Calvino, aquí el ojo sólo ve cosas –piedras, arena, rocas, un árbol solitario bajo el viento, más piedras y más arena–, no signos, no figuras de cosas. El oído sólo oye ruidos. Los del viento, o el suave aleteo de estos grandes cuervos que vuelan y vuelan esperando nuestra muerte. Nada representa nada. Lo que es, simplemente es.

Incluso los espejismos tiemblan, en las grandes llanuras arenosas, como fuegos fatuos, allá a lo lejos, escenificando la veleidad de toda representación.

No, no es cierto. De vez en cuando, algunas presencias grotescas –el chasis calcinado de un vehículo, la negra corteza de unos neumáticos reventados, las ruinas redondeadas de un viejo fuerte militar...– actúan como señales. Señales de derrota, de presencias soberbias, insolentes, rechazadas, vencidas por un orden natural implacable, avasallador. Viejas ciudades coloniales duermen bajo la arena, por los siglos de los siglos. Vanidad de toda conquista. Tranquila inevitabilidad de la derrota. Seductora melancolía de la muerte. Vasta, muda y concisa enciclopedia del nihilismo.

Para un turista accidental como yo, melancolía, romanticismo y literatura. Para quienes pasan aquí media vida, rutina, sol, sequía, piedras, viento, arena y polvo.

¿A quién pertenece el desierto?

A todos y a nadie.

A los nómadas, hasta hace poco. Es decir, en esta zona, a los tuaregs. Pastores, comerciantes, guerreros, piratas, viejos príncipes del desierto, dueños de un imperio sin ciudades ni plazas fuertes. Gente en movimiento continuo, sin otro techo que las estrellas. Gente que no paga impuestos. Gente que se burla de toda otra autoridad terrenal que no sea la de sus padres y abuelos. Gente que no busca más que vivir y sobrevivir, que no pretende imponer nada, que no espera nada, que conoce todo aquello que es esencial y que habla poco y con modestia. Su saber y su movilidad son su único poder y su principal riqueza. Gente cada vez más escasa. Combatidos por los gobiernos. Vencidos por los camiones, arruinados por la sequía.

¿De quién es el desierto?

De los Estados que hoy se disputan sus minas y yacimientos, discutiendo líneas invisibles y pretenciosas sobre centenares de miles de kilómetros cuadrados de rocalla y arenales, líneas rectas y volátiles dibujadas por las antiguas potencias europeas. Cuando sopla el viento, el cielo se llena de viejas fronteras huérfanas de soldados que las vigilen.

¿De quién es el desierto?

De los gendarmes, de los ingenieros, de los agentes de viaje, de los contrabandistas, de los turistas. Pequeñas o grandes ciudades crecen junto a nuevos pozos de petróleo o a antiguos palmerales. Durante los últimos treinta años, el Sáhara marroquí y argelino ha visto cuadruplicar su población. Al mismo tiempo, el desierto avanza. Los camiones y las furgonetas han sustituido las viejas caravanas camelleras y están eliminando a los nómadas. Y sin nómadas, el desierto cada día es más desierto. Día a día el viento y la arena sepultan pistas, pozos, casas, oasis enteros.

En torno a las fronteras entre Argelia, Mali y Níger, un puñado de tuaregs irreductibles libran desesperadas batallas –¿las últimas?– contra unos Estados enfrentados en todo menos en su común recelo hacia los nómadas.

Otros intentan adaptarse con mayor o menor éxito a la vida sedentaria. Algunos venden alfombras, abalorios y bisutería. Otros conducen Toyotas, calzan zapatillas Nike o Reebok y miran la hora en sus Swatch, mientras pasean turistas por unos territorios que sólo ellos conocen, como si hubiesen sido suyos, aunque jamás han sido ni serán de nadie. Otros permanecen sentados y miran, como si esperasen algo, o a alguien.

El desierto, tierra de todos y de nadie.

Este libro es la crónica de un viaje por Marruecos y Argelia durante la primavera de 1992.

Soy animal de asfalto, pero quise venir a estos lugares –y dejarme ir por ellos, viajando en autobuses desvencijados, en taxis chirriantes y sobrecargados, en ocasionales camiones de ex contrabandistas– en una modesta encuesta personal contra la fácil descalificación del mundo musulmán bajo el pretexto del integrismo. Ya lo sé, no se cambia el mundo con pequeños gestos. No lo pretendo, pero quería ver y saber, simplemente, algo más que lo que nos venden habitualmente los grandes medios de comunicación.

También quería ver *in situ* algunos de los vestigios culturales prehistóricos –pinturas y grabados del Hoggart y del Tassili N'Ajjer, especialmente– de cuando el Sáhara no era un desierto, sino un hábitat relativamente acogedor. Y de ello no hace tanto tiempo.

He estado y he hablado con la gente, con mucha gente. Gente de todo tipo, como nosotros, la inmensa mayoría más pobres, mucho más pobres que nosotros, pero también más abiertos y hospitalarios. He visto que el integrismo no es más que una estrategia hoy por hoy minoritaria que bebe en la miseria, la injusticia y la desesperanza, que se alimenta de la incomprensión ante el empeoramiento de unas condiciones de vida que ya antes eran durísimas. Una estrategia que sólo tiene posibilidades de prosperar en la medida en que sus gobiernos y nosotros mismos sigamos fomentando esta miseria, esta injusticia, esta desesperanza y esta incomprensión; en la medida en que sigamos contribuyendo a destruir sus formas y medios tradicionales de vida sin ofrecer a cambio más que moneda falsa; en la medida, en fin, en que sigamos utilizando el integrismo como coartada moderna, culta y liberal del eurocentrismo, de la insolidaridad y de la xenofobia.

He visto también algunas de las pinturas y grabados del Tassili N'Ajjer y me atrevo a afirmar que es una de las conmociones más profundas que uno pueda experimentar. Conmoción por la fuerza y la belleza de las imágenes, y por la atmósfera descarnada y brutal de su entorno. Conmoción por la radicalidad de los cambios sufridos por estos territorios en poco tiempo. Hace tan sólo cinco o seis mil años –apenas unos minutos, en términos geológicos– lo que hoy es el corazón del Sáhara era una zona semihúmeda y fértil, una encrucijada de pueblos y culturas altamente sofisticados, con fauna y vegetación abundantes.

Sin embargo, y esto es algo con lo que no contaba, nada es comparable con la hipnótica desolación del desierto profundo, su brutal atracción, su potencia letal, su avance inexorable.

Porque, incluso en el Tassili, el impacto de las pinturas y grabados no deriva tanto de su extraordinaria belleza como de su absoluta incongruencia en un paisaje apocalíptico, hostil, silencioso, ensordecedor, mudo, enmudecedor.

El desierto, imperio del viento, vacuidad del sentido y plenitud del saber, reino de la memoria, del recuerdo y del olvido. Memoria para sobrevivir: memoria de los pozos, de las sombras, de las huellas, de los invisibles caminos; memoria de la mujer, de los hijos, de los amigos, de las plegarias, de las canciones; memoria y olvido de la ciudad, de los signos, de los libros, de los neones; olvido de la sed, del hambre, del tiempo, del peligro, del miedo, de la estupidez, de la envidia, de las traiciones... Memoria de los orígenes. Y del destino.

Atracción de la pureza, de la inocencia, de la simplicidad y, al mismo tiempo, imposible vuelta atrás. Plenitud y angustia de una vida libre de *gadgets* y accesorios. Insoportabilidad de la existencia pura, desnuda y dura. Silencio, limpieza, quietud, inocencia, o sea, locura. Brutalidad y grandeza y, por tanto, miedo. Infinidad y, por ello, desesperanza y lasitud. Imposible reconciliación con el vacío, con la muerte, omnipresentes.

La escritura como refugio, como resistencia y como rebelión. Necesidad de dar significado y sentido a aquello que no tiene ninguno, a aquello que simplemente es. Lucha contra la desesperación, contra la ausencia de sentido y de lenguaje. Vanidosa afirmación de la vida, del yo, ante la potencia de la muerte, frente a la certidumbre de la nada.

No era un viaje programado para escribir un libro. No me ha ocurrido nada extraordinario y, sin embargo, cada día es un pequeño milagro. La escritura ha ido surgiendo y tomando forma imprevistamente.

No se trata en absoluto de una guía de viaje, ni pretende ser la explicación de un país o de una historia.

El itinerario seguido no tiene, a menudo, otra lógica que la disponibilidad de transporte entre dos puntos, o la conversación ocasional y el consejo de alguien recién conocido. Sabía que quería permanecer unos días en Marrakech y, después, dirigirme hacia Argelia y descender lentamente hacia el Hoggart y el Tassili N'Ajjer, y poca cosa más. Era un viaje, pues, confiado en buena parte al azar, antes de conocer el proverbio berebere: *Le hasard est toujours mieux qu'un rendez-vous.**

Si las notas que he ido tomando a lo largo de un par de meses se me están imponiendo como un libro se debe, creo, a que de esta suma de azares acaba por emerger un canto coral en el que, sobre el fondo dramático de la pobreza y la picaresca, de unas situaciones políticas tensas, alienadas y alienantes, así como de unas condiciones extremas de vida en una naturaleza sobrehumana y homicida –una naturaleza que ha llegado a ser homicida en parte por los cambios climáticos pero en buena parte también por la propia acción devastadora de los humanos–, destaca una melodía general de amabilidad y hospitalidad de una calidad extraordinaria.

No he podido dejar de recordar, en muchos momentos, situaciones de mi pueblo natal durante los años 50. Yo también me había acercado –impelido tanto por la curiosidad como por la esperanza de obtener algo tangible– a los extranjeros que entonces empezaban a menudear, y de esta manera hice mis primeras armas en francés y mis primeras monedas.

Después, a nosotros las cosas nos han ido muy bien, en algunos aspectos. Hemos subido al tren de los países *desarrollados* y ahora miramos por encima del hombro a los desgraciados que se han quedado en el andén, un andén cada vez más lejano. Nos hemos hecho ricos, liberales y democráticos, y hemos olvidado rápidamente nuestro pasado, incluso el más reciente. Ahora, cerramos puertas y fronteras a quienes quieren vivir como nosotros, seguir nuestro camino. No, no somos racistas, ¡qué va!, pero en Europa no cabemos todos.

Olvidar todo aquello que no nos conviene, que nos avergüenza. Lucha contra el gitano que todos llevamos dentro, contra el moro o contra el judío que todos hemos

* "El azar siempre es mejor que una cita convenida."

sido, contra el negro del que todos procedemos. Lucha contra los orígenes reales, contra lo que hemos sido y contra lo que somos, más allá del barniz casual del bienestar. Invención de una patria ideal, legendaria. Cuando la patria sólo es selva o desierto.

No sé qué desear para esta gente. Pero no importa.

Lo que sí sé es que la cordialidad y la solidaridad que reinan entre ellos, en el seno de cada pequeña comunidad, y la hospitalidad hacia los forasteros –hace ya mucho tiempo olvidadas entre nosotros– son, si uno muestra modestia y respeto, sencillamente formidables.

¡Ojalá fuesen capaces de salir de la miseria material sin perder estas cualidades comunitarias!

En una parte no despreciable también depende de nosotros.

Viaje, pues, al pasado y, en cierta manera, también al futuro, a alguno de los futuros posibles.

Mis compañeros se han ido despertando.

Sólo hay uno que chapurree francés pero, después de unos inicios difíciles, he acabado entendiéndome bien con todos ellos: una mirada, un gesto, son suficientes. Hace apenas cuatro días que nos hemos conocido y dentro de dos o tres nos despediremos, probablemente para no volver a vernos jamás. No me han preguntado quién soy ni qué hago en mi país. Podría ser un millonario o un delincuente, un artista o un mercenario. No tiene ninguna importancia. Limpio patatas y zanahorias, hundo mi cuchara para comer la *chorba* y el cuscús en la misma jofaina que ellos, bebo agua del mismo cazo y nos hemos repartido la media docena de naranjas que Nabil trajo de Djanet para mí, como pasajero de pago. Cuando uno de los dos vehículos se hunde en la arena, arrimo el hombro como ellos, aunque con escasa eficacia. Éste es mi *curriculum* aquí. El resto no interesa. El pasado es arena y polvo. El futuro está en el viento.

Ismail hurga en el motor del camión. Hamdi y Nabil limpian con arena los cacharros que hemos utilizado para preparar el almuerzo. Said me observa y esboza un gesto irónico y amistoso, como diciendo: "¡Otra vez escribiendo! ¿No sabes hacer nada más?" No, la verdad, apenas sé hacer nada más. Y, sí, ya lo sé, aquí la escritura vale bien poco. Sin ellos sería hombre muerto.

Colombo atiza los rescoldos para preparar un nuevo té, concentrado y azucarado. Después de beber tres vasitos cada uno, reemprenderemos la marcha.

Los cuervos, uno negro, blanco el otro, se alejan planeando, decepcionados.

Pronto saldremos del desierto, y ya empiezo a sentir nostalgia. Regreso hacia la ciudad, hacia cualquier ciudad y, pese al cansancio y el miedo, ya sé que algún día tendré que volver aquí.

Éste no es un viaje que uno pueda hacer impunemente.

La escritura como penitencia. Carta, tal vez, de amistad y agradecimiento.

1

Días de lluvia en Marrakech

–¿Hotel, *Monsieur?*

Apenas me ha dado tiempo de apearme del taxi que me acaba de traer desde el aeropuerto. Es un joven de unos veinte años, pelo casi rapado, moreno, delgado, ni muy alto ni muy bajo. Lleva gafas de sol, con montura metálica, y viste una cazadora de nailon marrón, con el escudo de una universidad norteamericana grabado sobre el corazón. Podría ser un policía camuflado, o un traficante de deseos más o menos confesables. Sea lo que sea, no es exactamente el tipo de chico que uno desea encontrar al llegar a Marrakech.

–¿Hotel, *Monsieur?*– repite.

–No, gracias. Ya tengo hotel.

–¿De verdad? ¿A cuál vas?

–A éste– le digo, señalando con la cabeza el rótulo de plástico blanco situado encima de un portalón.

–¿Al hotel Alí?– menea la cabeza, desaprobadoramente. –Yo conozco uno mejor y más barato, muy cerca de aquí.

–No, gracias, tengo la habitación reservada. Quizás en otra ocasión.

–*Excusez-moi.* Sólo trataba de ayudarte.

La entrada no es excesivamente estimulante. El portal da paso a un pasillo estrecho y oscuro. Momentáneamente cegado por el brusco cambio de luz, casi piso a dos jóvenes invisibles apoyados contra el muro. Tal vez no sea éste el acceso al hotel. Pero sí, lo es. A la izquierda, en un hueco de la pared, se abre una pequeña recepción atendida por una muchacha. Un par de metros más allá, una inscripción al pie de una escalera informa que las habitaciones están arriba. Al fondo del pasillo se distingue el comedor, con las mesas ahora vacías pero ya preparadas. Doy mi nombre a la chica, sin demasiadas esperanzas de que esté escrito en alguna parte, o, si lo está, de que pueda encontrarlo entre el amasijo de papeles que inundan su habitáculo. Es la única reserva que he hecho, por teléfono, antes de salir de Barcelona, sin otra referencia que la proximidad del establecimiento a la plaza de Djemaa el Fna. No quería llegar a Marrakech y tener que perder el tiempo buscando alojamiento. Tampoco quería ir a ninguno de los grandes y modernos hoteles de Gueliz, la ciudad nueva, construida por los franceses. Tal vez haya sido un error. Ajena a mis cavilaciones, la chica, amable y sonriente, hurga entre los papeles hasta encontrar el libro de registro y localiza mi nombre sin mayor dificultad.

–¿Cuántos días se quedará, señor?

–No estoy seguro. Tres, cuatro, quizá cinco…

–Bien, no importa. Si puede, avísenos el día antes de su marcha. Sea bienvenido.

Me alarga la llave con una sonrisa y llama a uno de los jóvenes y somnolientos atlantes para que me ayude a subir mi ligero equipaje.

Las habitaciones están repartidas en dos pisos, distribuidas alrededor de un patio interior, de paredes alicatadas. En el centro del patio, un hilo de agua se eleva un par de palmos antes de caer en un pequeño estanque octogonal. En una de las esquinas, cubierta por un voladizo del piso superior, tres amplios sofás invitan al descanso y a la conversación. Mi habitación, modesta y limpia, da al patio. El único movimiento y el único ruido claramente perceptibles son los del pequeño chorro de agua del surtidor. Sin embargo, un fragor sordo, lejano, toma cuerpo lentamente, recordándome que la gran plaza está ahí al lado. De hecho, es la principal razón por la que he venido a Marrakech. No la hagamos esperar, pues.

Al salir del hotel, uno de los jóvenes sentados en un café contiguo se levanta rápidamente y se sitúa a mi lado.

–*Bonjour, Monsieur. Ça va, Monsieur?*

–*Bonjour. Ça va bien, merci.*

–*Italiano, espagnol?*

Lo miro, algo irritado. Tardo unos momentos en percatarme de que es el mismo que ha venido a ofrecerme alojamiento al bajar del taxi. Ahora no luce gafas de sol y sin ellas tiene mejor aspecto.

–Sí, español. Pero no necesito nada. Gracias.

–¡Ah, español! Ya me lo parecía. Yo hablo algo de español. *¿Cómo estás? ¡Bienvenido a Marrakech!* ¿Eres de Madrid o de Barcelona?

Me lo habían advertido. No hay que responder a estos chicos. Basta con que les digas "Buenos días" para que ya no puedas librarte de ellos. Pero es muy duro negar el saludo a nadie.

–De Barcelona. Pero, escúchame– me detengo un momento y me pongo muy serio. –Te agradezco tu amabilidad, pero no necesito ningún acompañante, ni ningún guía. Sólo quiero dar un pequeño paseo por la plaza y regresar al hotel. Acabo de llegar y estoy muy cansado.

–*Mais oui, mais oui, Monsieur.* Yo no soy ningún guía, pero estudio idiomas y me gusta practicarlos. Francés, inglés, un poco de español, algo de italiano... Mira.

Busca su cartera en el interior de la chaqueta y me muestra su carné de identidad. Bajo la fotografía y el nombre, me indica con el dedo el epígrafe donde aparece su profesión: estudiante, dice. –¿Lo ves?, soy estudiante. Mi nombre es Abdul. ¿Y el tuyo?

–José.

–¿José? ¡Ah, José, como Youssef! Es un nombre árabe, éste. ¿Es la primera vez que vienes a Marrakech?

–Sí.

–*Soyez le bienvenu! ¡Bienvenido seas!* Ésta es la plaza Djemaa el Fna. Ahora no está muy animada, porque todavía estamos en Ramadán. Pero cuando llega la noche, todo el mundo viene aquí. Mañana es el último día del Ramadán, y al día siguiente se celebra una gran fiesta.

Has llegado en muy buen momento. Allí– señala el lado norte de la plaza, donde se ve más movimiento, –allí están los zocos. ¿Quieres que vayamos a dar una vuelta?

–No, no quiero ir al zoco, no quiero comprar nada. Gracias. Adiós.

Es verdad. No sé muy bien qué he venido a hacer aquí, pero no he venido a comprar nada. Esto es seguro. ¿Por qué aterrizar en Marrakech y no en Estambul, en Tombuctú o en Vanuatu? No lo sé. Bien, sí, quería ver Djemaa el Fna, precisamente, y después dejarme ir hacia el desierto. Pero quiero ir despacio.

Abdul no se ha dado por enterado de mi despedida. Vamos andando por la plaza, él un par de metros delante de mí, adaptando sus pasos a los míos, sugiriéndome el camino a seguir y corrigiendo inmediatamente su dirección cuando yo no le hago caso. Sopla un fuerte viento y a pesar del tiempo y del Ramadán, hay mucha gente y agitación. En los márgenes de la plaza, decenas de vendedores ofrecen sus mercancías en el suelo, encima de grandes trozos de plástico: juguetes, relojes, aparatos musicales, casetes, hierbas, menta, mucha menta, zapatos, muchos zapatos, ropa, toda clase de ropa, de primera, de segunda, de enésima mano. En el centro de la plaza, decenas de marmitas humean sobre los fogones de una irregular hilera de tenderetes. Sus dueños se afanan en tener lista la comida para el ya cercano momento en que finalizará el ayuno diario. Otros tenderetes están especializados en la elaboración de zumo de naranja. En un claro, un grupo de treinta o cuarenta personas rodea a dos niños de diez u once años que, con las manos enfundadas en unos guantes más grandes que su cabeza, disputan un simulacro de combate de boxeo bajo la dirección de un individuo desdentado. Otro grupo contempla con objetividad la pelea entre un hombre y una mujer. De momento sólo gritan y se insultan, aparentemente, pero todo parece indicar que en cualquier momento pueden pasar a la acción física. Por el suelo, sentados, tendidos en cualquier lugar, ancianos y mujeres con niños de corta edad en sus brazos, o a su lado, tienden la mano en demanda de alguna moneda. Casi todo el mundo viste gruesas y raídas chilabas. La mayoría de mujeres ocultan su rostro. No veo en parte alguna los famosos juglares de Djemaa el Fna.

De vez en cuando, una ventolera polvorienta recorre la plaza formando remolinos y agitando los toldos de los tenderetes. En un par de ocasiones, Abdul me protege de los travesaños que el viento derriba. Grupos de tres o cuatro jóvenes deambulan por la plaza. Casi todos se fijan en mí. Regularmente, alguno de ellos se me acerca y repite, con pequeñas variantes –*"Allô, Monsieur, comment ça va? Français, italiano, espagnol? Soyez le bienvenu!"*– las fórmulas de cortesía con que me ha abordado Abdul. Cuando éste se apercibe, escupe un par de frases secas en árabe y el intruso desaparece rápidamente, respetuoso de los presuntos derechos ya adquiridos por Abdul sobre mi persona. Es evidente que si lo abandono tendré que bregar continuamente con los otros.

–Bien, Abdul, aclaremos las cosas. Si me vas a dedicar tu tiempo, pongámonos de acuerdo ahora. ¿Cuánto cobra un guía por acompañar a alguien durante una mañana o una tarde?

Abdul me mira con aire de dignidad ofendida.

–¿A qué te refieres? Yo no hago esto por dinero. Yo no soy un falso guía, como ésos que se te abalanzan encima– dice, señalando hacia sus colegas. –Lo hago para hablar, y porque me has caído simpático.

–Sí, de acuerdo, pero de todas formas, si me dedicas tu tiempo, dejas de hacer otras cosas, y de ganarte la vida, o sea que es lógico que tengas alguna compensación. Ahora bien, dado que yo no soy rico, y tengo poco dinero, no quiero que después, cuando nos despidamos, no te sientas bien compensado.

–La riqueza no es una cuestión de dinero. La riqueza se tiene aquí– dice, poniendo su mano sobre el corazón –o no se tiene.

Este joven es duro de pelar. A este paso voy a tener que acabar declarándole mi amistad y predilección.

–Sí, claro, ya lo sé. Pero, ¿cuánto cobra un guía oficial por acompañar a alguien durante medio día?– insisto. –¿Cincuenta dirhams?

–No lo sé. Ya te lo he dicho. Yo no lo hago por dinero. Si me quieres dar alguna cosa, tú decides.

Desisto. Es mucho más experto que yo. Decido someterle a una última prueba.

–Tal vez podríamos echar un vistazo al mercado. Pero no quiero comprar nada, ¿entiendes? Sólo mirar.

–Muy bien. Vamos por aquí.

Acabamos de cruzar la plaza y nos internamos en el zoco Smarine, y poco después, en un laberinto de callejuelas y pasadizos entoldados, llenos de gente que va y viene a pie, o a lomos de un asno, arrastrando una bicicleta, empujando una carretilla, de chicos que conducen corderos y ovejas hacia el matadero, todos chapoteando en un barrizal donde se funden agua y excrementos. El aire es espeso, húmedo y estancado, cargado de olores y hedores, de té, de menta, de pimienta, de sudor, de curtidos, de estiércol, de lana... Pronto estoy completamente desorientado. Todas las tienduchas están abiertas y hay mucho más ajetreo que en la plaza. Abdul va abriéndose camino entre el gentío y, de vez en cuando, se gira hacia mí para decirme el nombre y la especialidad de la zona por la que pasamos: tejidos, piel curtida, alfombras, quincallería, hierbas... En ningún momento intenta hacerme entrar en alguna tienda, pese a las constantes incitaciones de los comerciantes atentos a nuestro paso.

–Ahí detrás– me dice, indicándome la boca de un callejón oscuro –se halla el zoco de los tintoreros, pero sólo trabajan durante el día. Si quieres, podemos venir mañana. Pareces cansado. ¿Quieres ir al hotel, ahora?

Quizá me ha tocado la lotería con este chico.

–Sí, mañana seguiremos.

Mientras regresamos hacia la plaza, una potente sirena certifica que el sol ya se ha puesto y anuncia a los creyentes el final del ayuno. Abdul no me abandona hasta la misma puerta del hotel, después de haber convenido que mañana por la mañana nos encontraremos aquí mismo para ir a visitar los principales monumentos de la *medina*.

La sala del comedor es pequeña y limpia, con un largo sofá adosado a las paredes, siete u ocho mesas bajas, redondas, y unos cuantos *poufs* al lado de cada una. Casi todas están ocupadas. El público es muy variopinto, la mitad marroquíes y la mitad extranjeros, aproximadamente, en grupos de tres o cuatro. Todos hablan animadamente. Cerca de la entrada, sobre una larga mesa sostenida por caballetes, una olla llena de *harira* y media docena de cazuelas con diferentes guisos mantienen el hervor sobre unos fogoncillos de carbón. En el centro de la sala, sentado en un *pouf* y la espalda recostada en una columna, un anciano de cara pálida tañe delicadamente un laúd y entona largas y tristes canciones. Al final de cada pieza, enciende un cigarrillo y aspira el humo con delectación.

Dos parejas marroquíes de tez y facciones negroides se suman por momentos a la música, coreando las palabras del anciano, siguiendo el ritmo con las manos, sugiriéndole nuevos títulos en las pausas.

Al poco rato entra en la sala una mujer alta, madura, morena, de grandes ojos oscuros, almendrados, vestida con una chilaba de seda verde que, en su movimiento, resalta fugazmente las formas de un cuerpo esbelto y rotundo y contribuye a disparar la imaginación de quienes la contemplan sobre ese contorno que no consigue ocultar, si es que lo pretende. La acompañan dos niños de siete u ocho años. Las conversaciones se interrumpen, y también el leve tintineo de vasos y cubiertos. Sólo el viejo músico sigue cantando, abrazado a su laúd. La mujer avanza lentamente, consciente y orgullosa de su belleza y de la expectación que provoca. Se sienta en un trozo libre del sofá, de cara al músico, cerca del grupo marroquí. Los niños cenan, pero ella parece como si sólo hubiese venido a escuchar las canciones del abuelo. Poco a poco, se deja llevar por la música, cantando silenciosamente, ondulándose en el interior de la holgada chilaba, mirando fijamente al anciano con ojos brillantes. Bajo su mirada, el anciano rejuvenece y, durante unos instantes infinitos y efímeros, el laúd y la voz cobran nueva vida, la música melancólica deja paso a un ritmo más vivo, el músico sueña la juventud perdida, revive los amores del largo camino, dirige el canto ahora perceptible de la mujer, cambiándole el ritmo, conduciéndola, acariciándola en las cuerdas del laúd.

Uno de los hombres marroquíes, que desde la llegada de la mujer está más atento a ella que a su propia pareja, se levanta para bailar, solo, y baila y baila, con movimientos suaves, acariciándose el vientre y los muslos con sus manos largas y finas.

Al acabar la cena, la mujer se va con sus hijos, después de darle unas monedas y de decirle afectuosamente adiós al músico, y todos nos sentimos algo más huérfanos.

A las diez de la noche la inmensa plaza está llena a rebosar. El tiempo ha empeorado. Sopla un viento frío y sigue lloviznando, pero reina una gran excitación. Los tenderetes están abarrotados de gente que saborea cabezas de cordero, sopas oscuras, albóndigas sospechosas... Familias enteras remueven y compran vestidos, zapatos y juguetes para los niños. Muchos vendedores subastan su mercancía, entre un griterío impresionante. Los cazadores de turistas han desaparecido o, por lo menos, en la oscuridad no me distinguen, ni yo a ellos. El laberinto de los zocos se ha vuelto casi intransitable. Algunos tenderos actúan agresivamente, tirando de la manga a los clientes potenciales hacia sus minúsculos locales, pero también son muchos quienes permanecen sentados a la espera de que se cumpla la voluntad del Señor.

Pese al mal tiempo, cuando regreso a la plaza empiezan a ponerse en marcha diferentes proyectos de entretenimiento: acróbatas, combates de boxeo –ahora ya con contendientes casi adultos, que pegan fuerte ante la mirada angustiada y anhelante del público–, músicos y bailarines... Antes de empezar su actuación, o a mitad de la misma, todos escenifican largos rituales para asegurarse una mínima recaudación.

Me detengo un rato a contemplar los preparativos para lo que aparenta ser el inminente inicio de actuación de una *troupe* de músicos y bailarines.

Los músicos –un violinista, que toca su instrumento verticalmente, apoyándolo sobre un muslo, y media docena de percusionistas con tambores y panderetas– están sentados sobre plásticos y mantas en el suelo, con las piernas cruzadas. Mientras templan los instrumentos, preparan y beben té continuamente, al tiempo que tres bailarines ejecutan diversos movimientos. La mayor parte del tiempo cada uno evoluciona a su aire pero, súbitamente, armonizan a la perfección sus pasos cuando el violín y los tambores lanzan inopinadamente y con fuerza unos breves compases a la negra noche.

Una especie de *manager*-organizador-animador recorre incesantemente el perímetro donde se agolpan los espectadores, hablando ahora con los músicos, ahora con el público, organizando y cerrando el círculo, reclamando dinero de quienes esperamos que empiece la actuación. Debe haber unas cincuenta o sesenta personas alrededor del grupo y, como quien no quiere la cosa, el *manager* va obteniendo monedas de unos y otros. Cuando se percata de que soy extranjero, no me deja en paz hasta que cotizo la cantidad que él considera suficiente y que, sin ninguna duda, es mucho más alta que la que espera y obtiene del resto de espectadores.

Los bailarines son un auténtico poema. Uno es un tipo alto y delgado, tez oscura, mal afeitado y muy macho. Lleva una larga peluca enrollada en la cabeza con la que de vez en cuando azota el aire como una cola de caballo.

El segundo es un chico joven, pálido, pelo corto y mejillas bien rasuradas, de mirada y gestos completamente afeminados. Los dos llevan un vestido que les llega hasta los pies, inmaculadamente blanco, ceñido por un cinturón muy ancho del que cuelgan decenas de plaquitas metálicas, relucientes y tintineantes. Los principales movimientos de la danza son ventrales, totalmente eróticos, lascivos, acentuados por el cinturón y su sonsonete.

El tercer bailarín es la estrella. Es un tipo malcarado, que no debe medir más de un metro sesenta, feo como un basilisco, sin un diente, con una mirada penetrante, oscura y patibularia, que canta, grita y ríe constantemente. De hecho, son sus gritos y sus gemidos los que provocan y hacen durar más o menos tiempo los fugaces acordes del violín y los tambores. Lleva la misma *gandora* y el mismo cinturón que sus dos colegas, pero su torso está cubierto por un jersey rojo y chillón. En su cabeza luce, torcida, una peluca de cabello largo y negro, negrísimo, como su negra mirada y como el agujero negro de su boca.

Canta con una voz agrietada –a la que los músicos siguen y contestan con sus instrumentos– y va mariposeando con unos y otros, reforzando la acción recaudatoria del *manager*.

Quizá no ha visto –o quizá sí– que yo ya he cotizado, y bastante. Lo cierto es que se me acerca, mejor dicho, se me arrima, intentando obtener algo más. Soy claramente el único extranjero y el hombre me dedica una atención especial, acariciándome y murmurándome palabras dulces. Ante mi expresión de incomprensión, alguien al lado me traduce, en francés: "¿Has estado alguna vez con una puta como yo?", y otras frases no menos seductoras. Pongo los ojos en blanco para seguirle la corriente y el coro lo agradece con una carcajada colectiva.

Al cabo de media hora abandono el grupo sin que hayan empezado a actuar formalmente, si es que alguna vez empiezan.

Ahora también hay algún recitador de historias, por lo menos uno. No tiene demasiado público. También él parece estar en fase prologal. Sentado en el suelo, sobre el inevitable plástico, toca y retoca, desplazando ligeramente hacia la derecha o hacia la izquierda, hacia el centro o hacia el exterior, algunos de los muchos objetos que tiene frente a él: un pequeño cofre abierto y vacío, un collar, un puñado de piedrecitas brillantes, un manojo de hierbas, una foto amarillenta de un hombre joven... Mientras mueve los objetos, habla con frases entrecortadas, sin entusiasmo, como si ya estuviese cansado antes de empezar, sin mirar hacia la gente que espera, paciente y dócil, a su alrededor. De vez en cuando, alguien se agacha y deja una moneda a los pies del hombre. Quizás esté presentando los personajes de su historia. Quizá sea la del niño de arena. O quizá nos esté diciendo que por esta miseria y con este mal tiempo él no está dispuesto a contar más. Yo tampoco, por hoy.

De regreso hacia el hotel, casi tropiezo con las mujeres y criaturas que, sentadas a oscuras entre los charcos, tienden la mano, inmóviles y silenciosas.

Djemaa el Fna. *La asamblea de los muertos*, eso es lo que significa, literalmente, el nombre de la famosa plaza. Nadie sabe el porqué de ese nombre.

Hoy por la mañana, paseo turístico con Abdul: la parte oriental de la *medina*, las tumbas saadianas, las ruinas del palacio El Badi (el Incomparable), el antiguo barrio judío... Excepto breves intervalos, llueve durante toda la mañana. Tanto las tumbas como las ruinas del palacio son monumentos nacionales, con guardias y guías oficiales en la puerta. En ambos casos, Abdul me deja solo a una cierta distancia de la entrada, lejos de la vista de los guardias. (Cuando le he preguntado por qué no me acompañaba al interior, Abdul ha simulado no entenderme, pero es bien sabido que, en Marruecos, el trabajo de acompañar a los turistas está estrictamente reservado, según la ley, a los guías oficiales.) Lo más impresionante son, sin duda, las ruinas del inmenso El Badi, construido a finales del siglo XVI. Dicen que durante la fiesta de inauguración, su promotor, el sultán Ahmed el-Mansour, le preguntó al bufón de la corte qué le parecía el nuevo palacio:

–Extraordinario– respondió éste. –Algún día serán unas ruinas magníficas.

Lo son, pese a que queda poco más que las paredes desnudas, algunas grandes salas sin techo y unas torres decapitadas donde ahora anidan las cigüeñas. Una de las partes mejor preservadas son las mazmorras subterráneas, minúsculas, a las que no llega un rayo de sol y donde, según el guía oficial que me acompaña, consumían su vida los enemigos políticos del sultán hasta morir de muerte *natural.*

–¿Por qué no los mataban?– le pregunto. –De hecho, encerrar a alguien aquí equivale a condenarlo a muerte.

Según el guía, no se ejecutaba nunca a nadie.

–En política, jamás se sabe qué ocurrirá mañana– me dice, a modo de explicación.

Al salir, y pese a que no cesa de llover, seguimos paseando un buen rato con Abdul. Yo voy algo protegido por una chaqueta resistente, pero él va completamente empapado. Hacia la una doy la jornada turística por concluida.

–Si no llueve, mañana me gustaría dar un paseo en bicicleta– le digo, pensando que de esta manera podré emanciparme sin ofenderlo.

–Muy bien– responde inmediatamente. –A la hora que quieras estaré frente al hotel con dos bicicletas.

No opongo la menor resistencia. Si le digo que prefiero un helicóptero, también lo tendrá a punto. Quedamos citados a las nueve y media.

Llueve durante toda la tarde. La parte cubierta del patio, en el primer piso, es un buen lugar para leer, escribir y trazar planes. Tengo algunas direcciones y teléfonos de gente de aquí, amigos de amigos, pero me resisto a llamarlos. Pocos días antes de emprender viaje telefoneé a Juan Goytisolo, que tiene casa en Marrakech y suele pasar aquí el invierno, pero ya se había marchado hacia París. No regresará hasta después del verano. Quizá sea mejor así. Prefiero dejarme llevar por el azar y, sobre todo, no verme obligado a dar explicaciones sobre qué hago y qué busco aquí, ni obligar a nadie a que me explique y me enseñe lo que él crea que espero y debo ver y aprender. Dejarme acompañar, en todo caso, por voces ausentes, lejanas, espectrales: Canetti, Bowles, Tahar ben Jelloun... No espero nada. O tal vez lo espero todo, pero que ocurra porque debe ocurrir, sin tenerlo que buscar ni decidir. Ser tan sólo un forastero, un transeúnte, un *voyeur*, curioso pero indiferente. No establecer vínculo alguno con nadie. Zarandear la memoria y dejar caer todo lo que sobra. Que se lo lleve el viento. Supongo que es esto lo que me empuja hacia el desierto, hacia el silencio.

A media tarde se instalan cerca de mí dos jóvenes. Uno de ellos es europeo. Lleva gafas y una cola de caballo. Habla francés con un fuerte acento alemán. El otro es marroquí, alto y delgado, muy moreno pero de ojos claros, vestido con pantalones y camisa blancos y limpios. Tiene un aspecto muy distinto del de los chicos de la plaza. Hablan de horarios de autobuses. Deben tomar uno mañana, a primera hora, pero no capto hacia dónde. Al poco rato llega otro joven occidental que se dirige al primero en inglés. El recién llegado se declara californiano y el otro, suizo, de Zurich. Hablan de sus estudios –los dos cursan Ciencias Políticas–, de las elecciones británicas y del chocolate suizo, el mejor del mundo, según afirma uno y acepta el otro. El marroquí los observa, sonriente. Tiene un aire realmente simpático. Estoy por decirle algo, pero los tres se levantan y se van antes de que me haya decidido.

A la hora de la cena, miro constantemente hacia la entrada del comedor con la esperanza de ver aparecer a la mujer que ayer nos alegró la velada, por lo menos al anciano músico, al espontáneo bailarín y a mí mismo. Pero hoy no vienen. A mitad de la cena, sin embargo, se produce otra aparición, muy diferente pero no menos magnética: el joven marroquí de la tarde emerge majestuoso, vistiendo una inmaculada *gandora* de color índigo y un *shesh* del mismo color, magistralmente enrollado, con un par de franjas de un azul más oscuro, casi negro, que asoman y se cruzan encima de su frente. Por lo que yo sé, en Marruecos no hay tuaregs, pero si alguien responde a la imagen de los hombres azules del desierto es este joven. ¿Quizá sea un disfraz? No lo parece. Se mueve y habla con toda naturalidad, y con una elegancia innata. Va, como antes, con el joven suizo. Los observo durante toda la cena. De nuevo me da la impresión de ser extraordinariamente simpático y agradable. Imagino que debe ser un guía del sur del país, que acompaña al suizo.

Al acabar de comer, me acerco a su mesa.

–Perdonadme, pero esta tarde os he oído hablar de horarios de autobuses. ¿No iréis a Taroudant, por casualidad?

El marroquí me mira con amabilidad y el suizo con clara hostilidad, que yo simulo ignorar.

–No, nosotros vamos hacia el otro lado, a Zagora, en el valle del Draa. ¿Sabes dónde está?– me pregunta el joven azul.

–No.

–Está en el sureste, cerca de la frontera con Argelia. Es la puerta del desierto.

–Yo también quiero ir a Argelia, pero antes querría visitar Taroudant y Tafraoute.

–Haces bien. Son lugares magníficos. Pero también deberías venir a Zagora. Es espléndido. El valle del Draa es muy hermoso. Te gustaría mucho. Yo vivo allí.

El suizo nos observa con mala cara, claramente celoso. Interviene para decir que deben irse, los están esperando unos amigos, de los cuales yo, evidentemente, no formo parte.

–Si vienes, no dejes de visitarme– me dice el marroquí, al despedirse.

Parece decirlo sinceramente. Observo cómo se alejan, inseguro de qué relación debe existir entre los dos.

El cielo sigue nublado pero la lluvia ha cesado. Después de perderme un rato por un zoco, repito el camino por el que esta mañana he ido con Abdul hacia el palacio El Badi. Es una calle larga, muy estrecha y recta –probablemente abierta por los franceses– que cruza la *medina* por el lado oriental.

La primera parte está llena de pequeñas tiendas –de dos por tres metros, como máximo– y talleres de todo tipo: barberos, dentistas, zapateros, sastres, carniceros, mecánicos de bicicletas, herboristas...

Son más de las diez de la noche, pero la mayoría de locales están abiertos. En algunos hay dos o tres personas apretujadas entre la mercancía, hablando tranquilamente. En otros –los sastres, los mecánicos, los zapateros, con montañas de zapatos viejos que llegan hasta el techo–, un hombre trabaja a la luz de una minúscula bombilla.

Poco a poco, las tiendas y los talleres van escaseando y la oscuridad se adueña del callejón. Recostados en las paredes, sentados o medio tendidos en el suelo, seres informes piden limosna, silenciosa, casi imperceptiblemente.

La presencia y la presión de la pobreza son muy fuertes, mucho más de lo que imaginaba. El número de miserables y lisiados en plazas, mercados, calles y callejuelas es altísimo. Y, simultáneamente, como una sombra, la picaresca y la pequeña delincuencia.

Al otro extremo, la calle desemboca en una avenida nueva que bordea la *medina* por el interior de la muralla. Decido regresar por este camino, más iluminado y concurrido. A los pocos momentos se me acercan un par de vendedores ambulantes e, inmediatamente después, otros dos, más jóvenes, todos ellos cargados de bisutería y baratijas. Intento librarme de ellos con amabilidad y lo consigo con relativa facilidad con los dos adultos, pero los jóvenes son auténticos moscardones, hasta el punto de bloquearme el paso con impertinencia. Uno de ellos acerca a mi rostro sus baratijas y me observa fijamente, mientras su compañero palpa sin gran disimulo los bolsillos de mi chaqueta. Hablan con rapidez entre ellos, comunicándose, supongo, sus impresiones sobre mi persona y mis pertenencias.

La situación no es muy prometedora. Miro hacia atrás y espero a que llegue a mi altura un matrimonio marroquí de mediana edad y, cuando me alcanzan, empiezo a andar junto a ellos, a su ritmo. Los chicos siguen mareándome y manoseándome, sin hacer caso de mis protestas, hasta que el hombre marroquí se dirige desabridamente a ellos y, por lo que parece, formula algún tipo de amenaza. Los dos bergantes se van rápidamente, casi corriendo, mirando nerviosamente a uno y otro lado.

Cuando le agradezco la intervención al hombre, él me responde con una cierta dureza, advirtiéndome que tenga cuidado con los ladronzuelos. No me lo dice abiertamente, pero su tono y su mirada me dan a entender que éste no es mi lugar y que si tengo problemas es porque me los busco.

Ya cerca del hotel, otro individuo de aspecto y mirada poco atractivos se instala a mi lado, ofreciéndome todo tipo de hierbas y servicios. Hoy, no, quizá mañana, le digo, para librarme de él. Ve el hotel en el que me alojo y me anuncia que, muy bien, que mañana volverá a estar aquí. No se lo digo, claro, pero pienso que tal vez quien ya no esté aquí sea yo.

Empiezo a estar hasta la coronilla de Marrakech. Durante muchos años me había resistido a venir a lugares como éste para evitar, justamente, lo que ahora me está ocurriendo: ser un occidental –es decir, rico, por definición– en un mar de miseria, un transeúnte que observa con curiosidad el espectáculo del exotismo, un tipo relativamente sano, bien alimentado y bien calzado que pasea en medio del hambre y la enfermedad, un forastero con los bolsillos presuntamente llenos, rodeado de manos, ojos y palabras que esperan o buscan unas monedas... En fin, ahora estoy aquí. Mejor hacerse a la idea.

Es casi medianoche y la sala del comedor, aunque todavía iluminada, está ahora vacía. El viejo músico ya se ha retirado. Me siento un rato a leer, escribir, repasar guías y mapas. Habría debido preguntarle su dirección al joven azul. Quizá Zagora sea lo bastante pequeño para poder encontrarlo fácilmente. De repente, entra en la sala, majestuoso como antes, sin una arruga, ni una mota de polvo o de barro en su *gandora*. Cuando me ve, viene a sentarse a mi lado.

–¿Has decidido si vas a venir a Zagora?

–Sí, seguro que sí.

Después del paseo de esta noche, ahora mismo partiría, pese a que me desvía bastante del itinerario que había previsto hacer.

–Aunque para ir a Argelia, deberé desandar el camino hacia el norte, ¿verdad? No veo ninguna otra carretera– le digo, señalando el mapa. –En el sur no hay ningún puesto fronterizo.

–No, pero si quieres entrar por el desierto, puedes hacerlo con alguna caravana de nómadas. Claro que después, en el interior de Argelia, si te piden los papeles puedes tener problemas...

–Preferiría no tenerlos.

–Claro, ya lo comprendo. Los gendarmes argelinos no son muy amables. También tienes la posibilidad de ir desde Zagora a Rissani por el desierto, por la pista. Cada domingo hay un Land Rover que hace el trayecto. Son diez o doce horas. Yo te podría arreglar el viaje.

El mapa no indica que haya camino alguno entre Zagora y Rissani, pero si este chico lo dice...

–De acuerdo. Dentro de cinco o seis días estaré allí. ¿Cómo podré localizarte?

–Es muy fácil. Todo el mundo me conoce. Con decir mi nombre, cualquiera te dirá dónde estoy.

Su nombre es Abdesllam. Es berebere, no árabe, según me explica. Su familia es nómada, y él vive un tiempo en Zagora y un tiempo en el desierto.

–¿Y qué haces en Zagora? ¿Te dedicas a acompañar turistas?

–Oh, no. Hago *business*. *Échange*. *Troc*. Tengo una tienda, Les Trésors du Désert. Ya lo verás.

Lástima. Con este joven ya me resulta más atractivo ir al desierto.

Llega el suizo y, una vez más, me mira con recelo.

Hoy es el gran día, Aïd es Seghir, la fiesta que celebra el final del Ramadán. Pero no cesa de llover. Es una lluvia tenaz, obstinada. No cae con demasiada intensidad, y tiene frecuentes interrupciones, pero no transcurre media hora sin que vuelva a empezar. Las nubes no son muy compactas, pero sí negras, cargadas, amenazadoras.

Razonablemente, a las diez no hay ni rastro de Abdul ni de las bicicletas. El mal tiempo también parece haber disuadido al ejército de guías no oficiales. Buen día para pasear a solas.

El suelo de Djemaa el Fna es una papilla grisácea, pegajosa, que en los hoyos pierde densidad. De vez en cuando, el cielo se abre unos minutos y durante un rato brilla el sol, pero las nubes pronto se reagrupan y la lluvia vuelve a caer una vez más.

Los vendedores no paran de doblar y desdoblar los plásticos maltrechos con que intentan proteger su mercancía.

Los tenderetes de comidas ya funcionan todo el día. El ayuno ha quedado atrás. En los zocos, la mayoría de tiendas están cerradas. Los niños que pasean con sus familias estrenan vestidos y zapatos. Pero hay poca gente. La gran fiesta está resultando literalmente aguada.

En un intervalo entre dos chubascos decido llegarme hasta la estación de autobuses para verificar el horario de los que van a Taroudant. El chico berebere me dijo ayer que hay varias salidas, pero según la guía de viaje que utilizo no hay más que una a las cinco de la madrugada.

El camino hacia la estación bordea la muralla, entre la *medina* y las construcciones modernas de Gueliz. Unos cien metros más allá de Djemaa el Fna, la miseria ha desaparecido. Las callejuelas embarradas y las lóbregas tiendas de la *medina* se han transformado en amplias avenidas y fincas magníficas, nuevas o renovadas, con jardines y palmeras. Tanto los edificios como sus vallas protectoras, siempre de color arcilla y reproduciendo formas arquitectónicas tradicionales, lucen como recién construidos.

La estación, sin embargo, húmeda y humeante, vuelve a ser un nido de miseria. Tanto mi libro como el berebere estaban en lo cierto: sólo hay un autobús, a las cinco de la mañana, que vaya directamente a Taroudant, cruzando las montañas del Alto Atlas, pero casi cada hora hay autobuses hacia Agadir e Inezgane. Desde Inezgane hay uno que va a Ouarzazate, pasando por Taroudant, pero sale a las ocho de la mañana. Si se llega a Inezgane más tarde, hay que intentar encontrar plaza en un taxi colectivo, explica el libro.

Al salir de la estación, empieza a llover de nuevo, y ahora con gran intensidad. Me protejo bajo un pórtico, junto a un grupo de árabes, y miro caer la lluvia durante un largo rato.

En la esquina, un par de adolescentes tienen montado, en plena calle, un pequeño taller de reparación de bicicletas.

Al poco rato llega un Peugeot 205, con matrícula italiana, y el conductor pregunta a los chicos si le pueden arreglar el limpiaparabrisas. Una de sus varillas no funciona. Los chavales lo examinan un momento y, sin vacilar, se ponen a trabajar bajo la lluvia. Los italianos miran desde el interior del vehículo. Empapados, los chicos desmontan la pieza, se la llevan y a los pocos minutos vuelven a instalarla. Funciona.

Las nubes se abren y el chaparrón amaina un poco. Emprendo el camino de vuelta, entre la muralla y las casas señoriales, que, al estar rodeadas de altas vallas, no ofrecen protección alguna, y también yo voy quedando calado hasta los huesos. Finalmente, me refugio en la marquesina de una parada de autobús, junto a mujeres y niños que visten sus mejores galas. Entristecidos, los chiquillos miran sus pies embarrados. También yo me percato con preocupación de que las suelas de mis zapatos, fuertes pero viejos, empiezan a abrirse.

Poco a poco, todo el mundo va subiendo a alguno de los numerosos autobuses que pasan con exquisita regularidad, hasta que llega el momento en que me quedo solo, y tampoco viene ningún otro vehículo, ni nadie a esperar uno, la ciudad ha cerrado, la fiesta se ha acabado, y llueve y llueve, y yo también me voy, chapoteando bajo la lluvia.

Durante la cena ha aparecido Abdul. Me ha complacido verlo. Parece que anoche, mientras yo intentaba que no me robaran la cartera, me estuvo buscando para invitarme a cenar en su casa. Mala suerte.

No ha querido comer nada, pero, cuando yo he acabado, me ha propuesto ir a tomar algo a un café cercano. Al salir del hotel, empieza a llover de nuevo y Abdul me pregunta si prefiero quedarme. Definitivamente, es un buen tipo.

Vamos a un café de la *medina*, de ambiente muy similar al viejo casino de mi pueblo. La televisión ofrece, a todo volumen, una película en francés. Los parroquianos siguen sin excesivo interés las viriles aventuras de Alain Delon.

No me resulta muy difícil conseguir que Abdul me cuente su vida y su situación familiar.

Su padre trabaja como camarero en un hotel de Amsterdam. Él también podría ir, pero no quiere. En Marrakech las cosas no le van muy bien, pero no se siente suficientemente seguro para marchar. No quiere ir a un país del que no conoce la lengua. Y, además, aquí tiene la madre y dos hermanos, más jóvenes que él. Viven de lo que su padre les envía y de lo que él gana con pequeños trabajos. Antes estuvo empleado con un ceramista, pero lo dejó porque le pagaban una miseria, apenas 50 dirhams al día. Para vivir, él, su madre y sus dos hermanos necesitan como mínimo 100 dirhams diarios. Recientemente, su padre ha estado enfermo, han debido hospitalizarlo y no puede enviarles dinero. Pero no hay que preocuparse excesivamente. Como ya me dijo el primer día, la riqueza se lleva en el corazón, no en la cartera. Los buenos musulmanes ricos ayudan a los pobres. También hay malos musulmanes, claro, Alá así lo quiere. Todo lo que ocurre es voluntad de Alá. La vida no es más que un ejemplo de esa voluntad. Es como una representación teatral, me dice. Nosotros salimos un momento a escena, y tal vez creemos que somos los protagonistas, pero nuestros papeles están escritos por Alá.

A partir de aquí, el buen Abdul se embarca en un discurso de corte integrista.

Lo que Marruecos necesita, explica, es que todo el mundo sea buen musulmán, porque los árabes sólo pueden ser musulmanes. El problema es que casi todos los gobiernos de los países árabes están vendidos a los americanos. Todos menos Saddam Hussein. Por suerte, en Argelia las cosas empiezan a ir algo mejor. Los buenos musulmanes están haciendo todo lo posible para expulsar a los renegados. Algún día ocurrirá lo mismo en Marruecos. *Inxalá!* El Estado marroquí sólo cuida de sí mismo, de sus funcionarios. Construye casas para los gendarmes pero no para los pobres. Me cuenta que las magníficas fincas que he visto en el camino hacia la estación de autobuses son propiedades del Estado donde viven policías y altos funcionarios.

A medianoche nos despedimos, tras fijar una cita para mañana por la mañana. *Inxalá!*

Finalmente, esta mañana luce el sol pero Abdul tampoco ha aparecido. Su incomparecencia me mosquea, pues pronto me he visto asediado por colegas suyos menos agradables. Mientras lo esperaba, vagando frente al hotel, he recibido no menos de media docena de ofertas de acompañamiento que, en algunos casos, incluían todo tipo de productos y servicios complementarios.

De todos modos, me ha sido relativamente fácil librarme de ellos, diciéndoles que debo reunirme con un amigo de Marrakech. Algo se aprende, aunque sea despacio. He comprado un diario en francés y me he sentado al borde de la acera para hojearlo, mientras observo cómo los jóvenes acechan a los pocos extranjeros que entran o salen del hotel, en una incesante repetición de movimientos, actitudes y ofrecimientos.

El periódico informa que el gobierno ha iniciado acciones judiciales contra un líder sindical que, en una entrevista recientemente publicada en España, en el diario *El País*, criticaba duramente la situación política y económica de Marruecos. Leí esa entrevista poco antes de salir de España y, si no me engaña la memoria, decía más o menos que mientras siga gobernando el mismo tipo de gente que hasta ahora, el país está condenado a la miseria y la corrupción. Todo lo que he podido ver hasta ahora confirma las palabras de este hombre. Es perfectamente coherente, pues, que el gobierno lo persiga. Mientras leo, alguien se ha sentado a mi lado.

–Son unos pesados, estos chicos– le oigo decir, mientras su brazo señala hacia la puerta del hotel. –No te dejan tranquilo ni un momento, no hay manera de estar solo. No hay que prestarles atención. Son falsos guías y, si no andas con cuidado, te estafarán.

Es un tipo de mediana edad, de corta estatura, mal afeitado, con aspecto de obrero.

–Yo soy un artesano, un joyero– prosigue su monólogo. –Vivo en un pequeño pueblo en la montaña, a unos cincuenta kilómetros. Hago anillos y brazaletes. Los vengo a vender a un par de tiendas de confianza, y enseguida regreso al pueblo porque aquí, en Marrakech, no puedes estar tranquilo. Deberías ir hacia el sur, hacia Ouarzazate, o a Zagora. Ahí se está realmente bien. Nadie te molesta.

He dejado el periódico a un lado y lo escucho con simpatía. Me impresiona especialmente que ni siquiera me haya preguntado si soy italiano o español.

–Es curioso, pero la verdad es que tengo previsto ir a Zagora– le digo. –Pero antes quiero visitar Taroudant. Me han dicho que es hermoso y tranquilo.

–Es hermoso, sí, pero te va a ocurrir un poco como aquí en Marrakech. Es mejor ir más hacia el interior y hacia el sur. Coges un coche y, en una semana, haces un viaje magnífico.

–Yo viajo en autobús. Voy más despacio.

–¡Uy, en autobús! Te pierdes muchas cosas, no tienes libertad. Pasas por muchos lugares que están muy bien pero no te puedes detener. El autobús sólo para cuando el conductor tiene ganas de mear. Con tu coche, vas donde quieres, paras cuando quieres, eres libre.

–Sí, ya lo sé, pero viajo solo y me saldría muy caro.

–No tanto. Pocas semanas atrás ayudé a unos amigos franceses a alquilar un coche. Toda una semana por dos mil francos. No, un día más, ocho días. Si quieres, también puedo ayudarte.

Indudablemente, el artesano de las montañas también tiene su sentido del negocio.

–No, gracias, prefiero viajar en autobús.

–Como quieras. Ahora me sobra algo de tiempo. Si quieres, podemos ir a dar un paseo por los zocos.

–Te lo agradezco, pero tengo una cita con un amigo dentro de cinco minutos.

–Muy bien, pero si no lo encuentras, o si no viene, puedo acompañarte yo. No es que me dedique a ello, pero hoy ya he acabado el trabajo y tú me caes bien. Me encontrarás aquí enfrente, en el café del hotel.

Buen elemento. Nueva táctica. Bastante más agradable.

Decidido a no dejarme acorralar por nadie más, emprendo el camino hacia la Medersa ben Youssef, una antigua universidad coránica situada al otro lado de los zocos.

Cruzo la plaza –repleta ahora de saltimbanquis, magos, encantadores de serpientes, recitadores, músicos, bailarines, boxeadores...– tratando de esquivar los falsos guías siempre al acecho. Resulta francamente pesado. No es su culpa, pero la mayoría tiene un aspecto muy poco alentador. Ando decidido, sin darme por enterado de sus interpelaciones: *"Allô, Monsieur! Ça va, Monsieur? Français, italiano, espagnol? Soyez le bienvenu!"* Sí, es la única manera de librarte de ellos: ignorarlos, hacer como si no existieran, no abrir la boca para decir ni sí ni no, ni hola ni gracias. Pero siempre acabo claudicando, de manera que al poco rato ya hay uno que me ha identificado como español y me está contando que él es un equilibrista, que ha trabajado en España y en media Europa con el circo de Ángel Cristo. Muy interesante, le digo, pero tengo prisa, llego tarde a casa de unos amigos.

–Perdona, no quería molestarte. ¿Podrías darme unos dirhams para un café?

Se los doy y me deja tranquilo. Decido que la próxima vez que me pregunten si soy italiano o español les diré que italiano. A ver qué historia me explican.

Consigo salir de la plaza solo y me adentro en la *medina*, hacia el norte, en dirección a la Medersa. Todas las calles serpentean, sin embargo, y en un cruce dudo un momento, retrocedo unos pasos para orientarme e, inmediatamente, ya tengo un nuevo acompañante al lado.

Es un tipo de unos veinte años, alto y delgado, de mirada estrábica. Luce un casquete de lana rojo y media docena de dientes negros y rotos.

Desorientado como estoy, no me siento con ánimos para seguir andando decidido hacia adelante. Y dar media vuelta me parece ridículo.

Sostenemos la conversación introductoria habitual, con la pequeña variante de mi nueva nacionalidad italiana, aspecto éste que le complace enormemente:

–¡Ah, italiano, *benissimo!* Me gustan mucho los italianos. Lo hablo un poco, el italiano, me gusta hablarlo. *Come vai? Stai bene?* Italianos, marroquíes, somos casi lo mismo– dice, juntando en paralelo los índices de las dos manos.

Cuando le digo que no me hace falta ningún guía, porque ya conozco Marrakech, se echa a reír con ganas, exhibiendo las ruinas de su dentadura.

–¿Cómo puedes decir que conoces Marrakech? Hace veinte años que vivo aquí yo, y todavía no lo conozco. No me mientas.

–No he querido decir que lo conozca todo, pero sí lo suficiente para no perderme. He venido bastantes veces a Marrakech. Trabajo en la embajada italiana en Rabat– improviso –y a menudo debo venir por asuntos oficiales. Estoy yendo hacia la Medersa ben Youssef. Si es tu camino, podemos hacerlo juntos.

–¡Ah, la Medersa! Es muy hermosa. Pero no vas muy bien encaminado. Vamos, te acompañaré y así podemos hablar un poco.

Nos adentramos en un laberinto de callejuelas tortuosas, de un par de metros de anchura, mientras él expresa su satisfacción por la pieza que acaba de capturar:

–¡Italia, ah, Italia! ¡Gran país! ¿De dónde eres, de Roma o de Milano?

–De Torino.

–¡Ah, Torino, la Fiat, la Juventus! Unos amigos míos viven en Turín.

–¿De veras? Es extraño. No hay muchos marroquíes en Italia.

Eso era antes. Antes todo el mundo iba a Francia, pero cuando empezaron a pedir visado, durante un tiempo fue más fácil ir a Italia, o a España. Está muy bien que trabajes en la Embajada. Así, cuando necesite un visado me ayudarás, ¿verdad? Porque ahora vosotros también lo pedís. ¿Por qué lo hacéis? Italianos, españoles, marroquíes, todos somos lo mismo, ¿no crees?

–Sí, claro. Es por el Mercado Común, ¿sabes? Los otros países nos han obligado– me oigo decir.

Pese a que el suelo es un barrizal, numerosos ancianos sentados en cuclillas contra las paredes festonean el camino, observando nuestro paso y, en algunos casos, alargando una escéptica mano a nuestra improbable caridad. Pequeñas aberturas en los muros ofrecen a los escasos viandantes manojos de hierbas, cacahuetes, pedazos de carne violácea donde decenas de moscas celebran un festín...

No puedo evitar pensar que este tipo me tiene ahora en sus manos, puede llevarme adonde desee, a cualquier rincón donde tal vez lo esperen algunos compinches para desvalijarme. Espero que sepa lo que es la inmunidad diplomática, si es que ha creído mi historia.

Al cabo de unos minutos, la callejuela desemboca en una plaza presidida por una mezquita. Cruzamos el espacio abierto y, desde la esquina de un callejón sucio y oscuro en el que probablemente yo jamás habría entrado, mi acompañante me indica la puerta de la Medersa. Poco antes de llegar, se detiene y me ofrece una rápida explicación –que luego verificaré como esencialmente correcta– de las principales características y los espacios más interesantes del edificio. Él se queda en el exterior, charlando con unos colegas de aspecto no menos dudoso que el suyo.

La Medersa es magnífica. La decoración –geométrica, floral y coránica– lo recubre absolutamente todo, con una calidad comparable a la de la Alhambra. Parece ser que algunos arquitectos y artesanos granadinos trabajaron aquí.

Permanezco en el edificio bastante rato, hasta que mi falso y experto guía asoma para verificar si todavía estoy ahí.

Cuando finalmente salgo, me pregunta si tengo tiempo para dar una vuelta por los zocos. Le digo que no, alguien me espera en el hotel. No es verdad, pero, a pesar de los pesares, este chico no acaba de convencerme. De nuevo nos adentramos por callejuelas muy duras y poco transitadas. Ningún problema, me dice, cuando le recuerdo que debo llegar pronto al hotel. En efecto, al poco tiempo penetramos en los zocos por la parte trasera y pronto estamos en un punto que reconozco y desde el que me indica cómo llegar fácilmente hasta Djemaa el Fna. Concluidas sus instrucciones, tiende la mano a la espera de mi gratificación. Le doy 20 dirhams y se ofende, exigiendo lo que, según él, cobra un guía oficial: 100 dirhams.

–Creí que me acompañabas por el placer de hablar– le digo.

Medio en broma medio en serio, discutimos hasta que le doy 40 dirhams y un buen rotulador que asoma en el bolsillo de mi camisa y que él me pide para completar la paga:

–Es para que mi hijo aprenda a escribir– dice, muy serio.

Poco después de instalarme a la sombra, en el patio interior del hotel, un joven marroquí ha venido a sentarse también en uno de los sofás. Viste una brillante *gandora* blanca. Después de un breve saludo, se enfrasca en la lectura de un periódico, sin prestarme mayor atención. Se trata, aparentemente, de un joven cultivado y acomodado. Buena ocasión, me digo, para ampliar y diversificar mis relaciones con la población local.

Interrumpo su lectura para preguntarle si conoce Taroudant.

–En una guía inglesa he leído que es un lugar agradable e interesante para pasar un par de días, pero querría saber si un marroquí piensa lo mismo– le digo, para justificar mi pregunta.

Me escucha con una cierta sorpresa y, de manera educada pero fría y breve, responde: "Sí, Taroudant es un buen lugar. Tiene unas grandes murallas muy hermosas y bien conservadas", añade. Después, parece dar la conversación por acabada. Sin embargo, de vez en cuando, sin apenas levantar la vista del periódico, suelta frases inconexas. "Anoche, este animal no me ha dejado dormir", dice, señalando a uno de los numerosos gatos que vagan por el hotel. "Estos chicos franceses han estado gritando hasta muy tarde. Son unos maleducados." Y, poco a poco, trabamos una conversación, en la que él habla cada vez más y yo cada vez menos. Es de Casablanca –Casa, para los locales– y está pasando un par de días aquí. Ha cursado estudios de técnico electricista y ahora trabaja como capataz en una gran empresa instaladora. Está disfrutando de unas breves vacaciones tras dos años ininterrumpidos de trabajo. Viene de pasar dos días en Tánger y mañana regresa a Casa.

Un camarero trae una bandeja cargada de comida –ha encargado que le sirvan el almuerzo aquí arriba porque no le gusta comer en el restaurante. Hay demasiado ruido, dice, e insiste en compartirla conmigo. –Para nosotros, los musulmanes, compartir la comida es algo sagrado. Hoy yo te doy a ti, quizá mañana tú me des a mí. Nosotros decimos: "Repartir la comida siempre sale a cuenta". ¿Qué queremos decir con eso? Pues, por ejemplo, que un amigo a quien yo haya invitado a comer no me engañará nunca con mi mujer. Sólo es un ejemplo, claro, pero es muy importante... ¿Pobreza, aquí en Marrakech? No, pobreza no. ¡Miseria! ¿Sabes lo que es la miseria? Es algo más allá, mucho más allá de la pobreza. No, no es porque no haya trabajo aquí. Lo que ocurre es que los *marrachkis* son vagos, son unos *fainéants*. ¿Sabes lo que significa *fainéants?* Se pasan el día durmiendo, o dando vueltas por la plaza, esperando que alguien les dé algo. ¿Crees que es normal? Si quieres salir adelante, tienes que espabilarte, tienes que buscar, moverte. Yo he estudiado, tengo un diploma técnico. Cuando acabé mis estudios, enseguida encontré trabajo en una empresa. Estuve ahí dos años. Pero no me gustaba mucho, y ganaba poco, mil quinientos dirhams al mes. ¿Sabes qué hice? Todos los días miraba el periódico y un día vi que una compañía muy importante buscaba *stagiaires*, es decir, gente joven dispuesta a trabajar y aprender, sin cobrar, pero adquiriendo una buena experiencia. Estuve ahí dos años más y después conseguí un empleo en la empresa donde ahora estoy. Ahora gano seis mil dirhams al mes, cuatro veces más de lo que estaría ganando si me hubiese quedado en la primera. Y ahora el dueño tiene plena confianza en mí. Llevo los *chantiers* yo solo, y muchas veces modifico los proyectos del *bureau d'études*, porque estoy ahí, al pie del cañón, y me doy cuenta cuando los papeles están equivocados, porque los han hecho desde un despacho, y el dueño me dice, "¡Adelante, tú mismo!", porque sabe que soy responsable y hago bien las cosas. Pero tengo muchos problemas con los obreros. La mayoría no son de Casa, sino del sur, de Agadir, de Beni Messad, de aquí, de la región de Marrakech... Siempre intentan escabullirse, y trabajar lo menos posible. Si tienen que ir a hacer algún recado, a buscar alguna pieza, desaparecen durante horas. Y yo no lo aguanto. Si han firmado un contrato que estipula que cobrarán tanto por trabajar tantas horas, ¿por qué no lo cumplen y respetan? Si no les gusta el trabajo, o si creen que cobran poco, o que trabajan demasiadas horas, que se vayan, que busquen otro trabajo, otro amo, ¿no te parece? Yo sigo mirando el periódico todos los días, para ver si hay algún trabajo que me interese más que el que tengo ahora. Pero ellos no, ellos sólo tratan de trabajar lo menos posible. Querrían hacer como aquí en Marrakech, siempre sentados en las terrazas de los cafés, mirando pasar la gente. En Casa, antes de las seis de la tarde no ves a nadie en los cafés. Después sí, porque los trabajadores terminan a las cinco, aunque a mí no me verás nunca, porque a menudo trabajo hasta mucho más tarde, hasta medianoche, quizás, o más, pues a veces hay *chantiers* en los que hay turnos día y noche, y yo debo organizar el trabajo de todos ellos y supervisarlo. A veces me hierve la sangre, porque los hay que son unos irresponsables. Una vez necesitaba unos cien metros de cable muy grueso para una instalación industrial muy potente. Cuando me lo trajeron, lo medí y faltaban más de dos metros, y aquel imbécil encima quería tener razón, hasta que la mano se me escapó y le aticé con todas mis fuerzas en plena cara, y le hice daño, porque no me había dado cuenta que tenía una llave inglesa en la mano, pero si no te haces respetar estás perdido, sobre todo si eres joven.

Nos despedimos para ir a descansar un rato pero, antes de marchar, me pide que me espere un momento. Va a su habitación y regresa con un *saruel* blanco en las manos, a juego con su *gandora*. Me lo regala.

Intento infructuosamente rechazar el obsequio. Se ofendería de veras si no lo acepto. No me regala la *gandora*, me explica, porque ya la ha utilizado, pero el *saruel* está por estrenar.

Tras una breve siesta, bajo y consigo burlar la vigilancia de los guías –incluido, supongo, la de mi artesano de las montañas– saliendo por la puerta trasera del hotel.

La puerta da a un pasaje bastante ancho utilizado como aparcamiento de pago de centenares de motocicletas. Los vigilantes escriben con tiza un número en el asiento. Tardo un buen rato en recorrer los veinticinco o treinta metros del estrecho pasillo que queda libre entre las motos aparcadas y por el que continuamente entran nuevos jinetes. Finalmente, llego a Djemaa el Fna.

Por todas partes, en todas direcciones, van y vienen multitudes endomingadas. Por lo visto, la gente ha decidido celebrar hoy la fiesta que la lluvia ayer frustró.

La plaza, llena a rebosar, es un inmenso parque de atracciones. Actores y espectadores, charlatanes y tamborileros, artistas y vagabundos, empresarios y clientes, se confunden en una tremenda algarabía, formando irregulares aglomeraciones de geometría variable y efímera, amebas ahora voraces y un minuto después parturientas. Un par de grupos de turistas, informados, conducidos y protegidos por guías oficiales fácilmente identificables por el gran medallón dorado que lucen en el pecho, cruzan la plaza a paso ligero. Algunos de los entretenimientos más concurridos son aquellos donde los participantes, armados con unas larguísimas cañas de las que cuelga, al extremo de un hilo de no menos de tres metros, una anilla de estrecho diámetro y grueso perímetro, ensayan una pesca casi imposible. El juego consiste en situar la anilla alrededor del cuello de una botella de litro y medio de Fanta, de naranja o de limón. Quien lo consigue, se lleva la botella como premio. Por lo que veo, no creo que nadie lo vaya a lograr jamás por más que con el dirham que uno paga, tiene todo el tiempo del mundo para intentarlo, hasta el agotamiento.

También hay diversos grupos de músicos y bailarines, entre ellos la *troupe* de hace un par de noches, pero hoy sólo tiene dos bailarines, uno de ellos el pequeñajo que me acarició. Sigue enfundado en su jersey rojo, pero hoy luce una peluca algo más corta y unos senos del tamaño de balones de fútbol. Irresistiblemente seductor. Lo observo mientras dirige los movimientos del otro bailarín, el afeminado, que se mueve delicada, suave, morbosamente. Luego, él repite los mismos pasos con movimientos exagerados, lascivos, los ojos en blanco, haciendo vibrar su vientre con fuerza, como si tuviese un émbolo en su interior. El público ríe y disfruta a lo grande, y suelta las monedas sin hacerse rogar. Me largo antes de que mi vieja puta venga a por mí.

Los tenderetes están abarrotados de voraces familias que dan ávida cuenta de todo tipo de *delicatessen*, salchichas rojas como el pimentón, bolas de sangre fritas, caracoles, tripas, *harira*, pasteles de almendra…

Los encantadores de serpientes soplan y soplan sus flautas y clarinetes, y no se sabe si es la música la que encanta la serpiente o la serpiente la que encanta la música, obsesiva, estridente, imparable.

Los aguadores buscan un turista que les haga una foto; los ciegos, de dos en dos, de tres en tres, tienden la mano a la oscura caridad del mundo; los acróbatas saltan, los niños boxean y se rompen la cara por cuatro monedas; desde las terrazas del café Argana, del café de France, de l'Hôtel de la Place, los turistas enfocan sus teleobjetivos.

Nada es, todo cambia, sólo la plaza permanece.

Mientras la atestada plaza sigue recibiendo gente que afluye desde todas partes, la presión se ve aliviada por una riada humana que la abandona para dirigirse hacia la Koutoubia. Todo el mundo anda tranquilamente, sin prisas, sin prestar atención alguna a los coches –taxis, especialmente– que a pesar de los guardias circulan alrededor de la plaza. Hoy es fiesta y luce el sol. O tal vez es fiesta porque luce el sol. ¿Qué más se puede pedir?

A cien metros de Djemaa el Fna, el cruce situado frente a la Koutoubia, uno de los ángulos de intersección entre la *medina* y la nueva ciudad, es el escenario de una constante e incruenta batalla entre coches, motos, ciclistas y peatones.

Es una lucha ininterrumpida en la que, con paciencia, humo y ruido, todo el mundo acaba ganando sin que, sorprendentemente, se produzca ninguna baja.

La Koutoubia es uno de los dos minaretes gemelos de la Giralda –el otro está en Rabat–, en versión original y, obviamente, sin aditamento cristiano alguno.

A la mezquita sólo tienen acceso los musulmanes y yo debo conformarme con mirarla desde los vecinos jardines públicos.

Los jardines no son especialmente interesantes, pero están repletos de familias, de niños endomingados, de jóvenes y no tan jóvenes parejas que se hacen retratar por los fotógrafos ambulantes. Muchos hombres y muchos chicos pasean de dos en dos, cogidos de la mano, hablando sin cesar.

Al anochecer regreso al hotel, aunque todavía es algo temprano para cenar, pero estoy francamente cansado. Subo a la habitación para recoger un libro y, cuando voy a salir, llaman a la puerta. Es Bechair. O mucho me equivoco o acaba de despertarse.

–No me digas que has estado durmiendo hasta ahora– le digo sonriendo.

Él se siente obligado a darme una explicación.

–Verás, antes, cuando te he dejado, ha venido a verme un amigo y hemos estado un buen rato juntos. Después, he dormido un poco, pero sólo media hora. Ahora iba a dar un paseo y he pensado que tal vez podríamos ir juntos.

No puedo decirle que no.

Salimos y caminamos sin rumbo por los márgenes de Djemaa el Fna. A él le pone nervioso la plaza. Sintetiza todo lo que no le gusta de la ciudad: la picaresca, el vagabundeo, el escaso amor al trabajo... Me pregunta qué monumentos he visto. ¿El palacio El Badi? Sí, fantástico. ¿La Medersa ben Youssef? Sí, magnífica. ¿La Koutoubia? Sí, espléndida. ¿El Palacio El Bahir? Sí, miento, pero por lo que he leído no me interesa mucho. ¿Las tumbas saadianas? Sí, desde luego. ¿La Menara?

–¿La Menara? ¿Qué es la Menara?– me parece recordar haber leído algo pero no logro identificarlo ahora.

–¿No has visitado la Menara? No puede ser. Es una residencia, un palacete de verano, muy pequeño pero con los mejores jardines de Marruecos. Vamos. Tomaremos un taxi que nos lleve y nos espere. Cae algo lejos.

–Pero ya casi es de noche. Estará cerrado– protesto.

–No importa. Habrá *éclairage public*. Todos los monumentos nacionales tienen *éclairage public*. Lo sé muy bien.

Detiene un *petit taxi*, ya ocupado por otro pasajero, y después de una breve negociación con el conductor, subimos.

El coche penetra en la caótica circulación que emana de la plaza, sin prestar atención a los semáforos, esquivando y casi empujando a los ciclistas y peatones que obstaculizan su avance.

–Ves, esto en Casa no ocurre– dice Bechair. –Si un peatón cruza la calle cuando tiene el semáforo en rojo, piiiiip, aparece un guardia que estaba oculto en alguna parte y te retira la documentación, y te dice que vayas a buscarla a la comisaría, y ahí debes pagar una multa para recuperarla, pero claro, si le das algún dinero a él, seguramente te devuelve la documentación. Y es mejor pagar al policía que al Estado, ¿no crees? Mi amo siempre me da dinero para que se lo dé a los funcionarios. De esta forma los permisos circulan más deprisa. De lo contrario, puedes pasarte años esperando, ahora una cola aquí, ahora otra allí, ahora este departamento, ahora aquél... Y, claro, yo conozco a todos los funcionarios, porque vienen a los *chantiers*, a hacer sus inspecciones, y algo de dinero siempre lo arregla todo.

El otro pasajero del taxi se ha apeado en medio de una gran avenida, en plena ciudad nueva. Cruzamos Gueliz y, ya fuera de la ciudad, a dos o tres kilómetros, llegamos a las puertas del recinto de la Menara. Está cerrado y a oscuras. Bechair me mira, desolado.

–No te preocupes– le digo, –vendré mañana por la mañana.

–¿Me lo prometes? Son los jardines más hermosos de Marruecos.

–Te lo prometo.

Mientras regresamos a la *medina*, Bechair y el taxista, que están de acuerdo sobre la belleza de la Menara, discrepan sobre su extensión. Uno dice que los jardines ocupan una superficie de 1.000 metros cuadrados. El otro asegura que son 14.000 metros cuadrados. El taxi nos deja, por indicación de Bechair, junto a la Koutoubia. Al bajar, intento pagar el importe del viaje, pero él lo impide con decisión. Mientras negocia el precio y paga, discute acaloradamente con el conductor. Después, ya andando, me cuenta su discusión:

–¿Sabes qué me decía el taxista? Que tenía que dejarte pagar a ti. Que no hay que ser tan amable con los extranjeros, porque después ellos no lo son con nosotros. Me contaba que un hermano suyo hospedó a unos alemanes aquí, en su casa, y que luego, cuando él fue a Alemania, ni siquiera quisieron recibirlo. Le he dicho que éste no era el caso. Que no todo el mundo es igual. Y aunque lo fuese. Nosotros debemos ser amables y hospitalarios. El Corán lo dice.

Paseamos por los alrededores de la Koutoubia y, de pronto, se le dispara una pasión fotográfica. Me hace fotos, me pide que le haga fotos, pide a alguien que nos fotografíe juntos. Es noche cerrada y no creo que en las fotos aparezca nada de los decorados que con todo cuidado escoge, pero está contento.

Luego, me pregunta por la familia, la mujer, los hijos. Él no está casado, pero tiene muchos hermanos y hermanas. Nos adentramos en los zocos, y empieza a comprar regalos para los míos, discutiendo con los vendedores, regateando y enfadándose con ellos, sin hacer caso de mis protestas. Al final, amenazo seriamente con enojarme. Las últimas compras –un par de anillos y un llavero con una pequeña daga– son para sus hermanas y para su hermano pequeño, dice. No me permite pagar ninguno de los regalos.

–¿Te das cuenta de cómo son estos tipos?– me pregunta, una vez finalizada la razia comercial. –Piden más del doble del precio justo. Es algo que va contra el Corán. El libro dice claramente que un comerciante sólo puede cargar un diez por ciento sobre el precio de coste. Pero éstos quieren hacer el dinero así, deprisa, sin trabajar, cargando un cien, un doscientos por cien. No lo aguanto.

–Pero, ¿por qué vienes a Marrakech?

–¡Ah! ¡Es tan hermoso! Los monumentos, los palacios, los jardines...

De regreso al hotel, recupera uno de sus temas preferidos:

–Debes andar con mucho tiento por aquí. No lleves nunca mucho dinero encima. No vayas por calles solitarias. Y haz como yo– se agacha y del interior de un calcetín extrae y abre una navaja con una hoja brillante de unos quince centímetros. –¿Sabes?, en Tánger tuve que utilizarla. Un par de tipos querían desvalijarme.

Ya en el hotel, me propone cenar arriba, en el patio, solos y tranquilos, como a mediodía. Declino su propuesta. Hará frío y, además, abajo está el músico. Lo acepta a regañadientes.

Mientras cenamos, me traduce fragmentos de alguna de las letras que canta el músico: "Jamás te olvidaré, el tiempo que he pasado contigo, jamás lo olvidaré..." Es una canción tradicional de las que aquí llaman andalusíes, me cuenta. No sé cómo debo interpretar toda esta historia.

Entonces aparece Abdul. Después de saludarlo, lo presento a Bechair, y los dos quedan algo desconcertados. Abdul me cuenta que esta mañana ha llegado poco después de que yo me hubiera ido, según le han dicho los chicos del hotel. Lo lamenta mucho y me pide que disculpe. Bechair lo observa con recelo. Hablo alternativamente con uno y otro, pero entre los dos no se cruzan ni una palabra. Aprovechando un momento en que Bechair ha ido a servirse más comida, Abdul me pregunta por él. Luego, me informa que va al mismo café donde estuvimos anoche y me invita a reunirme con él cuando acabe de cenar. Tal vez iré, le digo, sin prometer nada.

Cuando regresa con el plato lleno, Bechair me pregunta por Abdul: ¿quién es, qué hace, cuánto tiempo hace que lo conozco? Le cuento cuatro vaguedades, tratando de dejar a Abdul en buen lugar.

Al finalizar la cena, Bechair propone una nueva salida. Sólo un café rápido, le digo, estoy muy cansado. Esta vez tomo yo el mando. Lo llevo a la terraza del café Argana, que tiene una vista excelente sobre Djemaa el Fna. Son casi las once y la plaza sigue en plena ebullición. A las once, sin embargo, el camarero anuncia el cierre del local y yo aprovecho para dar la jornada por concluida.

–¿Ya quieres regresar al hotel? ¿No quieres pasear un poco más?

–No, gracias, estoy muy cansado, de veras.

–De acuerdo, de acuerdo. Lo comprendo.

En la recepción nos despedimos efusivamente. Él parte a las seis de la mañana hacia Casablanca. No le digo que probablemente yo también me iré mañana. No me perdonaría que no visitase la Menara. Antes de subir a las habitaciones se le acerca uno de los chicos del hotel y le habla afectuosamente. Intuyo que debe ser el que le ha visitado a media tarde. Bechair desenfunda una vez más la máquina para fotografiar a su amigo y yo me ofrezco a retratarlos juntos. Lo aceptan encantados. Después me retiro, finalmente, a mi habitación.

Un par de minutos más tarde, llaman a la puerta. Es él. Lamenta que hayamos podido conocernos tan poco, me dice. Tengo que ir a visitarle a Casablanca. Te espero en Barcelona, le digo, a mi vez. Volvemos a despedirnos con un abrazo y cierro la puerta. Ya es medianoche. Confío que Abdul no esté aún esperándome.

A la mañana siguiente, me despierto a las seis y decido irme a Taroudant. En la recepción está de servicio el amigo de Bechair. Al verme, sonríe y me alarga un pequeño paquete que éste le ha dejado para mí una hora antes: es el llavero con la daga que ayer dijo que compraba para su hermano pequeño.

Yo dejo un sobre, con una nota y unos billetes, para Abdul. Sí, claro, el chico de la recepción sabe perfectamente quién es.

2

"Le hasard est toujours mieux qu'un rendez-vous"

Las calles están desiertas, y el cielo también. No hay ni una sola nube. El interior de la estación de autobuses, sin embargo, rezuma humanidad, agitación y humedad. Junto a la taquilla, un grupo de cinco adolescentes piden dinero a todo aquel que se aproxima. Tras una breve conversación, casi todo el mundo les ofrece alguna moneda. Cuando me toca el turno a mí, me invitan a darles siete dirhams, ni más ni menos. Es lo que les falta para comprar el último billete, me explica el mayor de ellos. Efectivamente, adquieren los billetes delante de mí y se van corriendo hacia un autobús que ya tiene el motor en marcha. Es el mismo que debo tomar yo. Lo abordo sin haber bebido ni un café.

El autobús, viejo, sucio y abollado, va repleto. Hay unos cuarenta o cincuenta asientos, todos ellos ocupados, y, además, veinte o veinticinco pasajeros se apretujan de pie en el pasillo. Todos van muy abrigados y cargados de bolsas y bultos. Durante la primera parte del trayecto avanzamos muy lentamente. Mejor dicho, cuando nos movemos, lo hacemos a buena velocidad, pero el autobús detiene su marcha constantemente para cargar o descargar pasajeros y mercancías.

En una de las primeras paradas en que ha bajado alguna gente he podido sentarme. Es el asiento situado justo encima de una de las ruedas traseras, y voy encogido como una gallina. Por suerte, a mi lado viaja un muchacho que casi no ocupa lugar. Es uno de los que pedían dinero en la estación. Está muy tenso y erguido, la mirada fija hacia adelante, abrazado a su equipaje, una bolsa de plástico azul donde probablemente lleva todas sus pertenencias.

–¿Adónde vas? ¿A Inezgane?– le pregunto. Debo repetírselo un par de veces antes de que me comprenda.

–A Agadir– dice finalmente, con un hilo de voz.

–¿Tienes familia allí?

–No, soy de Marrakech.

–¿Por qué vas a Agadir?

–Para buscar trabajo. En algún hotel o si no en la construcción.

–¿Y tus amigos también?

–Sí, vamos juntos. Si a uno le van bien las cosas, ayuda a los demás.

–Y si no encontráis nada, ¿regresaréis a Marrakech?

–No, iremos a otro sitio. Hacia el norte. A Casablanca, tal vez.

–¿Lo saben vuestros padres?

–Sí, claro. Mi hermano también viene– dice mientras señala con un gesto hacia otro chico sentado unas filas más adelante.

Marrakech va quedando atrás, como un sueño agridulce. De momento, el camino es poco alentador. El paisaje es desolado y desolador, no porque sea pobre, sino por la dejadez y el abandono en que se halla. Pronto empieza a hacer calor, pero en el autobús todo el mundo sigue tapado hasta las orejas. Durante toda la parte central del recorrido subimos y bajamos montañas sin cesar. En un par de ocasiones tenemos la nieve del Alto Atlas a tiro de piedra. Aun sin contar con que estos últimos días también aquí parece haber llovido mucho –la tierra está húmeda y, en muchos puntos, encharcada– habitualmente en esta zona tiene que haber agua en abundancia. Sin embargo, los campos son eriales y en ninguna parte se ve ningún hombre trabajando. Sólo algunas mujeres, de vez cuando, recogiendo hierbas, y niños, muchos niños, vigilando un puñado de ovejas y cabras.

Por la ventana desfilan pequeños pueblos de adobe, difícilmente distinguibles de la tierra de la que emergen, rodeados de un muro también de barro, un simulacro de defensa contra no se sabe qué enemigos. No se ve a nadie, pero en muchas de las casas –cabañas, más bien– se alzan altas antenas de televisión.

Los hombres parecen estar todos congregados ahí donde hay paradas de autobús algo más importantes y formales: en una gasolinera, en un café, en un cruce de caminos. En estos lugares los hay por docenas, sentados al borde de la carretera, observando atentamente nuestro paso.

¿Por qué voy a Taroudant? ¿Por qué no ir directamente a Zagora?

Soledad, sí, pero quizá no tanta. Exotismo, sí, pero tal vez no tanto. Buscamos el exotismo, y la diferencia, pero a condición de que no sean excesivos. Cuando lo son, aparece el temor. Estos últimos días, en Marrakech, he acabado teniendo un cierto miedo de andar por la ciudad a solas.

Sólo me había ocurrido otra vez, en Los Ángeles, por razones muy distintas. Ahí, el miedo era la emanación directa de unas calles desérticas, vías de separación entre rascacielos introvertidos, territorio exclusivo de los coches durante el día y de los desheredados del imperio desde la caída de la noche.

Aquí es miedo de la multitud, de su pobreza y de mi relativa riqueza, de las miradas de los jóvenes desocupados, de los miserables, de los niños descalzos y legañosos, de las manos tendidas de los ciegos, de los tullidos que se arrastran por el suelo. Miedo de unas palabras aspiradas, silbantes, incomprensibles, mientras todos te observan, o parecen hacerlo. Miedo de los falsos guías que te abordan, chicos, a menudo, como éste que ahora viaja a mi lado, atemorizado, lanzado a la intemperie, casi tembloroso en medio de este bochorno, dentro de su jersey de lana gruesa y basta, lejos de los padres y los hermanos, buscando constantemente con la mirada la presencia de sus compañeros de aventura.

Diferencia, sí, pero no tanta, por favor.

El calor aumenta por momentos, pero todos los pasajeros se mantienen abrigados. Tengo el estómago revuelto y la cabeza empieza a dolerme.

Por poco que me guste Agadir, o Inezgane, me quedaré ahí, ya que no estoy de humor para ponerme a buscar un medio de transporte hasta Taroudant. Son casi cien kilómetros más y, según mi guía, no hay ningún *grand taxi* que haga todo el recorrido. Por lo menos hay que combinar un par de ellos.

Poco después del mediodía, entramos y nos detenemos unos momentos en Agadir. Reconstruida desde los cimientos después del terrible terremoto de 1963, Agadir se levanta hoy como una ciudad fantasmal, un inmenso suburbio blanco y desértico con centenares de hoteles y bloques de apartamentos aplastados por el sol, el polvo y el viento. Quizás Inezgane resulte más atractivo.

Cuando llegamos, a la una, bajo un sol que aturde y con una migraña que me tiene literalmente mareado, el alma se me cae a los pies.

Tras cruzar unos barrios desolados, entramos en una gran plaza alargada, repleta de autobuses, gritos y carreras. A un lado del aparcamiento hay un edificio muy largo, relativamente moderno, de tres plantas, con unos bajos porticados llenos de cafés y pequeñas tiendas. Centenares de hombres permanecen sentados a las mesas de los cafés, contemplando el tráfico de autobuses, bultos y viajeros. Al otro lado, un gran mercado al aire libre en plena fermentación llena el aire de polvo y griterío. En conjunto, una especie de caricatura de Marrakech en medio de ningún lugar.

No me siento con ánimos para quedarme ni un solo día aquí. Ni tampoco de ponerme a buscar la manera de salir.

Recojo mi equipaje y me refugio un momento del sol bajo las arcadas, frente a uno de los muchos cafés y al lado de un viejo al que un joven sonriente limpia los zapatos.

Mientras enciendo un cigarrillo, noto que el viejo me observa y suelta algunas frases entre las que me parece oír "Taroudant!"

No debo haberle entendido bien, o tal vez está hablando de fútbol con el limpiabotas, pero de hecho me está mirando y parece esperar una respuesta. ¿Y si me estuviese ofreciendo un taxi?

–¿Taxi a Taroudant?– le pregunto.

–No, nada de taxi. Autobús. Yo voy a Taroudant en mi autobús– dice el viejo en un francés ahora bastante comprensible, mientras señala con orgullo un destartalado vehículo aparcado justo al lado del que yo acabo de dejar.

–¿De verdad?– no me lo puedo acabar de creer. –¿A qué hora sale?

El viejo mira su reloj.

–A la una y cuarto. Dentro de diez minutos. Siéntate aquí y descansa un poco– dice indicando una silla vacía junto a una mesa ocupada por dos hombres. Obedezco sin pensarlo dos veces. Ya con los zapatos limpios, va hacia su autobús y a los pocos momentos regresa con un billete en la mano para mí:

–Trece dirhams, y cinco por el equipaje.

Pago sin rechistar, y él carga con mi bolsa y la lanza a un ayudante encaramado al techo del vehículo. Cinco minutos después, emprendemos el camino hacia Taroudant, traqueteando por una estrecha y bacheada carretera, con la alegría de haber dejado atrás el aparcamiento de Inezgane y con la cabeza a punto de estallar.

Pese a estar situado bastante al sur de Marrakech, en Taroudant la gente y la vida tienen un aire más mediterráneo y más occidental. Muchos hombres visten pantalones y jersey o cazadoras. No pocas mujeres van con faldas que sólo les llegan hasta la mitad de la pantorrilla, cosa que en la *medina* de Marrakech era impensable. La verdad es que me resulta familiar y tranquilizador.

Aquí todo es más *como debe ser*.

Para empezar, y especialmente, no hay aquellas multitudes de hombres y jóvenes desocupados, sin otra dedicación aparente que la contemplación del movimiento del sol y el paso del tiempo.

Todo el mundo parece ocuparse en algo, sin prisas, sin presión aparente, y, por tanto, nadie se fija demasiado en ti. Hay mucha gente, por las calles, pero andan como si fuesen a alguna parte. Te miran con una cierta curiosidad –y, al cruzarte con ellos, algunos jóvenes te dicen: *"Allô, sidi, ça va bien?"*–, pero nadie se te adhiere como una lapa, si no quieres compañía. ¡Qué alivio!

La *medina* de Taroudant está totalmente amurallada. Al día siguiente de mi llegada, pregunto en el hotel donde me he alojado si es posible alquilar una bicicleta para recorrer los cinco o seis kilómetros a lo largo de los que, según me dicen, se extienden la murallas. Parece ser que sí es posible. Despistado y desorientado, por la calle pido información en varias ocasiones para dar con el taller donde las alquilan. Todo el mundo me ha ayudado con extraordinaria amabilidad, ofreciéndose a acompañarme pero sin insistencia alguna.

Una vez hallado el lugar, monto en la bicicleta y pronto estoy al pie de las murallas. Éstas son, efectivamente, impresionantes y están muy bien conservadas, como me había dicho Bechair. Extramuros se extiende el Marruecos moderno, con todos los edificios oficiales que han abandonado la vieja *medina*: el Ayuntamiento, la Prefectura, los cuarteles... Una amplia avenida une y separa las dos ciudades. De los postes del alumbrado público que flanquean la carretera cuelgan banderolas descoloridas. La sonriente imagen de Hassan II revolotea sobre el asfalto desierto.

Con el sol ya en su apogeo, me detengo y me siento a la sombra de un árbol, cerca de la puerta principal de la *medina*, y por una vez invierto los papeles. Ahora soy yo quien deja pasar el tiempo y mira pasar la gente –muchos peatones, muchas bicicletas y motocicletas de pequeña cilindrada, algunos automóviles, pocos– que entra y sale de la ciudad vieja, al tiempo que tomo algunas notas.

A partir de las doce y media, el tráfico aumenta notablemente. Parece como si saliesen de trabajar de algún lugar y regresasen a sus casas. Vienen en grupos, a pie o en bicicleta, en animada conversación. De vez en cuando, un coche toca la bocina, se detiene y recoge algún conocido. Hacia la una, el número de gente empieza a menguar.

Cuando estoy a punto de marchar, un chico de quince o dieciséis años se me acerca y me saluda:

–*Bonjour, Monsieur*. ¿Necesitas alguna cosa?

–Buenos días. No, gracias. Descanso un rato. Hace mucho calor.

–¿Que haces? ¿Escribes? ¿Eres *écriteur**?

–Sí, más o menos.

–¿Es una historia? ¿Una novela?s

–Todavía no lo sé. Voy tomando notas de lo que veo.

–A mí me gustan mucho las historias. Soy estudiante.

En ese momento, pasa por allí otro muchacho. Se saludan afectuosamente y hablan unos segundos entre ellos. Después, el recién llegado viene a saludarme, mirando con curiosidad mi libreta de notas. Le devuelvo el saludo y sigo escribiendo. Los dos jóvenes se sientan a pocos metros y charlan animadamente, al tiempo que me observan.

Cada vez circula menos gente y muy pronto la calle queda desierta.

Los malos recuerdos de Marrakech se agolpan en mi memoria. Al poco rato cierro mi libreta, subo a la bicicleta y me voy. Al decirles adiós a los chicos, los dos me saludan sonrientes y me desean una buena continuación del paseo.

–Espero que la próxima vez que vengas por aquí me cuentes la historia que has escrito– grita el más joven, a guisa de despedida.

Estúpido de mí, habría debido quedarme un rato a hablar con ellos.

Tras devolver la bicicleta al taller, me cercioro del lugar y hora de salida del autobús con el que pienso ir mañana hacia Ouarzazate. Desde allí, deberé tomar otro que me lleve a Zagora. Todo el mundo me informa de manera detallada y coincidente. Busco y encuentro, fácilmente, alguna viejecita a la que dar algunos dirhams.

Por la tarde, me dejo ir por el zoco, tranquilo y relajado –el zoco, y también yo– y compro algunos objetos: una piedra con fósiles, un collar de piedras azules, una mano de Fátima contra el mal de ojo... Debo dejar algún dinero en este pueblo. Pero también hay que regatear. De lo contrario, los vendedores te toman por estúpido.

* *Sic*

Pregunto el precio de una piedra magnífica, de mármol negro, pulido, con cuatro fósiles perfectos de caracoles de mar, cónicos, muy alargados. El vendedor me pide por ella, de entrada, 120 dirhams. Pese a que el precio me parece bastante razonable, esbozo un gesto de escándalo y dejo la piedra en su lugar, arguyendo que es demasiado cara.

–Escucha– dice el hombre. –Éste es el precio de salida. *Mais, c'est pour marchander.* Dime tu precio.

–No, de ninguna manera. Empiezas demasiado alto.

–¿De dónde eres? ¿Francés? ¿Italiano? ¡Ah, español! Bien, te lo arreglaré. Españoles, italianos, marroquíes, todos somos lo mismo. Si fueses americano te pediría trescientos dirhams. Y si fueses alemán, doscientos. Como eres español, te lo dejo por cien. Antes de decidirte, mira otras piedras. Tengo muchas.

Es verdad. Tiene un montón, la mayoría preciosas. Sin embargo, vuelvo a coger la misma.

–Me gusta ésta, pero es demasiado cara.

–Bien, dime tú un precio.

–Cincuenta, no más de cincuenta.

–¡Tú exageras! ¿La has mirado bien? Hay cuatro fósiles en esta piedra. Es de cuando el mar llegaba hasta aquí.

–Sí, ya lo veo, pero sigue siendo muy cara.

–Te la dejo en ochenta, porque eres español.

–No.

–Haz un esfuerzo, hombre, y yo también lo haré. Tengo ganas de entenderme contigo.

–Cincuenta.

–Setenta.

–Cincuenta.

–Vamos, ni para ti ni para mí: sesenta. Démonos la mano.

–De acuerdo, sesenta.

Le doy un billete de 100 y él entra a buscar cambio al fondo de su pequeña tienda. Al salir, me tiende un billete de 50 dirhams.

–No, habíamos quedado en que eran sesenta– le digo, en un alarde de honradez.

–Déjalo, ya está bien así– replica, al tiempo que estalla en una carcajada contagiosa.

–Gracias. Volveré otra vez.
–*Inxalá.*

¿Cómo saber cuándo te timan y cuándo no? Imposible. Hace siglos que estos comerciantes son maestros en aplicar *avant la lettre* uno de los grandes principios de la ideología económica posindustrial: el precio no como medida del valor, sino del deseo.

En algunos momentos, como ahora, resulta evidente que el problema no es el exceso sino la falta de diferencia. Bajo las chilabas o los albornoces, bajo los jerseys de lana áspera, esta gente se parece demasiado a mí. La personalidad, la identidad, la individualidad... ¡Estupideces! Yo podría ser uno de ellos. Cualquiera de ellos podría estar en mi lugar. Lo que da miedo no es el color de la piel, ni la lengua, ni la religión, sino la pobreza, la suciedad, los malos olores, la enfermedad... ¿Por qué ellos y no yo? ¿Por qué yo y no ellos?

Quizá lo que deberían hacer las autoridades es imponer un fuerte peaje a los turistas por el mero hecho de entrar en el país, de venir a hacer fotografías, de admirarse y escandalizarse por el atraso y la miseria, por la ausencia de anuncios, por la limpieza del aire, por la ingenuidad y la alegría de vivir, por la amabilidad...

El conjunto resulta muy similar a lo que ocurría en mi pequeña ciudad natal a principios de los años 50... Tal vez por eso me he decidido a venir aquí. La infancia es un territorio que se desplaza. Ahora, la mía se encuentra más bien aquí que en el Ampurdán.

Al atardecer, me instalo en un café de la plaza Armassag, la mayor y más animada de las dos que hay en el pueblo. Casi todas las mesas están ocupadas por grupos de dos y tres hombres, de todas las edades, que hablan sin parar. Alrededor de las mesas, muchos otros permanecen de pie o sentados en el suelo. Continuamente pasan chiquillos corriendo, jugueteando. Al ponerse el sol, los muecines llaman a la oración a través de los altavoces de los minaretes. En la plaza, todo el mundo sigue con sus conversaciones, haciendo tanto caso a la llamada como nosotros lo hacemos al toque de campanas del Ángelus.

Ceno en el mismo café. El menú permite escoger entre tres primeros platos y tres segundos. Pido *harira* y pollo asado.

–Lo siento– dice el camarero, –no queda *harira*, se ha acabado, pero tenemos una sopa de verduras muy buena.

–De acuerdo, sopa de verduras.

–¿Y después?

–Pollo asado, si es que queda.

–Sí, por supuesto, pero yo le recomiendo *tajin de kefta*.

–Pues no se hable más, *tajin de kefta*.

Los dos platos son excelentes.

Me quedo escribiendo en el café hasta que, hacia las diez, el camarero me informa que el local cierra ya. Sin darme cuenta me he quedado solo.

Regreso al hotel por callejones desiertos, casi a oscuras. La luna crece y la noche resplandece de estrellas. Mañana hará calor.

Efectivamente, a las ocho de la mañana no se ve ni una nube y poco después de las nueve el sol ya quema.

El autobús que cubre el trayecto Inezgane-Ouarzazate llega puntualmente a las diez. Bajan algunos pasajeros y subimos media docena. Todos conseguimos un asiento. Ya fuera del pueblo, sin embargo, vamos recogiendo más pasajeros y pronto el autobús va abarrotado.

Entre los que han subido en Taroudant hay una francesa y dos chicas que hablan inglés.

En el asiento contiguo al de la francesa, y justo delante de mí, viaja un joven marroquí de unos veinte años, casi negro y cabeza rapada, que tiene ganas de hablar. Se dirige alternativamente a la francesa y a mí, por encima del respaldo de su asiento, pero no consigo entender lo que dice. A falta de otras posibilidades, nos ofrecemos cigarrillos y sonrisas regularmente. El autobús avanza ahora a buena velocidad, cargado de humo, ruido y sudor.

Toda la primera parte del camino hacia Ouarzazate explica el porqué del relativo bienestar de Taroudant. La carretera discurre por el centro de un amplio valle –el valle del Suss–, cerrado por el Alto Atlas y sus nieves eternas a la izquierda, hacia el noroeste, y por el Anti Atlas, con nieve sólo en sus picos más altos, a la derecha. Aunque la tierra es dura y arenisca, hay muchos cultivos –trigo, frutales, olivos, arganes...– y en algunos de ellos pueden verse hombres trabajando. No es ningún paraíso pero, en comparación con el camino entre Marrakech y Agadir, es un placer.

Los pequeños pueblos que vamos dejando atrás siguen siendo pobres, muy pobres. Todas las construcciones –poco más que cabañas– son de adobe, de *pisé*, como dicen aquí: pequeños bloques de barro, paja y excrementos, prensados y secados al sol. A menudo pasamos al lado de los restos redondeados, de pocos palmos de altura, de uno de estos caseríos. Un par de chaparrones más y ya sólo quedará el recuerdo.

Es difícil imaginar qué vida debe ser más dura, si la de estas aldeas o la de la *medina* de Marrakech.

¿Qué sensación debe producir contemplar aquí, en estas chozas, *Dallas* o *Belleza y poder?*

Poco antes del mediodía, el autobús se detiene en Aoulouz, en medio de una plaza polvorienta. Compro una botella de agua y charlo un rato con las dos chicas anglófonas. Resultan ser neozelandesas. Les pregunto por las islas del Pacífico, una pregunta que aquí suena a obscenidad. No las han visitado nunca. Nos explicamos los itinerarios del viaje que estamos haciendo. Ellas también piensan ir a Argelia, pero sólo a las ciudades del norte. Alguien de la embajada norteamericana en Marruecos les ha dicho que en el sur, en la región de Tamanraset, hay combates entre el ejército y grupos armados. Primera y extraña noticia.

–¿Queréis decir gente del FIS?– pregunto.

No saben qué es el FIS.

La chica francesa, que se nos ha unido, sí sabe qué es, pero no tiene noticia de estos supuestos combates. Viaja sola desde hace un mes, sin itinerario preestablecido. Ahora se dirige a Taliouine, un caserío perdido en el Alto Atlas. No, no ha tenido ningún problema serio. "Esto, comparado con la India, no es nada. Allí sí me sentía sola. Aquí es fácil entenderse con la gente." Sí, y no es fácil sentirse solo aquí.

El chico del autobús que tenía ganas de hablar se incorpora al grupo. Seguimos sin apenas entendernos, pero le ofrezco agua de mi botella y el gesto hace innecesarias muchas palabras.

A partir de Aoulouz, la carretera trepa hacia la montaña y el terreno se endurece notablemente. Sigue habiendo muchos arganes, pero el suelo es cada vez más seco y pedregoso. Los arganes se asemejan mucho a los olivos. Tienen un gran tronco muy irregular del que surgen cuatro o cinco ramas principales. Mientras la tierra es llana y fértil, las ramas se alzan y distribuyen regularmente, formando unas copas inmensas, redondeadas y compactas.

Producen un fruto durísimo –a medio camino entre una aceituna y una nuez– del que se extraen algunas gotas de un aceite delicado y muy aromático, utilizado en pastelería y rituales religiosos. Se necesita el fruto de cinco árboles para obtener un litro de aceite.

Cuando el terreno deviene decididamente quebrado y pedregoso, monte arriba, los arganes crecen a mucha distancia unos de otros, y tronco y ramas cobran formas torturadas, retorcidas, grotescas.

Los restantes cultivos desaparecen, sustituidos por rebaños de cabras y ovejas que hurgan entre la rocalla o –en el caso de las cabras– se encaraman a los arganes en busca de algo que comer.

Taliouine aparece en una hondonada, entre montañas. Es un pueblo disperso, con fragmentos inconexos, sin centro aparente. El autobús se detiene en una curva de la que sale un camino polvoriento. Dos mujeres y media docena de chiquillos observan nuestra llegada. Al fondo, a un par de kilómetros, esculpida en la falda de la montaña, se yergue una *kasbah* impresionante. La francesa desciende del autobús y, después de hablar un momento con las mujeres, emprende con ellas el camino en dirección hacia la *kasbah*. Los niños cargan las piezas de su equipaje.

Luego, un largo anticipo del desierto. La carretera, cada vez más estrecha y en mal estado, sube y baja continuamente durante tres horas, por terrenos áridos y calcinados. De vez en cuando, los repliegues de las montañas dejan entrever viejos pueblos fortificados, castillos de barro y paja. Grandes y profundos lechos de ríos secos hieren la tierra baldía, a la espera del deshielo. El autobús sigue efectuando frecuentes paradas para dejar subir o bajar a algún pasajero. ¿De dónde salen, a dónde van? El calor es intenso. En el autobús, a lomos de un asno o de pie, junto a la carretera, todo el mundo va bien abrigado.

En una de estas paradas sube un músico, con un *rabab*, una especie de violín de una sola cuerda, tocado en vertical. Instalado en el pasillo del autobús recita, acompañado de su instrumento, alguna historia que provoca la risa de los pasajeros. Después de dos canciones, recorre el pasillo con una bacinilla en la mano. Le doy unas monedas y le pregunto, por gestos, si puedo hacerle una fotografía. Sí, ningún problema, me indica, y se queda plantado delante de mí, a dos palmos, esperando. Consigo hacerle comprender que prefiero que siga cantando y tocando el violín, y que ya lo fotografiaré más tarde. Se aleja por el pasillo y reemprende su recital. Cuando por fin disparo mi máquina, por dos veces, él finaliza rápidamente su canción y regresa a mi lado para pedirme más dinero. Se lo doy sin rechistar.

Al iniciar el descenso hacia Tazenakht, los campos recuperan un cierto verdor. Poco antes de llegar al pueblo, la carretera está cortada. Un desvío nos hace cruzar el cauce de un río por el que discurre una débil corriente de agua turbia. Una riada se llevó el puente el año pasado, me explica un pasajero.

A partir de aquí, vuelven a abundar los árboles y los cultivos.

Poco antes de las cinco llegamos a Ouarzazate. A la entrada del pueblo pasamos junto a media docena de barracas y atracciones de feria. En el tiovivo, en vez de caballos hay camellos.

El pueblo promete muy poco, pero el autobús de Zagora no sale hasta mañana a mediodía. Aparte de una *kasbah* interesante pero muy maltrecha, el gran atractivo de Ouarzazate parece ser el de que fue en estos parajes donde se filmó *Lawrence de Arabia*. Después se han rodado aquí otras películas más o menos "de desierto" –*Jesús de Nazaret*, por ejemplo– y, entre unas cosas y otras, la pequeña ciudad cuenta ahora con unos estudios cinematográficos permanentes. La promoción turística oficial presenta Ouarzazate como el Hollywood marroquí y el invento debe funcionar, pues lo cierto es que, en un extremo del pueblo, se levantan cuatro o cinco hoteles con muchas estrellas.

Cansado, sucio y hambriento, decido pasar la noche en uno de ellos. Tal vez me cruce con una gran *vedette*.

A la hora de la cena, entro en el comedor apenas abierto. Es una gran sala de estilo occidental, con numerosas mesas. No hay aún ningún otro comensal, pero sí un *buffet* muy bien surtido, en cantidad y, aparentemente, en calidad, atendido por media docena de camareros recién planchados. La escena me choca pero, debo confesarlo, no me desagrada totalmente.

Me sirvo, para empezar, un plato de crema de verduras hasta el borde, bajo la atenta mirada de los camareros.

Apenas sentado a mi mesa, entran en el comedor dos parejas de franceses y un matrimonio alemán con dos hijos de corta edad. Al poco rato, irrumpe un grupo de veinte o veinticinco ancianos, ostensiblemente franceses, excitados y ruidosos como una banda de adolescentes.

La sopa es excelente, densa pero suave, aromática, ligeramente picante, reconfortante. No me dejo retirar el plato para irme a ofrecer una segunda ración. Antes, observo cómo se sirve la madre alemana. Llena un plato con todo lo que cabe en él: ensalada marroquí, pimientos rellenos, arroz, patatas, *tajin* de ternera, conejo guisado con cebolla y zanahorias... Después, hunde el cucharón en la sopa de verduras, riega abundantemente su rebosante plato y se dirige satisfecha hacia su mesa. A pesar de todo, repito de sopa.

A mitad de la cena aparece de pronto detrás de mí un grupo de músicos –un violinista y tres hombres con panderos y panderetas– y tres mujeres maduras y entradas en carnes, guarnecidas como los danzarines de mi grupo preferido de Marrakech: vestido blanco largo y grandes cinturones con lentejuelas, además de unas finas correas de cuero que perfilan sus carnosas espaldas y sus exhaustos pechos.

Las tres mujeres lucen dentaduras engastadas de oro y plata. Una de ellas, que años ha debió ser atractiva, canta y baila bastante bien, pero las otras dos sólo deben haber dejado un momento el delantal en la cocina para venir a hacer el numerito. Auténtico *german belly-dancing*, como decía no recuerdo quién. Un paraíso al alcance de cualquier bolsillo.

El autobús para Zagora sale a las doce y media, de modo que durante la mañana tengo tiempo suficiente para visitar la *kasbah* Taorirt.

Construida en *pisé*, como toda la arquitectura tradicional de la región, gran parte de ella está ahora en ruinas. Una pequeña zona está aislada y conservada como monumento histórico. Otra parte está habitada por familias pobres. El resto se reintegra poco a poco a la madre tierra.

Después de visitar la parte turística, voy a dar un paseo por el resto del gran recinto. Mientras saco unas fotos de unos edificios ruinosos, deshabitados, se me aproxima un joven de aspecto tímido.

–*Bonjour, Monsieur. Ça va, Monsieur?*

–*Bonjour. Ça va, merci.*

–¿Es la primera vez que vienes a Ouarzazate?

–Sí.

–*Ah! Soyez le bienvenu!*

Soy consciente de que ya no podré librarme de él, pero no me molesta. Dentro de un par de horas me voy hacia Zagora, y tal vez con él vea algunos rincones de la *kasbah* que yo solo no descubriría. Echamos a andar e, implícitamente, queda claro que él es el guía. Me explica la historia de la *kasbah* y las exigencias del *pisé*. Hay que rehacer las construcciones cada dos años, de lo contrario se empiezan a desintegrar. Pero, durante el verano, mantienen el interior fresco y, durante el invierno, templado.

¿Por qué les cogí tanta manía a los falsos guías de Marrakech? Ahora percibo mi error. Saben lo que hacen y lo que dicen. Es una de las pocas posibilidades que tienen de trabajar un poco, en lucha contra el monopolio de los guías oficiales. Me dejo llevar, pues, por la parte habitada de la *kasbah*. Racimos de chiquillos juegan en los callejones llenos de escombros. Algunas mujeres van y vienen por los estrechos pasajes con grandes bultos cargados sobre la cabeza. En una callejuela nos cruzamos con un hombre joven, vestido a la occidental, con camisa y unos pantalones oscuros bien planchados, y unos relucientes mocasines negros. Él y mi guía se saludan y hablan unos momentos. Cuando se separan, mi acompañante me informa que su amigo tiene una tienda de alfombras y tapices, una tienda muy hermosa, La Maison Bérbére. Si nos dejamos caer por allí, su amigo nos invitará a tomar el té, me dice. Se lo agradezco, pero no creo que tenga tiempo, replico.

Seguimos paseando por el laberinto de *pisé*. El joven me explica que la *kasbah* pertenece ahora al gobierno y que éste deja vivir gratuitamente en ella a algunas familias. De esta forma ayudan a conservarla, sin que al gobierno le cueste un céntimo.

Nuestro recorrido, aparentemente arbitrario, nos conduce –¿quién iba a adivinarlo?– a la entrada de La Maison Bérbére, una casa de dos plantas algo mejor conservada que las colindantes. El amigo de mi guía está de pie en el umbral, ahora elegantemente enfundado en una *gandora* índigo, idéntica a la del joven berebere de Zagora. Los dedos de sus manos están llenos de anillos y un importante reloj, grueso, dorado, trufado de pequeños contadores, abulta su muñeca. Bajo la *gandora* siguen brillando los mocasines negros.

–¡Hola, amigo! ¿Quieres tomar el té?

No le ha sido necesario preguntarme si soy francés, italiano o español. Obviamente, el otro ya lo ha puesto al corriente, antes. Me siento como si estuviese en medio de una corrida. Mi guía es un peón de brega, que me ha entretenido y cansado un rato, hasta llevarme a los pies del maestro para el tercio decisivo, el momento de la verdad. Sigue sin molestarme. Es su trabajo, y el matador tiene aspecto simpático. Y dentro de una hora y media me voy de aquí.

–No, gracias, tengo poco tiempo. Dentro de un rato debo coger un autobús hacia Zagora. ¿Eres berebere?

–Claro. Casi todos lo somos aquí. Los bereberes somos los habitantes originales de Marruecos. Los árabes vinieron después. Ellos están sobre todo al norte del país, pero en el sur, casi todos somos bereberes. Y tú, ¿de qué ciudad española eres?

–De Barcelona.

–¿De Barcelona? ¿Hablas en serio? *Barcelona és bona si la bossa sona ...*– dice en catalán. –Yo tengo una novia en Barcelona. Se llama Nuria. Vive en la calle N., en el número XXX. ¿Por qué vas a Zagora?

–Para visitar a unos amigos.

–¿Tienes amigos en Zagora?– pregunta extrañado.

–Bueno, en Marrakech conocí a un joven que vive ahí, berebere como tú, y quedamos que iría a verlo.

–Ya entiendo. No te fíes demasiado. Te diré un proverbio berebere: *"Le hasard est toujours mieux qu'un rendez-vous."*

–Sí, probablemente. En realidad, estoy haciendo un viaje bastante al azar.

–Aunque no tengas tiempo para tomar el té tal vez lo tengas para subir un momento a la azotea. Hay una vista magnífica.

–De acuerdo. Vamos allá.

Entramos en la casa, cruzamos una sala oscura y subimos por una escalera empinada.

Ya en la azotea, Mohcine –tal es su nombre– mezcla sus explicaciones sobre la *kasbah* con otras relativas a sus frecuentes viajes al desierto, en un discurso torrencial en el que mezcla francés, castellano e incluso algo de catalán, todo salpicado con refranes bereberes.

Tras un par de intentos fallidos, consigo interrumpirlo para preguntarle a qué se debe que tenga una novia barcelonesa.

–Hace un par de años vino aquí, a mi tienda, un grupo de españoles. Estuvimos hablando, como ahora contigo, y acabé acompañándolos a una breve excursión por el desierto. Después, se fueron todos a Marrakech pero a una de las chicas la ciudad no le gustó nada. A los pocos días estaba de regreso aquí, ella sola. Quería volver al desierto, pero yo tenía trabajo, de modo que la envié con un primo mío a visitar a mi familia, que son nómadas. Yo mismo vivo seis meses aquí y seis meses en el desierto. Ella pasó un tiempo allí, con ellos, como una más, cocinando, tejiendo alfombras, haciendo todo lo que hacen las mujeres. Cuando regresó a Barcelona, lo explicó a sus padres y éstos, en señal de agradecimiento por la hospitalidad de mi familia, me invitaron a visitarlos. El año pasado estuve allí y nos entendimos muy bien. Si algún día me caso, será con ella. Nos hemos prometido, entre nosotros, pero no se lo hemos dicho a nadie. Nosotros, los bereberes, meditamos muy bien antes de tomar una decisión importante.

Me siento totalmente incapaz de detectar qué hay de verdad en toda esta historia. Estoy a punto de preguntarle si ha leído alguna novela de Paul Bowles. El joven mercader que seduce a Kit, la protagonista de *El cielo protector*, podría haber sido el padre de este joven que tengo ahora frente a mí. Imagino que, si yo fuese una mujer, no me costaría demasiado dejarme seducir por él. Por otro lado, me desconcierta el hecho de que parece haber desistido, desde el principio, de venderme nada.

–¿Tú crees que una chica de Barcelona se acostumbraría a vivir aquí o en el desierto?

–No lo sé, quizá sí. Pero si nos casamos, viviremos en Europa. En Barcelona o en otro lugar, pero no aquí. Tengo ganas de conocer mundo. Te diré otro proverbio berebere: "La juventud pasa, la vejez la reemplaza, la muerte las reúne, y sólo quedan los recuerdos, y los mejores recuerdos son aquellos que te hacen aprender, descubrir y cambiar."

¿Es posible que a cada turista que pase por aquí le monte el mismo número este joven genio?

Desde la azotea se ve el interior de muchas de las casas de la *kasbah*, muchas medio desmoronadas. Cabras y ovejas mordisquean entre los escombros. Un denso hedor flota en el aire caliente.

–¿Vamos bajando?– me pregunta, pese a que es evidente que ya lo ha decidido. –Empieza a hacer mucho calor. ¿Marchas ya hacia Zagora o tienes tiempo de tomar el té?

En realidad, tengo tiempo de sobra.

–De acuerdo, tomemos el té.

Bajamos a la sala por la que hemos pasado antes y, cuando enciende la luz, los muros muestran una fantástica exposición de alfombras y tapices.

A lo largo de las cuatro paredes, y sólo interrumpido por dos pequeñas puertas, discurre un banco de mampostería cubierto de cojines y, cada cuatro o cinco metros, una gran bandeja circular, de cobre grabado, sostenida por un sencillo trípode, hace las veces de mesita. Tomamos asiento en el banco, ante una de estas mesas, e inmediatamente aparece un chico con una tetera humeante.

Le pregunto de dónde proceden las alfombras y qué significado tienen los diferentes dibujos y colores. Mientras me lo explica, entra en la sala un hombre occidental, acompañado por un joven guía local, y, al cabo de un momento, una pareja, también con su correspondiente acompañante nativo. Los tres extranjeros son franceses. Igual que yo, quedan deslumbrados ante las piezas que cuelgan de los muros. Mohcine los observa con atención un instante y después se me acerca y me dice, en voz baja:

–Oye, ya veo que tú no quieres comprar nada pero, si tienes diez minutos, podrías hacerme un favor. Ahora voy a ir a hablar con estos franceses y les enseñaré unas cuantas alfombras. Si tú simulas que te interesas por una de las que les enseñaré, seguro que acabaré vendiéndosela a ellos.

En efecto, Mohcine se levanta y se dirige al grupo y, en pocos minutos, extiende una docena de alfombras, de todos los tamaños, a sus pies. Todas ellas son atractivas pero hay dos, predominantemente azules, con dibujos geométricos, especialmente hermosas.

Mientras él suelta su discurso a los teóricos compradores, también yo me levanto y me muestro interesado por el género, observando de cerca las piezas, tocándolas, palpando el grosor del tejido, comprobando la solidez de los miles de nudos del reverso, como si entendiese algo en la materia. Tras mi meticuloso examen, interrumpo su conversación para preguntarle, en francés, el precio de una de las alfombras azules:

–Doce mil dirhams– responde, muy serio.

–Vamos, hombre, creía que éramos amigos.

–Escucha– replica él, en tono lapidario, –ya es la tercera vez que vienes aquí y sabes muy bien lo que compras. Si te digo este precio es porque es un precio de amigo.

Luego, vuelve a prestar toda su atención a los clientes. Yo sigo mirando y removiendo las alfombras pero, poco después, los hipotéticos compradores se largan, sin comprar nada, ante el indisimulado enojo de Mohcine.

–Estos franceses son una mierda cada día más grande. Vienen aquí creyendo que pueden imponer sus condiciones.

–Escúchame– le digo, –ahora hablo en serio. ¿A cuánto me dejarías ésta azul? No quería comprar nada, realmente, pero ahora recuerdo que dentro de un par de semanas es el cumpleaños de mi hija y como no voy a estar…

Mohcine me mira, con aparente extrañeza.

–A ocho mil, o algo menos. Pero si quieres una alfombra de este color, te enseñaré otras mucho mejores, de lana y seda. A precio de amigo, claro.

De la trastienda extrae dos piezas a cual más hermosa y, tras un corto regateo, acabo comprándole una, para mi sorpresa y no sé si suya. Tras cerrar el trato, Mohcine insiste en que el año próximo debo regresar con mi familia. Él nos acompañará al desierto y nos presentará a la suya. Para él, me explica, lo más importante es la amistad. Hoy hemos empezado la nuestra. Pero la amistad es una semilla muy delicada. Hay que cuidarla, para que fructifique. Lo escucho con una sonrisa en los labios, pensando que este chico es un auténtico artista.

–De acuerdo, la amistad es muy importante pero, como tú mismo has dicho, *"le hasard est toujours mieux qu'un rendez-vous"*.

–Es verdad, pero jamás debes reírte de un hueso de dátil. Tal vez un día será una gran palmera– replica riendo.

–¿Otro proverbio berebere?

–Sí, claro.

Todavía ríe. Me gustaría saber por qué.

Al principio, el camino hacia Zagora no resulta muy prometedor. Inmensos pedregales se extienden y suceden monótonamente, salpicados por matojos de hierbas y rebaños de hambrientas ovejas. Al poco rato, la carretera empieza a subir abruptamente y el paisaje acaba por endurecerse y resecarse completamente. Pronto estamos en plena montaña, bordeando profundos cañones en los que, de vez en cuando, una mancha verde y media docena de palmeras rodean una charca o un pozo.

Por una vez, el autobús va medio vacío y apenas se detiene para dejar subir o bajar a algún pasajero. El chófer conduce a toda velocidad por la estrecha y tortuosa carretera, de memoria. Probablemente podría hacer el camino con los ojos cerrados. Después de una hora de curvas, y de un rápido descenso, llegamos a Agdz, el primer pueblo que encontramos desde que hemos salido. Para celebrarlo, supongo, nos detenemos en la plaza y el conductor apaga el motor y baja del vehículo. El resto de pasajeros siguen su ejemplo. Un chico ve que yo no estoy muy seguro de cuál es el programa y me informa que la parada suele ser de un cuarto de hora.

Puesto que aún nos quedan más de dos horas de camino, me acerco a uno de los tenderetes instalados en la plaza y pido que me rellenen una torta de hallulla con un huevo duro y unos pimientos fritos. Una vez preparado el fino panecillo, con el huevo y los pimientos bien trinchados en su interior, el hombre del tenderete salpimenta el combinado a puñados. El resultado es incendiario. Un matahambre excelente.

A la media hora, quizás algo más, el chófer reaparece, se instala en su asiento y toca repetidamente el claxon. Cuando subo, con la boca aún en llamas, el mismo chico de antes me sonríe:

–Un cuarto de hora, media hora... ¡Qué más da! *On a le temps!*

Se sienta junto a mí y me invita a fumar. Habla muy bien el francés. Ha estudiado bachillerato, me explica, pero después no ha podido ir a la universidad. Sus padres son ancianos y él es el hermano mayor. No, no va a Zagora. Vive en un pequeño pueblo que no consta en mi mapa, a unos 70 kilómetros hacia el interior. Tiene familia en Montpellier y ha estado allí en un par de ocasiones. Ha pasado por Barcelona, y también conoce Marsella.

–*J'ai le rêve qu'un jour je visiterai le monde!*– me dice.

–*Inxalá!*

–*Inxalá!*

Agdz se halla en la cabecera del valle del Draa, un río que nace en las montañas y que, en vez de dirigirse hacia el mar, lo hace hacia el desierto, donde, doscientos kilómetros más allá, desaparece en la arena. Durante su recorrido por la superficie, da vida a un largo y espléndido palmeral. La carretera discurre siempre próxima al río. Todo el trayecto está punteado, en ambas orillas, por fantásticos *ksour*, bien conservados, con los muros llenos de incisiones que dibujan figuras geométricas, flores estilizadas, guirnaldas... El chófer sigue conduciendo a toda velocidad, haciendo sonar frecuentemente la áspera bocina. Bajo las palmeras se distinguen claramente pequeños campos de trigo y huertos bien cuidados. Los hombres trabajan la tierra, mientras las mujeres lavan ropa en las acequias.

Además de hablar conmigo, el joven se dirige también a veces a un amigo suyo sentado al otro lado del pasillo. De repente, lanza un grito al chófer y éste detiene el autobús junto a un desvío del que arranca un camino sin asfaltar.

–Si necesitas alguna cosa, Idriss te ayudará– me dice, a guisa de despedida, señalando hacia su amigo.

Mientras el autobús recupera su velocidad de crucero, veo al joven emprender el camino a pie, bajo el sol de mediodía.

Idriss –de apariencia tímida y mirada triste– toma inmediatamente el relevo.

–¿Vas a Zagora?

–Sí.

–¿Conoces el lugar?

–No, pero conozco a alguien que vive ahí.

–¿Sí? ¿Quién es?

–No recuerdo su nombre, ahora. Es un chico que conocí en Marrakech. Tiene una tienda llamada Les Trésors du Désert.

–Ah, ya. Te refieres a Abdesllam. Lo conozco muy bien. Pero ahora no lo encontrarás. Lo vi anteayer y me dijo que se iba unos días al desierto con un grupo de turistas.

Lo miro, preguntándome si debo creerle, pero él se me anticipa:

–¿Estaba solo cuando te lo encontraste en Marrakech?

–No, iba con un suizo.

–Claro, era Robert, un tipo con gafas, y con los cabellos recogidos en una cola de caballo. También lo conozco.

Me rindo.

–¿Dónde piensas alojarte, en Zagora? ¿Has hecho alguna reserva?

–No, pero no creo que tenga ningún problema. Pensaba ir a La Fibule du Draa. He leído que es un lugar agradable, en el palmeral.

–Sí, es cierto, es un buen lugar, pero está lleno. Desde ayer está completo.

–¿Estás seguro? No lo creo. En el hotel de Ouarzazate en el que he estado me han dicho que no tendría ningún problema.

–Pues se han equivocado. Ahora empiezan las vacaciones de Semana Santa en Europa, y desde hace un par de días está llegando mucha gente. Pero, claro, siempre puedes probarlo.

Es cierto, no había pensado en ello. Hoy es viernes y pasado mañana ya debe ser Domingo de Ramos. Vaya por Dios.

–¿Qué me recomiendas? ¿Hay algún otro lugar del mismo tipo? Busco un lugar tranquilo y algo cómodo, para poder pasear a pie, leer, escribir… Querría quedarme tres o cuatro días.

–En Zagora, hay dos o tres hoteles más pero están al lado de la carretera y cuando salgas a pasear todos los chiquillos querrán acompañarte y llevarte a las tiendas. Si quieres un lugar tranquilo, puedes venir a mi hotel.

Lo que me faltaba.

–¿Tu hotel? ¿Qué quieres decir?

–Bien, es la casa de mi padre y de mi hermano mayor, pero también es un hotel. Está en Tamegroute, a unos quince kilómetros al sur de Zagora, siguiendo por esta misma carretera. El pueblo es muy agradable. Ahí tenemos la biblioteca coránica más importante de Marruecos, con libros muy antiguos, escritos sobre piel de gacela. Vienen estudiosos de todo el mundo a consultarlos.

Abro mi guía de viaje y verifico que todo lo que dice el joven coincide con la información del libro. Éste incluso afirma que la familia del hotel es muy agradable y acogedora.

–De acuerdo– le digo, –vamos allá.

Después, le muestro la página donde se habla de su hotel y de su familia. Me pide que se lo traduzca, pues está en inglés y él no lo entiende. Cuando lo hago, me mira satisfecho y con un asomo de orgullo, pero sin que sus ojos pierdan del todo una lejana tristeza.

Buscar a uno y encontrarte con otro, siempre hay alguien que te espera. Pasarte la vida en un autobús, siempre hay alguien que sube o baja. Ir a un lugar y llegar a otro, sin prisas, si no llegamos hoy será mañana, siempre hay alguien que quiere cuidar de ti. *Le hasard est toujours mieux qu'un rendez-vous.*

En Zagora, donde nos detenemos unos minutos, Idriss me hace observar un descolorido letrero azul que cuelga encima de una tienda cerrada con una persiana metálica: Les Trésors du Désert."

Media hora más tarde, el autobús llega a Tamegroute y nos deja cerca de la casa a la que nos dirigimos, una construcción relativamente moderna, situada a la entrada del pueblo, junto a la pequeña carretera. A lo lejos, el palmeral sigue aún el curso del río.

A primera vista, el hotel resulta de lo más acogedor. Es una especie de casa solariega, de una sola planta, pero muy amplia. En el vestíbulo, donde se halla un mostrador de recepción, no hay nadie. Más allá se abre una gran sala rectangular, de quince o dieciséis metros de longitud por siete u ocho de anchura, con el habitual sofá corrido y las mesas bajas, grandes, rodeadas de *poufs*. A lo largo del eje central, otras mesas, más pequeñas, presentan un amplio muestrario de bandejas, vacías, y grandes teteras. Al fondo, unas puertas acristaladas dejan ver lo que tal vez sea un patio o un jardín. Tampoco hay nadie en la sala. Aunque bien dispuestos, muebles y objetos ofrecen un aspecto polvoriento y de abandono. Ciertamente, es un lugar tranquilo. Quizá demasiado.

En el jardín, pequeño y cerrado por altos muros, hay un pequeño estanque vacío y una pareja de pavos reales. En un rincón, sentado a la sombra de un árbol, un hombre observa con atención a los animales. El macho intenta atraer la atención de la hembra, aparentemente sin demasiado éxito. El hombre es el padre de Idriss. Después de las presentaciones y saludos, regresamos al interior de la sala, mucho más fresca que el patio.

–Siéntate aquí– dice Idriss, indicándome un rincón del sofá. –Ahora te servirán el té.

Al cabo de un buen rato, un chico más joven trae el té y un plato de cacahuetes. Idriss va y viene por la casa, atareado. Lo veo cruzar el patio armado con un cubo y una escoba. Cuando finalmente viene a sentarse conmigo, le digo que querría dejar el equipaje en la habitación y salir a dar un paseo antes de que oscurezca.

Las habitaciones se hallan en un pequeño pabellón lateral, anejo a la construcción principal. La que me ha sido asignada es espaciosa y podría ser hermosa pero, pese a que Idriss debe haberla barrido ahora mismo, está francamente sucia y huele a cerrado. En el lavabo no hay agua y, por el polvo acumulado en la pila, hace tiempo que no la ha habido.

Salgo pronto en busca de aire fresco, decidido a no volver hasta que no esté muerto de sueño. Idriss está esperándome. Es evidente que no se separará de mí hasta que me vaya.

–¿Te parece bien la habitación?

–Sí, está bien; pero ¿no hay agua?

–Sí, tenemos un depósito. Cuando quieras lavarte me lo dices. ¿Quieres hacerlo ahora?

–No, luego, cuando regresemos.

En primer lugar vamos a visitar la tumba del marabú, el fundador de la biblioteca. El sepulcro –una construcción monumental, como una gran capilla, con unas altas puertas doradas, profusamente labradas y bien conservadas– se halla dentro de un recinto cerrado, un gran patio porticado por el que deambulan o yacen por el suelo decenas de hombres y mujeres. Son *enfermos psicológicos*, me informa Idriss, llevándose la mano a la cabeza. Sus familias los traen aquí, donde permanecen hasta que se curan. Mientras contemplamos el mausoleo, un par de viejos se nos aproximan para pedirnos una limosna. Idriss los aleja sin contemplaciones.

Salimos del recinto y entramos en un patio contiguo, donde está la famosa biblioteca. Es un pequeño edificio situado al fondo del patio, y mientras nos dirigimos a él un anciano sale y cierra la puerta con llave. Es el bibliotecario. Idriss habla con él, quien no tarda en reabrir para acompañarnos a efectuar una visita. Todas las paredes están cubiertas de estanterías repletas de libros y protegidas con portezuelas de vidrio. El bibliotecario me indica los mejores ejemplares, o los que él considera que me pueden impresionar más: traducciones de Aristóteles, de Plotino, de Ptolomeo, viejas ediciones de Ibn Khaldun, manuscritos del Corán sobre piel de gacela, con magníficos dibujos florales o geométricos... Va deprisa, tiene ganas de acabar, y contesta sucintamente a mis preguntas con una precaria pero inteligible mezcla de francés e italiano.

Al finalizar, le pregunto a Idriss si puedo ayudar a la biblioteca.

–¿A qué te refieres? ¿Cómo quieres ayudar?– me replica, desconcertado.

–Sí, claro que puede ayudarnos– interviene el anciano, adivinando mi intención y recogiendo con rapidez el billete que le ofrezco.

Al salir de la biblioteca damos un paseo por el laberinto de la *kasbah*. Como en la *medina* de Marrakech, las calles no tienen más de un metro y medio o dos de anchura –más adelante sabré que, según una de las escasas normas urbanísticas del Corán, las calles deben tener la anchura necesaria para que puedan cruzarse en ellas dos camellos, ni más, ni menos– pero aquí son mucho más limpias y tranquilas. A menudo se transforman en pasajes cubiertos, auténticos túneles que horadan las casas. Es para protegerse mejor del calor, me explica Idriss. Los hombres con los que nos cruzamos nos saludan: *"Essalamu aleykom"*. *"Wa aleykom essalam"*, respondemos. Cuando aparece una mujer, se refugia en la entrada de una casa, la mirada en el suelo, hasta que la hemos dejado atrás. En el extremo de un callejón se oyen risas femeninas y tambores.

–Las mujeres se divierten– dice Idriss. –Hay una boda en el pueblo. La fiesta dura siete días.

Al llegar a casa, todo está a oscuras, incluida la entrada.

–Los turistas no verán que aquí hay un hotel, si no dais la luz– le digo a Idriss riendo.

–Sí, es verdad. Hace tiempo que no se detiene nadie– responde, con seriedad, mientras hurga en un pequeño cuadro eléctrico situado en el interior, junto a la puerta. Las luces de la entrada titilan unos instantes hasta que, finalmente, permanecen apagadas. Damos la vuelta a la casa oscura para llegar al jardín. Acompañado del chico que me ha servido el té, el padre de Idriss sigue observando en silencio, a la luz de la luna creciente, el ritual prenupcial de la pareja de pavos. Aunque no tiene competidores, no parece que el macho haya progresado demasiado. La hembra mantiene su actitud distante y desdeñosa.

El chico se llama Lahcen y es hermano de Idriss. Nos sentamos con ellos para contemplar un rato el espectáculo. Una escenificación digna de Robert Wilson. Desde la *kasbah* llega la cadencia regular de los tambores. Noche de ceremonias. El padre desvía unos momentos su atención de los pavos para hablar con Idriss, mientras dirige su mirada hacia mí.

–Mi padre pregunta a qué te dedicas– traduce Idriss.

–Soy profesor de filosofía.

Padre e hijo hablan unos momentos, con gran seriedad.

–Mi padre dice que no debes ser creyente, si eres profesor de filosofía.

–¿Por qué no iba a serlo?

–Porque los filósofos siempre dudáis de todo, dice mi padre.

–Sí y no. Yo no practico ninguna religión, pero creo en unos principios generales.

Hablan un poco más entre ellos y después el padre saluda y se retira.

–Ya veo que no le gusta que sea profesor de filosofía– le digo a Idriss.

–¡Oh, no, ningún problema! Él es muy creyente. Escribe libros sobre el Corán. Pero aquí todo el mundo puede pensar como quiera.

–Eso está bien, pero no todo el mundo es tan tolerante. ¿Tú eres creyente?

–Sí, claro, soy musulmán.

–¿No tienes miedo de que, con todo lo que está ocurriendo en otras partes, aquí al lado mismo, en Argelia, el integrismo tenga cada vez más fuerza?

Idriss medita un rato y finalmente dice que no lo cree.

–De todos modos– añade, –es un tema que no me interesa.

–¿Qué te interesa?

–La música. Toco el laúd y canto. Pero sólo estoy empezando– dice, muy serio, y siempre con un punto de tristeza. –Ya es tarde. Debes tener hambre. ¿Qué quieres para cenar?

–Me da lo mismo. Lo que tengáis.

–¿Te gusta el cuscús?

–Sí, claro.

La gran sala está ahora levemente iluminada por tres bombillas que penden de un hilo, una en cada ángulo de la sala. En el cuarto ángulo también cuelga una bombilla, pero debe estar fundida. Idriss me conduce justamente a la esquina oscura y luego desaparece hacia la cocina. La recepción y la puerta de entrada siguen a oscuras. Desde que hemos llegado no he visto ninguna mujer pero de vez en cuando se oyen voces y risas femeninas procedentes del interior de la casa.

Lahcen, el hermano pequeño, viene a sentarse a mi lado. Trae un fajo de pergaminos.

–Mira, éste es el libro que ahora está escribiendo mi padre. Es piel de gacela.

Jamás he visto piel de gacela, pero probablemente esto lo sea, o de algún animal similar. Son láminas gruesas y amarillentas, de algo más de un palmo de altura y algo menos de anchura, dobladas por la mitad, de manera que en cada lámina hay escritas cuatro páginas. Pese a la aspereza y rugosidad de la piel, la letra está dibujada con limpieza y precisión. Da la sensación de ser muy antiguo, como los libros que hemos visto por la tarde en la biblioteca.

–¿De qué trata el libro?

–Es el Corán– dice Lahcen.

–¿Comentarios sobre el Corán, quieres decir?

–No, no, es el mismo Corán. Ves, ésta es la primera azora: "En el nombre de Dios, el Clemente, el Misericordioso, Señor del Día del Juicio, a Ti te adoramos y te pedimos ayuda ...” Es un encargo de un *monsieur* de Fez. Mi padre ya escribió otro, hace tiempo, y lo vendió muy bien. Ahora le han encargado éste.

–¡Ah, ya entiendo!– miento. Se me ocurren muchas preguntas pero decido que es mejor no formularlas.

Lahcen se va, dejando las páginas del Corán sobre la mesa, y al poco rato regresa con una carpeta llena de papeles, que me enseña. Son fotocopias. Además del texto, escrito en árabe, en algunas páginas hay también grabados entre los que distingo algunos signos astrológicos.

–Yo estoy estudiando este libro ahora– dice Lahcen. –Es es magia.

En un primer momento entiendo que se refiere al hecho de que son fotocopias pero después veo que no, es decir, sí son fotocopias, pero de un libro antiguo de magia.

–En Marruecos, el noventa y cinco por ciento de la gente cree en el diablo– dice el chico. –Si sabes magia, puedes ganar mucho dinero, tres veces más que un funcionario.

–¿Haciendo qué? ¿Qué tipo de magia?

–Curando enfermedades, o el mal de ojo, o reconciliando matrimonios desavenidos...

–¿Y tú esperas aprenderlo a través de este libro?

–No sólo. Mi padre sabe mucho, mucha gente viene a consultarlo, y mi tío también. Espero que algún día me enseñarán lo que saben. Ahora todavía soy demasiado joven, pero, mientras tanto, estudio.

Por las tinieblas de la entrada aparece un hombre que viene hacia nosotros y, sin abrir la boca, me da la mano al tiempo que esboza una inclinación con la cabeza. Debe rondar los treinta años y se parece a Idriss. En la cabeza luce un fez rojo y, en la frente, un hematoma reciente. Tiene muy mal aspecto. Idriss, que se nos ha unido, me lo presenta como su hermano mayor. Su nombre es Salim. Después de saludarme se sienta con dificultad en el suelo, y apoya la cabeza en uno de los cojines del sofá. Veo que mira mi paquete de cigarrillos y le ofrezco uno. Se incorpora con cuidado y lo toma. Sin que yo le haya preguntado nada, levanta su fez y me muestra otras dos heridas.

–Ayer tuve un accidente. Me di un golpe terrible en la cabeza– dice, al tiempo que vuelve a cubrirse cautelosamente. Luego, cierra los ojos y se toca las sienes con la punta de los dedos, como si le doliera mucho la cabeza.

Lahcen llega con un plato pantagruélico de cuscús. Los tres me observan, esperando que empiece a comer.

–Y vosotros, ¿no cenáis? Aquí hay suficiente para todos. Esto es demasiado para mí.

–No, no, come. Cuando no quieras más, lo dejas. Nosotros cenaremos después, ahí dentro– dice Idriss, señalando hacia el interior de la casa, de donde llegan ruidos y risas de mujer.

Como despacio, largo rato, en silencio y casi a oscuras, bajo la atenta mirada de los hermanos. Cada cinco minutos, uno de ellos se levanta y desaparece para regresar al poco rato. Cuando nos quedamos solos unos instantes, Idriss dice:

–Mi hermano mayor es muy sensible. Ayer bebió mucho vino y le hizo daño.

–Es posible, pero además del vino se ha dado un buen golpe.

–Sí, pero no sé cómo ocurrió. No me lo ha contado.

Ellos siguen entrando y saliendo, proyectando sombras alargadas por el suelo y las paredes del desierto comedor. A través del jardín llega el ritmo sostenido de los tambores.

Cuando no puedo engullir ni una cucharada más de cuscús –he comido casi la mitad– les pregunto por qué no van a cenar.

–Ya hemos cenado– responde Lahcen, esbozando un gesto hacia el interior de la casa.

–¿No vais a ir a la fiesta de la boda?

–No, nuestro padre no se relaciona mucho con la gente del pueblo. Y, además, ésta es una boda entre árabes, y nosotros somos bereberes.

–Pero todos sois musulmanes, ¿no?

–Sí, claro, pero es diferente.

Pasamos un buen rato en la penumbra, los cuatro, en silencio. En el hotel no debe haber entrado un cliente desde hace años. Si ahora llegase uno, probablemente echaría a correr. La perspectiva de irme a la habitación no me seduce demasiado. Pese a la escasa iluminación, saco una libreta y empiezo a escribir. Idriss se tiende sobre el sofá y contempla el agrietado cielorraso por el que, en algunos puntos, asoma el cañizo. Lahcen abre su carpeta, estudia sus fotocopias y toma apuntes. Salim se retuerce, a cámara lenta, con la cara crispada por el dolor. Le ofrezco una aspirina y la acepta inmediatamente, ilusionado. Sabe lo que es pero no ha tomado ninguna en su vida, me dice. Está convencido de que lo curará de inmediato. Le cuento que le sentará mejor si se va a dormir, cosa que no tarda en hacer.

A la vista del ambiente de trabajo intelectual que de súbito se ha apoderado de la sala, Idriss también va a buscar un libro. Es un manual inglés, en inglés, para ingleses, pero con dibujos, para estudiar alemán.

Él no sabe inglés, pero estudia alemán con este libro a través de los dibujos. Me los muestra y me lee las palabras y las frases sencillas que acompañan cada ilustración. Pronuncia bastante bien. Me cuenta que cuando conoce algún alemán de paso por aquí le pregunta la pronunciación correcta de las palabras que ha aprendido.

–Pero, ¿por qué no estudias primero inglés?

–Porque todo el mundo sabe un poco de inglés. Cuando vienen ingleses o americanos, hay diez chicos que pueden hablar con ellos y acompañarlos. Pero cuando viene un alemán, sólo sé yo.

A medianoche me voy a dormir. En la habitación contigua a la mía, Salim ronca a todo volumen con la puerta abierta. Al fondo, lejos, los tambores de la fiesta de bodas han acelerado su ritmo y aumentado su intensidad. Me pregunto si la pareja de pavos habrá culminado su propia ceremonia.

A la mañana siguiente, el grifo del lavabo sigue seco. En el comedor, Idriss y Lahcen yacen en el mismo lugar donde los dejé anoche, y siguen leyendo los mismos libros. Evidentemente, viven en el sofá. Les pregunto si pueden abrir el agua para lavarme. Sí, ningún problema, pero debo avisarles cuando acabe, para cerrarla inmediatamente.

Para desayunar me ofrecen huevos o queso. Elijo el queso, confiando en que me traerán un queso artesano, de oveja o de cabra, pero lo que me sirven son cuatro porciones de una *vache qui rit* marroquí, acompañadas, eso sí, de un excelente pan casero.

–Hoy es día de zoco, como todos los sábados– dice Idriss. –¿Has traído algunas cosas para vender, o para cambiar, *pour faire le troc*: ropa, zapatos, casetes, medicinas...?

No, no se me había ocurrido. De todos modos, voy a la habitación, cojo un par de camisas y unas zapatillas deportivas y se lo doy a Idriss, para él y para sus hermanos. Lo acepta sin remilgos. En el último momento, sin embargo, guardo en mi bolsillo una caja de aspirinas que también había pensado darles. No me imagino por qué puedo cambiarlas, pero me las llevo conmigo al mercado.

En Marrakech tuve la impresión que los zocos contiguos a Djemaa el Fna eran la quintaesencia del mercado. Me equivocaba. Si hay algún mercado esencial es más bien éste de aquí, similar, imagino, a tantos otros como debe haber en los pequeños pueblos marroquíes. Tiene lugar en las afueras del pueblo, a cielo abierto, en un amplio recinto cerrado por un muro de *pisé* de unos dos metros de altura. En el exterior hay decenas de asnos aparcados, de pie bajo el sol, o tendidos sobre el suelo caliente y polvoriento. Vendedores y compradores vienen de lejos, la mayoría en asno, pero también hay coches y camionetas. En el mercado se compra y se vende un poco de todo, pero no mucho de nada: dátiles, cacahuetes, hierbas de todo tipo, amuletos, esterillas, ovejas, cabras, burros, tejidos, ropa confeccionada, joyas, pieles –curtidas o sin curtir– puertas, candados, ladrillos, tejas, vasijas... El tenderete mejor surtido está especializado en detergentes sintéticos.

Compro unos brazaletes de plata y una pipa de kif sin regatear demasiado.

Después, mientras paseamos por el mercado, Idriss me cuenta sus problemas y sus proyectos comerciales. Es perfectamente consciente de que el hotel familiar está condenado. Su padre y su hermano mayor lo llevan a su manera, pero no son del *métier*. Empezaron en 1980, y al principio todo fue bien. No tenían competencia. Pero después construyeron varios hoteles en Zagora y ahora casi nadie viene a Tamegroute, y los pocos que vienen no se quedan. Él se quiere independizar y empezar algo por su cuenta, un restaurante en un pabellón situado en medio de un jardín con palmeras, pero carece del dinero necesario para la inversión inicial. Mientras, todo va de mal en peor. El padre siempre está de mal humor, el hermano mayor se deprime y bebe.

Me propone ir a ver las primeras dunas del desierto, a unos diez kilómetros del pueblo. Pero hay que encontrar algún vehículo dispuesto a llevarnos. Caminamos hasta la carretera. Aparcado a la sombra de un árbol, junto a la última casa del pueblo, hay un R-18 Turbo con dos hombres conversando en su interior. El que ocupa el asiento del conductor viste *gandora* azul y *shesh* negro, como Abdesllam, mi frustrado anfitrión. Idriss habla con él y enseguida me indica que suba al coche. El conductor es un seminómada, según me informa él mismo: seis meses en camello y seis meses en *turbo*.

La pequeña carretera se adentra, a través de una recta inmensa, en una gran llanura de guijarros y tierra dura. A los pocos minutos, una solitaria joroba de arena dorada, algo alejada del asfalto, quiebra la línea del horizonte. Parece una duna de juguete.

Les pregunto, en broma, si han llevado la arena con camiones, como atracción turística.

–Cuando lleguemos, sube arriba y después me lo dices– responde, aparentemente ofendido, el conductor.

El coche se desvía por un camino de tierra y se detiene a unos cien metros de la falda de la duna. Idriss se dirige de inmediato hacia ella y empieza a ascenderla a grandes zancadas. Muy deprisa su figura se empequeñece, mientras la duna crece espectacularmente. A media ascensión, Idriss se gira y me insta con gritos a seguirlo. No puedo negarme. Llego arriba sin aliento.

–¿Todavía te parece que hemos traído la arena con camiones?– pregunta Idriss.

–Era una broma, hombre.

Al otro lado de la duna se alza una gran tienda de nómadas. Doscientos o trescientos metros más allá, media docena de dromedarios rumian bajo el sol, dentro de un cercado. Desde la cima de la duna vemos que un muchacho sale de la tienda y se dirige hacia el coche. Al mismo tiempo, el conductor baja y echa a andar hacia la tienda. Cuando se encuentran, a mitad de camino, hablan unos momentos y luego el conductor sigue hacia la tienda y el chico hacia el coche.

Nosotros descendemos de la duna y regresamos al vehículo, donde encontramos al joven que ha venido desde la tienda. Nos cuenta que el conductor ha ido a saludar a sus parientes. Idriss sube al coche, para protegerse del sol, y me invita a seguir su ejemplo, pero yo permanezco fuera, hablando con el chico. Éste me explica que se han instalado aquí para pasar el verano. Cuando llegue el invierno, regresarán hacia el sur con sus rebaños. También se dedican un poco al comercio. La sequía les obliga a ello. Tal vez yo desee tomar el té y ver algunas de las mercancías que tienen en la tienda: mantas, alfombras, joyas... Rechazo su invitación lo más amablemente que sé.

–He gastado todo mi dinero en el zoco del pueblo– le explico, y en ese momento recuerdo el asunto del trueque. –Pero, si quieres, tengo una caja de aspirinas.

Me intriga saber por qué estaría dispuesto a cambiarlas, si es que lo está.

–¿Aspirinas? Es un medicamento, ¿verdad? ¿Para qué sirve?

–Para el dolor de cabeza, la fiebre, los resfriados, el reumatismo...

Afortunadamente, no me pregunta qué es el reumatismo.

–Nosotros tenemos nuestras medicinas, hierbas, y ese tipo de cosas, pero para la fiebre no siempre son eficaces. ¿Dices que es bueno para la fiebre?

–Sí.

–¿Cómo hay que tomarlo? ¿Con agua?

–Sí, con agua, o también con leche, o con té, como prefieras. Pero si tienes dolor de estómago no debes tomarlo.

–De acuerdo, gracias.

Coge la cajita que he estado sosteniendo en mi mano, la guarda en el bolsillo y se va hacia su tienda. Buen negocio.

Hurgo un rato entre las piedras, con la esperanza de encontrar algún fósil. Unos minutos más tarde, Idriss sale del coche y propone que nos vayamos. El conductor tal vez permanezca horas en la tienda. Iremos andando hasta la cercana carretera y allí encontraremos algún vehículo que nos lleve a Tamegroute.

Un cuarto de hora más tarde estamos en la carretera, esperando que pase algún coche. No hay el menor movimiento, de modo que empezamos a caminar hacia el pueblo. Idriss se despoja de su chaqueta de cuero y se cubre la cabeza con ella, para protegerse del sol. Yo utilizo la capucha de mi chaqueta de lona. A los diez o quince minutos de andar oímos un ruido de motor y poco después vemos aproximarse velozmente por detrás dos automóviles. Les hacemos señales para que se detengan pero pasan junto a nosotros sin reducir la velocidad. Sus ocupantes miran fijamente hacia delante, como si no nos hubiesen visto. Son coches nuevos, de alquiler, cada uno con una pareja en su interior.

–¡Turistas de mierda!– exclama Idriss. Es la primera vez que lo veo no entristecido sino francamente cabreado.

Media hora más tarde vemos venir en dirección opuesta a la nuestra, por el centro de la carretera, una figura totalmente envuelta de negro que anda deprisa, inclinada hacia adelante, como si llevase un gran peso a la espalda, y hablando sola. Cuando nos cruzamos, nos dice algunas palabras, a gritos, sin parar de caminar y mirando simultáneamente a un lado y otro de la carretera. Es una mujer, de edad i ndefinida, y, efectivamente, lleva un bardo colgado de su espalda, amortajado y confundido con su túnica negra. Idriss responde a su interpelación, al tiempo que mira a derecha e izquierda. La mujer ya se aleja, sigue hablando y, sin detenerse en ningún momento, manipula el bulto a su espalda para acomodarlo mejor. Una minúscula cabeza de ojos grandes y pelo negro rizado asoma un instante antes de volver a quedar cubierto por la tela negra.

–¿Qué dice? ¿Qué le ocurre?

–Ha perdido los camellos. Son animales peligrosos. Si no los vigilas o los atas, se escapan.

A nuestro alrededor, la llanura se extiende, grisácea, inacabable, sin otro signo de vida que la cinta de asfalto que la parte por la mitad. La mujer y su carga se van haciendo pequeñas muy deprisa, un punto negro que avanza y se funde en la negrura del asfalto.

Se aproxima otro automóvil, esta vez con tres extranjeros en su interior, que tampoco frenan ni nos miran cuando nos rebasan.

–¡Turistas de mierda!– insiste Idriss.

Ahora es un coche de matrícula francesa el que viene en sentido opuesto. Avanza a poca velocidad. Sus ocupantes nos miran y saludan amablemente, con gestos que pretenden indicar que lamentan ir en dirección opuesta a la nuestra. ¡Y una mierda!

Finalmente, cuando llevamos ya más de una hora andando, aparece un *grand taxi* con un par de asientos libres y nos recoge. Diez minutos más tarde llegamos a casa.

Lahcen sigue tendido en el sofá del comedor, estudiando su libro de magia.

Para comer, me sirven una ensalada y una tortilla acompañados de un pan recién hecho. Como ayer, los hermanos comen, supongo, en sus esporádicas y rápidas incursiones a la cocina. Luego, descabezamos los tres una siesta sin movernos del sofá. Al despertarme, veo que Salim se nos ha unido. Tiene mejor aspecto que anoche.

–Sí, me siento mucho mejor. Tu medicina me ha ido muy bien. Ayer bebí demasiado– añade, mientras sus hermanos aún duermen y sin que yo le haya preguntado ni insinuado nada.– Un litro de *rouge* y cinco cervezas. Vivir aquí es muy difícil. Al principio los negocios funcionaban muy bien pero, ahora, han construido varios hoteles nuevos en Zagora y desde hace tres años no viene nadie por aquí. Veo esto –abarca la sala con un gesto–, todos los esfuerzos que hemos realizado, y me desmoralizo. Pero nuestro padre no quiere cambiar. Dice que así ya está bien. Yo querría irme a Europa, a montar algo, un café, un restaurante... Pero hay que tener mucho dinero. Ahora se celebrarán los *juegos mundiales* en España, ¿verdad? ¿Crees que sería un buen negocio montar un restaurante marroquí durante los meses de verano? ¿Es fácil encontrar un local? ¿Son caros los alquileres?

Pienso que, tal como están los precios en Barcelona, debería desanimarlo, pero él mismo me ahorra el mal trago. Sin esperar respuesta, se levanta y desaparece.

Cuando Idriss se despierta, decide que ya he colaborado bastante con su familia. Si mañana quiero coger el Land Rover para ir a Rissani –si no lo hago, deberé esperar una semana más– es mejor ir a dormir a Zagora. Le gustaría poder invitarme a pasar la noche en casa de su madre, que vive en Zagora, pero la verdad, dice, es que en la casa hay mucha gente y seguramente me sentiría incómodo.

–Podemos probar si tienen una habitación libre en La Fibule du Draa– sugiero.

–Como quieras. Me temo que estará lleno, pero conozco al recepcionista.

Recojo mi equipaje y sin despedirnos de nadie, nos asomamos a la carretera, a la espera de algún vehículo que vaya a Zagora. No tarda mucho en aparecer un *grand taxi*. Un cuarto de hora después, nos deja a la puerta de La Fibule du Draa, en pleno palmeral, a un par de kilómetros de Zagora. El hotel tiene un jardín espléndido y una piscina llena de agua limpia. En efecto, está lleno, pero Idriss habla con su amigo y éste finalmente me ofrece la posibilidad de dormir en un salón del hotel, en un sofá. El único inconveniente estriba en que no podré ocupar mi habitación hasta que todos los clientes se hayan ido a dormir. Bien, ningún problema.

Dejo el equipaje y luego nos encaminamos hacia el pueblo, para reservar una plaza en el Land Rover. Idriss me lleva por un atajo que al principio bordea el río y después penetra en el palmeral. El sol desciende velozmente hacia el horizonte. En la orilla del río, las mujeres recogen la ropa que han estado lavando y regresan a sus casas; un hombre lanza un grueso sedal a las aguas doradas que corren entre las piedras; los niños juegan y ríen. Sus gritos vibran limpios y brillantes en la paz del atardecer. Luego, mientras bordeamos jardines y pequeños huertos bajo las palmeras, el desierto es inimaginable.

Hacemos la reserva para el viaje de mañana y después nos dirigimos hacia la casa de la madre de Idriss. Entiendo, por fin, que ésta fue repudiada hace ya unos años por su marido, el padre de Idriss, y más tarde los dos se han vuelto a casar. Idriss vive a caballo de las dos casas, pero preferentemente en casa de su madre, y tiene hermanos y hermanastros de todas las edades. En efecto, la casa está llena de chiquillos. Algunos son hermanos suyos; otros, sobrinos. No veo a ningún adulto pese a que, mientras tomamos un té, del fondo de la casa llegan voces de mujer.

Al marchar, de noche ya, Idriss me insta a memorizar el camino para que, el día que vuelva a Zagora, pueda encontrar su domicilio.

De momento, regreso solo al hotel por el mismo atajo por el que hemos venido, aunque acompañado por un concierto diríase que universal de ranas. Las aguas del río bajan ahora plateadas.

En el extremo opuesto del comedor, un grupo de diez o doce extranjeros ríen y alborotan en un lenguaje babélico.

De pronto, me doy cuenta de que entre ellos está Abdesllam, vestido con tejanos y camisa, así como Robert, el suizo de la cola de caballo. Me acerco a saludarlos. Abdesllam tarda un momento en reconocerme y, cuando lo hace, estalla en una carcajada:

–¿Qué haces aquí?

–Pues ya ves. Te dije que vendría, ¿no lo recuerdas?

–Sí, claro, pero ¿por qué no has pasado por mi tienda?

–Lo hice, pero estaba cerrada.

–Sí, tienes razón. He estado un par de días fuera con esta gente. Hemos regresado hoy.

–Ya lo sé, me lo dijo un amigo tuyo.

–¿Un amigo mío? ¿Quién? Aquí todo el mundo dice que es mi amigo, pero yo no tengo amigos en Zagora.

Habla con un cierto tono de desprecio. Él es un hombre de negocios que se codea con extranjeros, parece dar a entender. No debo confundirlo con un aldeano pobre e ignorante. Ya no es el tipo simpático e ingenuamente amable de Marrakech. Pues, bueno, que sepa que no es imprescindible.

–Éste no es de Zagora. Es de Tamegroute. He estado allí dos días con él. Se llama Idriss. Un tipo magnífico.

–¡Ah, Idriss! No es que seamos grandes amigos pero, sí, es un buen tipo. Escúchame, ahora estoy con esta gente pero mañana podemos comer juntos.

–Mañana por la mañana me voy a Rissani con el Land Rover, tal como tú mismo me aconsejaste. No puedo quedarme hasta el otro domingo.

–Ya veo. Bien, tal vez vuelvas otra vez, ¿no?

–Sí, seguramente. Zagora me ha gustado mucho, y todo el valle del Draa. Tal vez venga con mi familia.

–Ya te dije que era magnífico, mucho mejor que Marrakech. Cuando vuelvas, avísame. Iremos al desierto con tu familia.

–*Inxalá!*

–*Inxalá!*

A medianoche, cuando todo el mundo se ha retirado ya, me instalo en el sofá de una gran sala de estar, en la planta baja, que da al jardín. Antes de dormirme, sigo largo rato el viaje ascendente de la luna entre las palmeras.

3

Peter Gabriel en Erfoud

Hemos salido de Zagora, con el Land Rover, a las diez y media. Debíamos haberlo hecho a las nueve, pero las cosas han resultado algo más complicadas de lo previsto.

He dejado el hotel temprano para llegar al centro de Zagora con tiempo suficiente para comprar pan y agua. El viaje dura entre diez y doce horas, según el estado de la pista, me dijeron ayer, y hay que ir algo preparado. Las dos bolsas que componen mi equipaje pronto me resultan demasiado pesadas. He traído ropa en exceso. La pequeña carretera es un hormiguero de gente. Mujeres y niños van andando sin prisas hacia el pueblo. Muchos hombres, a pie, en bicicleta o en *mobylette*, vienen en dirección opuesta. ¿Por qué irme tan pronto de aquí? Seguramente encontraré pocos lugares tan apacibles, con un río y un palmeral espléndidos, y una gente que vive su vida tranquilamente, que te observa, sonríe y saluda con cordialidad. Pero, quedarme, ¿para qué? Una creciente atracción y, al mismo tiempo, dificultad de verme instalado en un lugar así. Deseo llegar al desierto y penetrar en él. Y una vez allí, probablemente desearé salir a toda prisa. Marchar, andar, moverse continuamente, como si estuvieses yendo a algún lugar, como ellos, si te detienes eres hombre muerto.

Al llegar al puente donde tiene su inicio el atajo que cruza el palmeral, veo venir a Abdesllam a lomos de una *mobylette*, y con un pasajero en el mínimo asiento trasero. Al verme, para a mi lado, sorprendido pero siempre sonriente:

–¿A dónde vas?

–Al pueblo. El Land Rover sale a las nueve. Te lo dije ayer, ¿recuerdas?

–Sí, es cierto. Yo voy al hotel. No te puedo acompañar porque mis amigos me esperan pero quédate aquí un momento. Mi primo –señala con un gesto al chico sentado a su espalda– regresará ahora mismo y te llevará en la moto.

–No es necesario, puedo ir andando...

–Te digo que sí, vas muy cargado. Ya que no te he podido atender, es lo mínimo que puedo hacer por ti. Tal vez os sobre tiempo para ir a tomar el té a mi casa. Cuando regreses, no dejes de prevenirme, para que pueda ocuparme de ti.

–Lo haré, gracias.

Los miro alejarse por el centro de la carretera, sorteando asnos y peatones, hacia La Fibule du Draa. Poco antes de llegar, el motor deja de funcionar. Abdesllam sigue andando hasta el hotel mientras el otro chico hurga en el carburador. La bujía le habrá hecho la *perla*. Si no lo arregla pronto, me va a hacer llegar tarde. Cuando ya me dispongo a seguir a pie, la moto arranca e instantes después llega a mi altura. Me instalo detrás, algo desequilibrado por el peso desigual de mis dos bolsas, pero en pocos minutos llegamos sin problemas y también sin tiempo para ir a tomar el té. Mejor así: quién sabe qué habría comprado.

El Land Rover, de chasis alargado, se encuentra en medio de una plazoleta, rodeado por ocho o diez personas con dos o tres bolsas y paquetes cada una. Localizo el chófer, un hombre ya mayor, de piel curtida, pelo canoso y mirada inteligente. Viste una gruesa chilaba de anchas rayas, marrones y blancas. Le digo que ayer reservé una plaza y veo que él está perfectamente al corriente. Pago el importe del viaje y le pregunto si me da tiempo para ir a comprar algunas provisiones, o si podremos hacerlo por el camino. Sí, mejor que vaya a comprar algo; por el camino no hay nada, me dice lacónicamente. Este individuo me gusta. Su apariencia tranquila, impasible, transmite la impresión de saber lo que hace y de qué habla.

Inspira confianza. Me voy, pues, a comprar pan y una botella de litro y medio de agua. El agua cuesta tres veces más que un kilo de pan.

Quince minutos más tarde, todo sigue igual. Me protejo del sol bajo las arcadas de la plaza, al lado de una minúscula carpintería donde tres niños de doce o trece años lijan, con gran seriedad, unos grandes tablones de madera. No sé si toda la gente que hay en torno al Land Rover son pasajeros o si algunos están ahí sólo para despedir a algún pariente. El vehículo debe admitir cómodamente entre ocho y diez personas. El chófer y uno o dos más en el doble asiento delantero. Dos o tres, en el centro. Cuatro en las dos banquetas laterales de la parte posterior. Si suben todos los que están por aquí iremos muy apretujados. Y diez o doce horas pueden hacerse muy, muy largas. Si como mínimo pudiese hacerme con un asiento al lado de una ventana…

Por fin, el chófer decide que ya va siendo hora de moverse. Se encarama al techo del vehículo con envidiable agilidad, distribuye cuidadosamente en la baca toda nuestra impedimenta y la fija y asegura con una red. Luego, él mismo adjudica las plazas: delante, un anciano con albornoz, barba y turbante; en la hilera central, una mujer mayor, otra más joven con un bebé en brazos y un hombre también joven, que viste camisa blanca, probablemente el marido de la segunda mujer; detrás, en una de las banquetas, un hombre alto y grueso, de mediana edad, que viste camiseta, jersey de lana y cazadora de cuero negro, una niña de once o doce años que lo acompaña y un adolescente que parece viajar solo; en la otra banqueta, un hombre de mediana edad, cubierto con una desgastada chilaba marrón, y yo. Bien, diez horas no es nada. El hombre grueso y yo nos situamos en diagonal, yo junto a la puerta trasera, para no molestarnos demasiado con las piernas. Cuando el chófer cierra la puerta, algo duro se clava en mi costillar. Es la manecilla que, completamente torcida, apunta agresivamente hacia el interior del habitáculo. Me desplazo ligeramente hacia mi vecino.

El chófer, sin embargo, permanece en tierra, hablando con el hombre que ayer tomó nota de mi reserva y mirando con frecuencia su reloj. En el interior del vehículo, la temperatura pronto deviene insoportable. Al poco rato, el hombre joven de la hilera central abre su puerta y desciende. Tras una breve pero intensa pelea con la manecilla, consigo abrir la trasera y pronto estamos todos en tierra, menos las dos mujeres.

Poco antes de las diez llega un 4-L perseguido por una gran polvareda y con el portaequipajes cargado de grandes mochilas. De su interior descienden dos chicas y dos chicos de pelo rubio y piel escarlata. El chófer del 4-L se deshace en explicaciones ante el nuestro y luego se va por donde ha venido dejándonos su regalo. Sin aspaviento alguno, nuestro conductor desata la red, se encarama de nuevo al vehículo y carga las mochilas de los recién llegados. Luego, redistribuye el pasaje. Los restantes pasajeros no parecen inmutarse pero yo tengo la moral por los suelos. Al chico que estaba sentado frente a mí se lo lleva delante; a mi vecino de mediana edad lo coloca en la hilera central, con las dos mujeres, el bebé y el padre de la criatura; en la parte posterior quedamos el hombre alto y grueso, su hija, los cuatro extranjeros y yo. Doce adultos, dos adolescentes y un bebé. No está mal.

Los recién llegados son alemanes. Una de las chicas, al constatar las condiciones del viaje que estamos a punto de emprender, protesta airadamente, en una mezcla de francés e inglés:

–¡Esto no es lo que nos habían dicho! ¡Nos dijeron que no habría más de ocho o nueve personas!

El chófer ni siquiera le dirige una mirada. Más bien parece preocupado por otros asuntos. Con toda la carga dentro, él da una vuelta al vehículo, se agacha a la altura de las ruedas y golpea con sus manos los neumáticos y las llantas. Luego, habla en árabe con los pasajeros marroquíes y éstos empiezan a descender del coche. Uno de ellos, el de la camisa blanca, nos dice a los forasteros que el Land Rover debe ir a llenar el depósito de combustible y tramitar algunos papeles ante la policía. Nos recogerá a la salida del pueblo, frente a La Fibule du Draa. La explicación resulta poco plausible pero los marroquíes ya se alejan, de modo que los alemanes y yo también bajamos y vamos a su zaga. Nos llevan por el atajo que ayer me enseñó Idriss. A pleno día, el palmeral vuelve a seducirme. Quizá podría quedarme una semana aquí…

10.30: El Land Rover está aparcado junto a la carretera, poco antes de llegar al hotel. El chófer trabaja bajo el vehículo, atornillando alguna pieza. Momentos antes de nuestra llegada, se incorpora y se limpia las manos con un trapo.

–¿Algún problema?– le pregunto.

–No, no, ningún problema. Todo arreglado. Vamos.

Nos apiñamos dentro del horneado vehículo y, finalmente, nos ponemos en marcha. Unos metros más allá del hotel salimos de la carretera para tomar un camino de tierra, al otro lado del palmeral: la *pista* se adentra en el desierto, sin transición alguna. No volveremos a ver el asfalto hasta Rissani, trescientos kilómetros más allá.

10.45: Un joven nos hace señales para que nos detengamos. Habla con el chófer, quien parece indicarle que el vehículo ya va demasiado lleno. Finalmente, sin embargo, el joven obtiene permiso para encaramarse al techo e instalarse sobre los equipajes. Antes de reemprender la ruta, el chófer desciende y le alcanza un *shesh* para protegerse del sol.

Los últimos vestigios de vegetación desaparecen. El terreno es un mero pedregal achicharrado. Debemos avanzar a unos veinte o treinta kilómetros por hora.

11.10: Un hombre descalzo y harapiento deambula entre las rocas, gesticulando y hablando consigo mismo. El chófer detiene el vehículo unos metros antes de llegar a él, lo llama y le da media hogaza de su bolsa. El hombre lanza un violento discurso, al tiempo que dibuja extraños signos en el aire, con los ojos enfebrecidos. Viste un *saruel* muy holgado, ceñido a la cintura con un cordel que, en plena excitación, intenta desatar con manos temblorosas, entre imprecaciones. Parece enfermo, tal vez está loco. O quizá sea un asceta, un santón, que nos maldice por haber turbado la paz y el silencio del desierto. El chófer intenta apaciguarlo con su hablar pausado. Uno de los pasajeros, el hombre joven de la camisa blanca, saca una lata de su bolsa, se apea del vehículo y la abre, vaciando el contenido –atún escabechado o algo similar– dentro del pan que el santón tiene ahora en sus manos. El hombre se tranquiliza poco a poco, sigue hablando, pero ahora ya es una letanía que nos ignora. Cuando reemprendemos el camino, él prosigue su diálogo con las piedras.

11.30: Rebasamos un anciano a lomos de un asno, cargado de bolsas y botellas de plástico. Nos hemos detenido un momento para preguntarle si necesita algo. No, no necesita nada.

La pista ya no es más que un camino de herradura. El Land Rover avanza muy lentamente. El interior del vehículo es una sauna. Dos de los alemanes –un chico y una chica– siguen murmurando y protestando. Los otros dos están ya resignados. Gruesas gotas de sudor resbalan por la cara del hombre de la camiseta, el jersey y la chaqueta de cuero. Ha sentado a su hija sobre sus piernas, para dejar algo más de espacio a los alemanes.

No sé si debido a la aridez del terreno, o al calor que hace dentro del vehículo, o a la extraña maniobra que ha tenido lugar a la salida de Zagora, o al encuentro de hace unos minutos, me invade una profunda desazón. Si te quedas empantanado en medio del desierto, debe ser muy fácil enloquecer. Silencio, pureza, santidad, incomprensión… O sea, locura.

12.10: El vehículo tiene algún problema. Nos detenemos y, después de apagar el motor, el conductor baja y se tiende entre las ruedas delanteras. Cuando se incorpora, nos indica que debemos bajar todos. Así lo hacemos, menos las dos mujeres marroquíes y el chico de la baca, que dormita, espatarrado entre los equipajes. El chófer saca un gato mecánico de debajo de su asiento y, con la ayuda del pasajero de la chilaba marrón, levanta el eje delantero y se instala con sus utensilios bajo el coche. Todos los marroquíes están tranquilos y relajados. Sopla una ligera brisa y estirar las piernas es un auténtico placer. El silencio es absoluto, roto tan sólo por el golpeteo metálico y regular de las herramientas. Incluso los alemanes parecen haberse calmado. Ya no queda ni rastro de la angustia de unos minutos antes. Al poco rato, el chófer ocupa su asiento, enciende el motor, ausculta su ronroneo y da la reparación por concluida. En marcha.

13.15: El paisaje se anima con algunos árboles, acacias y tamarindos, muy separados entre sí. Son árboles bajos, espinosos, de amplias copas aplastadas, con pocas y minúsculas hojas, casi transparentes. Poco después llegamos a un pequeño oasis donde se yerguen cuatro casitas de barro. No se ve un alma. Nos detenemos junto a un pozo, en medio del pequeño caserío. Es hora de comer. Bajamos todos del vehículo, menos las dos mujeres. El chófer desaparece dentro de una de las casas. De algún lugar emergen tres niños, de siete u ocho años. Se instalan a pocos metros de nosotros, observándonos fijamente, sobre todo a los extranjeros. Debemos ser su contacto semanal con el mundo.

Hasta principios de este siglo, ésta era una de las principales rutas de las grandes caravanas transaharianas entre el Sudán occidental y Marruecos. Ahora, el único tráfico regular es este Land Rover que va y viene entre Rissani y Zagora los sábados y domingos, transportando algún comerciante, un par de funcionarios, algún turista despistado…

Los alemanes no tienen nada que llevarse a la boca. Creen que el viaje dura cinco horas. Cuando les digo que más bien son diez o doce, no quieren creerme. Uno de los pasajeros, el hombre de la camisa blanca, se lo confirma. La pareja más protestona se pone nuevamente muy nerviosa. Si hubiesen sabido cómo era no habrían hecho jamás este trayecto, afirman con enojo. Parecen acusar a los otros dos, que no dicen nada. Les ofrezco la mitad de mi pan, pero les avergüenza aceptarlo. Finalmente lo cogen y lo engullen de inmediato. Me preguntan si se puede comprar algo aquí. No lo sé, creo que no, pero una vez más recurro al hombre de la camisa blanca. Él llama a uno de los chiquillos que siguen rondando en torno a nosotros y le dice algo en árabe. Los tres niños arrancan a correr y al poco rato regresan con un anciano que abre la puerta de una de las casas. El marroquí invita a los alemanes a entrar con él pero muy pronto salen y vuelven a sentarse a la sombra, con las manos vacías.

–¿Qué ocurre?– le pregunto al hombre marroquí. –¿No había nada para comer?

–Sí, el viejo tenía unos paquetes de galletas, pero son de una clase que a ellos no les gusta.

Quizá les convenga pasar un poco de hambre a estos chicos, pienso yo, pero el marroquí sube al coche y desciende con una hogaza de pan, un par de latas y un pedazo de queso. Lo da todo a los alemanes, que lo aceptan de inmediato. Luego, el hombre se me acerca:

–No hay que emprender nunca un viaje así sin traer algo de comida. Si tienes una avería importante, igual tienes que pasar un par de días en el desierto.

Es el maestro de Rissani. Hace un par de años que está destinado ahí. Antes había estado en Tiznit, al sur de Agadir. Su familia es de Zagora y tenía ganas de volver a esta región. Ahora regresa de visitar a sus padres y hermanos. Sí, la mujer joven y el bebé son su mujer y su primera hija. Sólo tiene seis meses.

El chófer reaparece. Hurga un poco bajo el coche y luego sube, enciende el motor y toca la bocina. En un abrir y cerrar de ojos estamos todos arriba. Cuando arrancamos, los tres niños se cuelgan detrás del vehículo, encaramados a la escalerilla que sube a la baca, y se mantienen ahí hasta que alcanzamos una cierta velocidad. Cuando saltan, uno de ellos se da de bruces en el suelo, envuelto en una nube de polvo.

14.45: Cruzamos otro oasis, algo mayor y con más casas que el anterior. El chófer detiene el vehículo y, sin bajar, habla con un hombre que se nos ha aproximado y le entrega un fajo de billetes de banco. Un enjambre de niños golpea las ventanas para llamar nuestra atención, al tiempo que tienden la mano sin convicción. Cuando nos ponemos en movimiento, tres o cuatro de ellos también se agarran a la escalerilla del Land Rover. Esta vez todos aterrizan bien. Poco después, pasamos ante un magnífico *ksar*, al extremo del mismo oasis. De nuevo hay muchos niños al acecho, pero esta vez no nos detenemos y los chiquillos, siempre descalzos, corren un buen rato a nuestra zaga tratando de agarrarse a la escalerilla, sin conseguirlo.

El desierto cambia constantemente. A ratos es un mar de piedras negruzcas sin una brizna de hierba. En otros momentos es una tierra reseca, arenosa, amarillenta, punteada de zarzas y matojos. A un par de kilómetros de los oasis aparecen, muy espaciadas, algunas acacias. De vez en cuando, la pista desaparece totalmente entre las piedras o bajo la arena, pero el chófer avanza sin vacilaciones.

16.30: El Land Rover se detiene en pleno desierto. Todos los hombres marroquíes bajan del vehículo y se postran en el suelo, orando, menos el maestro, que se mantiene algo apartado.

–¿No eres creyente?– le pregunto.

–Sí, claro que lo soy. Soy musulmán.

–¿Por qué no te unes a su plegaria, pues?

–Porque hay que estar limpio y yo no lo estoy.

Le pregunto si vale la pena quedarse uno o dos días en Rissani.

–Depende de lo que te interese. El pueblo no tiene nada especial, y sólo hay un pequeño hotel, pero pueden hacerse buenas excursiones por el desierto. Si quieres quedarte unos días puedes venir a mi casa.

–Te lo agradezco, pero no sé si mañana tendré ganas de desierto, después de esta sobredosis de hoy.

–Sí, ya lo entiendo.

–¿Es fácil ir a Erfoud, desde Rissani?

–Sí, hay un autobús que sale a las ocho. Seguramente llegaremos a tiempo para que puedas cogerlo. Te lleva a Erfoud en menos de una hora. Es un pueblo más grande, con más hoteles. Está bastante bien.

Finalizada la plegaria, subimos de nuevo al coche y nos internamos en un gran arenal poblado de espectaculares dunas doradas.

16.50: Pasamos por un oasis abandonado, medio invadido por las dunas. Los muros de algunas casas aún se mantienen en pie, pero están ya casi cubiertos por la arena. Un par de kilómetros más adelante, una familia resiste el avance del desierto junto a un ondulante campo de trigo. Nos detenemos y un pasajero, el hombre de la chilaba marrón, desciende del Land Rover. Vive aquí. El pasajero de la cazadora de cuero llena su botella de agua en el pozo y regala tres naranjas a los niños que revolotean a su alrededor. El chófer indica al chico que viaja en la baca que baje a ocupar el asiento que acaba de quedar libre.

17.30: Alcanzamos a dos mujeres que andan por el desierto, acompañadas de tres chiquillos. El conductor se detiene y habla con ellas un momento, mostrándoles el abarrotado interior del vehículo. Seguimos nuestro camino, y las mujeres también.

17.50: Tendido sobre una manta, junto a una pequeña hoguera, un hombre gesticula para que nos detengamos. Se acerca al vehículo y habla con el chófer, y éste parece indicarle que puede subir al portaequipajes. El hombre mira hacia arriba con desagrado, duda un instante y finalmente regresa en silencio hacia su vivac.

19.00: El sol está a punto de ocultarse tras el horizonte. Volvemos a parar para una nueva plegaria. Por primera vez desde que hemos salido, la mujer del maestro desciende del vehículo y desaparece unos momentos tras unos arbustos.

–¿Cómo está el conflicto con el Polisario?– le pregunto al maestro. Tiempo atrás, ésta había sido una zona de incursiones y enfrentamientos armados.

–Parece que ahora terminará esta estupidez. ¡Tantas muertes inútiles! Todos somos lo mismo, todos somos marroquíes y, ya lo ves, ¿qué sentido tiene pelearse por esta tierra?– exclama, tendiendo su mano hacia los inmensos eriales.

20.00: Llegamos a Rissani, los europeos más muertos que vivos, los nativos aparentemente frescos y relajados. La mujer de más edad no se ha movido de su asiento desde las diez de la mañana.

Rissani –durante mil años, uno de los grandes centros de salida y llegada de las caravanas transaharianas, cargadas de oro y esclavos– es hoy un pequeño pueblo mortecino sin mayor atractivo que el de ser una de las puertas marroquíes del desierto, aspecto éste sobre el que jamás albergaré duda ninguna. Sin embargo, parece como si hubiésemos llegado a Marrakech. Apenas apeados del Land Rover, una docena de jóvenes y chiquillos se abalanzan sobre los alemanes y de mí mismo, ofreciéndonos sus servicios, una habitación, una excursión al desierto mañana por la mañana. A pesar del cansancio, decido continuar viaje inmediatamente.

Para librarme de los chiquillos, les digo que voy a Erfoud. Imposible, chillan todos en una auténtica algarabía, el autobús ya ha salido, a esta hora no hay ningún taxi...

Busco al maestro con la mirada y lo veo recoger su equipaje. Nos despedimos efusivamente y me desea buen viaje:

–Si quieres ir a Erfoud, apresúrate. El autobús debe estar a punto de salir– dice, señalando un autobús limpio y nuevo, aparcado en un extremo de la plaza.

Me dirijo rápidamente hacia él, seguido por uno de los muchachos que formaba parte del comité de acogida. Mientras andamos, oigo que me dice:

–Tienes razón, *monsieur*, si quieres ir a Erfoud, no tienes porque quedarte aquí.

Le lanzo una mirada perpleja, preguntándome qué quiere.

–No te digo esto por dinero– responde a mi muda interrogación. –Sólo quiero que no te lleves una mala impresión de todos nosotros.

El encargado del autobús, que tiene el motor ya encendido, me hace ir a comprar el billete a la oficina de la compañía, situada en la misma plaza.

–¿Seguro que me esperarás?

–Sí, claro.

Le dejo mi bolsa más pesada y me voy a paso ligero hacia la oficina. El muchacho sigue a mi lado. En la oficina, el vendedor de billetes ha dado ya por clausurada su jornada laboral.

–Demasiado tarde– me dice. –El autobús ya está completo.

–No es verdad– replico, –está medio vacío, y acabo de hablar con el chófer. Me está esperando. Además– añado, como si le importara algo, –unos amigos me esperan esta noche en Erfoud.

El chico habla en árabe con el vendedor, confirmando, creo, mis argumentos. Finalmente, el hombre me vende el billete, al tiempo que murmura las que deben ser sus maldiciones preferidas.

Al subir al autobús, le alargo unas monedas a mi joven acompañante, pero él las rechaza con sonriente firmeza:

–Que tengas un buen viaje, *monsieur*.

Lo tengo, efectivamente, un auténtico viaje de placer, aunque demasiado breve. El vehículo es prácticamente nuevo, tiene aire acondicionado y el espacio entre los asientos me permite estirar cómodamente las piernas. Todos los pasajeros son hombres bien vestidos y alimentados. Funcionarios, probablemente. Es un autobús de la CTM, la compañía estatal de transporte de viajeros. Nada que ver con los cacharros en los que he viajado hasta ahora.

A las nueve de la noche, Erfoud me recibe con total indiferencia.

Uno de los muchos hombres sentados cerca de la parada del autobús me indica amablemente cómo ir al hotel que he escogido siguiendo los consejos de mi guía: debo andar un poco por la calle principal y después girar a la derecha, no hay pérdida posible.

–¿Está muy lejos?

–No, unos cien metros.

De hecho, las indicaciones de dirección son correctas pero la distancia debe ser del orden de un kilómetro, pues tardo casi un cuarto de hora en llegar. No importa. Después de permanecer todo el día encerrado y traqueteado en el Land Rover con las piernas encogidas, resulta un alivio andar por el pueblo, bajo la mirada de los hombres y de los niños que hablan y juegan en la penumbra.

El hotel está lleno de turistas, franceses, italianos, españoles. En Europa ha empezado la Semana Santa y aquí vienen muchos grupos organizados para visitar las dunas de Merzouga, cerca de Rissani.

El personal del hotel es muy amable y se las arreglan para alojarme por esta noche, aunque me anuncian que mañana no hay ninguna posibilidad. Bien, mañana es una nueva vida.

La cena, que tomo en el mismo hotel, me la sirve un camarero muy joven, muy nervioso, hasta el punto de derramar la sopa, y exageradamente servil.

Me cuenta, para justificarse, que está estudiando en la escuela de hostelería de Er Rachidia y que ahora trabaja unos días como *stagiaire* en el hotel. Esta misma noche finaliza el *stage*. Le deseo buena suerte y me voy a acostar pronto.

A la mañana siguiente, el joven *stagiaire* sigue ahí.

–Creía que me habías dicho que hoy ya no trabajabas.

–Sí, pero una parte del personal del hotel ha tenido que acompañar a los turistas a las dunas de Merzouga y la dirección nos ha pedido a los *stagiaires* que nos quedemos unos días más. Y usted, ¿por qué no ha ido? Las dunas son maravillosas.

–No lo dudo, pero ayer me pasé todo el día en el desierto. Por ahora ya tengo bastante.

Me sirve el café bajo la atenta mirada de un camarero de avanzada edad, lo cual no impide que la mitad de la cafetera se derrame también sobre el mantel, como ayer la sopa.

En la recepción, pido ayuda para encontrar una habitación en el pueblo, o bien en algún lugar cercano, camino de la frontera argelina. Después de un par de llamadas infructuosas, me hacen una reserva en Er Rachidia, a unos 80 kilómetros al norte. A las once y media sale un autobús que pasa por allí.

A las once estoy en la parada, pero el autobús está abarrotado y no consigo que me vendan un billete, pese a mi disposición a ir de pie o incluso en el portaequipajes. A eso de las nueve de la noche sale otro autobús, me informan, el mismo en el que vine ayer y que sigue viaje hacia el norte.

Mientras cultivo mi perplejidad, un par de niños de nueve o diez años que han estado observando mis movimientos se dirigen a mí y consiguen hacerme entender que también hay *grands taxis* que van a Er Rachidia. Salen muy a menudo. Si voy con ellos, me enseñarán donde se encuentra la parada. Mientras vamos hacia allí, y una vez que me han identificado como español, uno de ellos se saca del bolsillo una moneda de cinco duros y me dice que colecciona monedas extranjeras. Les doy un par de piezas españolas a cada uno, modesta contribución al fomento de la numismática.

La parada de taxis se halla situada en una plazoleta polvorienta, presidida por un gran algarrobo. Hay una auténtica muchedumbre, un inmenso griterío y un solo vehículo. Uno de los chavales se mete en medio del follón y regresa con la información de que hay mucha gente que quiere ir a Er Rachidia y, de momento, ningún taxi con ese destino. Para Rissani sí, hay un taxi a punto de salir. ¿No quieres ir a Rissani? No, gracias, a Rissani, no. Busco un pedazo de sombra libre junto a un muro y me siento sobre mis talones. No hay prisa. Nadie tiene prisa. Yo tampoco.

Los niños me proponen ir a visitar la tienda de unos amigos suyos. No es preciso comprar nada, dicen, sólo mirar, por el placer de los ojos. Ante mi rotunda negativa, los niños discuten entre ellos. Me parece entender que uno le transmite al otro su impresión de que soy un pelagatos, que no tengo dinero, hasta que al poco rato se larga. El otro, sin embargo, se queda merodeando por ahí cerca. Luego, lo pierdo de vista y, cuando reaparece, me tiende un pedazo de papel con un número escrito a lápiz: 187.

–¿Qué significa este número?– pregunto.
–Es para el taxi.
–¿Para el taxi?
–Sí, tú tienes este número. Sin número no hay taxi.
Le doy las gracias y un par de monedas más, esta vez marroquíes. En efecto, cuando llega un taxi vacío, de algún lado surge un hombre joven que habla con el taxista y a continuación anuncia a gritos su destino –¡Rissani!, ¡Rissani!, ¡Er Rachidia!, ¡Er Rachidia!–, así como los números que tienen derecho a una plaza. Un follón muy ordenado, por lo que veo. Me acerco al hombre para preguntarle por qué número andan, al tiempo que le muestro mi papel. Falta mucho para que me toque el turno. Van por el 85 y el ritmo de avance es muy lento. Sólo aparece un taxi de tarde en tarde, y luego va adonde va, que suele ser a Rissani. Veo un lugar libre a la sombra del algarrobo y lo ocupo rápidamente. Bajo el árbol se está más fresco que a la sombra de la pared. Un niño de cinco o seis años, sucio y harapiento, se instala frente a mí observándome con descaro mientras murmura una cantinela. Al poco rato, noto que intenta decirme alguna cosa, algo así como:
–M'nsier, donnez-moi XXX.
No consigo comprender más. Se lo hago notar y él insiste, elevando la voz:
–M'nsier, m'nsier, donnez-moi XXX.
Una mujer, su madre tal vez, se percata de la escena y lo llama a gritos. Una vez a su lado, lo reprende duramente. El niño sigue mirándome fijamente. De la espalda de la mujer cuelga un chiquitín, casi cabeza abajo, que trata inútilmente de ahuyentar las moscas de sus legañosos ojos.
A mi derecha está sentado un joven que tiene un montón de libros y papeles entre las manos.
–¿Vas a Er Rachidia?– le pregunto.
–Sí.
–¿Qué número tienes?
Me muestra su papel: el 136.
–¿Cuánto tiempo crees que tardaremos en marchar?
–No lo sé, no se sabe nunca. Tan pronto hay muchos taxis como ninguno. Hoy es mal día. Es lunes y mucha

gente de aquí va a trabajar o a estudiar durante la semana a Er Rachidia. Yo estudio en la escuela de hostelería. Hoy llegaré tarde, si es que llego.

–Es curioso, eres el segundo estudiante de hostelería que he conocido aquí.

–Hay muchos, centenares. Es uno de los pocos campos en los que puedes encontrar trabajo. Además, tienes la ventaja de que en la escuela aprendes algún idioma, francés, o inglés, o español. Si quieres ir a trabajar al extranjero eso es muy importante.

–No es fácil la vida aquí, ¿verdad?

–¿Fácil? No es que no sea fácil. Es casi imposible. ¿No lo ves?– dice, abarcando con un gesto las decenas de hombres, jóvenes, mujeres y chiquillos que llenan la plazoleta, acuclillados contra las paredes o discutiendo con el joven que controla los números. Cada vez que llega un taxi, se produce un revuelo y una movilización general y la plaza se llena de polvo y de gritos. Mi vecino sigue hablando.

–¿Te das cuenta? Hay cientos de personas que quieren ir a Er Rachidia y sólo hay un autobús por la mañana y otro por la noche. *C'est la crise du transport!* Y el gobierno no hace nada. En todas partes ocurre lo mismo. Y tú, ¿por qué quieres ir a Er Rachidia? ¿Tienes prisa?

–No, ninguna prisa. Estoy haciendo un viaje por Marruecos, para conocer el país.

–Pues, si no tienes prisa, vete a dar un paseo, come algo y vuelve por la tarde. Habrá menos gente. O coge el autobús de la noche.

–Sí, creo que tienes razón. ¿Quieres venir a tomar algo?

–No, gracias. Por lo menos querría llegar a tiempo para las clases de la tarde.

En la avenida principal del pueblo hay un par de cafés con mesas en el exterior. Uno de ellos se anuncia como café-restaurante. Elijo una mesa sombreada, a poca distancia de otra ante la que dos jóvenes hablan animadamente. Uno de ellos viste una impecable camisa blanca y muestra un aspecto muy cuidado. Pido al camarero un zumo de naranja. Cuando regresa, me sirve una Fanta.

En la calle reina una actividad continua pero relajada. Todos los hombres se saludan afablemente y conversan unos momentos, a veces sin llegar a detenerse totalmente. En una de las mesas del café, un viejo mercader tiene instalada una pequeña tienda ambulante repleta de radios, relojes y espejos. En pocos minutos, diversas mujeres completamente vestidas de negro, con un niño colgado a la espalda, se me aproximan para pedir limosna.

El camarero de la Fanta viene a mi mesa para ahuyentarlas. Luego, me pregunta si soy español.

–¿Por qué tenía que serlo?– le pregunto, a mi vez.

–Verá, me lo ha parecido, pero no sé decirle por qué.

–Se lo dice porque a pesar de que usted habla muy bien francés, se le nota un acento especial– interviene el joven de la camisa blanca desde su mesa. Es el primer pueblo en el que no me tutean desde que he llegado a Marruecos.

–Es verdad, no soy francés.

–Entonces es español.

–Sí, más o menos.

–Es raro, porque hay pocos españoles que hablen francés.

–Bueno, hay algunos.

–Yo no sé español. Me gustaría, pero no sé. Estudio inglés, pero español no.

–Aún puedes aprenderlo, después del inglés.

–Sí, quizá sí, pero no tengo mucho tiempo. Estudio en la Universidad y tengo mucho trabajo.

–¿Qué estudias?

–Matemáticas, en la Universidad de Fez. Segundo curso.

–Vosotros tenéis muy buena tradición en este campo.

–¿Sabe usted matemáticas?

–No, no, en absoluto.

–¿A qué se dedica, si no le molesta la pregunta?

–Soy profesor de filosofía.

El rostro del chico muestra sorpresa y admiración.

–¿De verdad?

–Sí. También manejamos siempre abstracciones, como los matemáticos.

–Sí, ya lo sé. Yo estudié filosofía el último año del bachillerato y me interesó mucho.

–¿Qué tipo de filosofía estudiabas?

–Los grandes autores, los clásicos: los presocráticos, Pitágoras, Tales, Platón, Aristóteles, y también algunos modernos, Hegel, Marx, Comte, Freud, Weber… Pero no tuvimos tiempo para profundizar.

–También estudiaríais algo de filosofía islámica, ¿no?

–¿A qué se refiere? En los orígenes del islam, alguna gente decía que la filosofía era contraria a la religión, que había que prohibirla. Pero después ya no. Ahora se puede estudiar filosofía libremente, y no hay una filosofía específicamente islámica. Me habría gustado poder estudiar más, porque me interesaba mucho, pero las carreras de ciencias la dejan fuera. Es una lástima porque, al principio, la filosofía y las ciencias eran una misma cosa, ¿verdad? Teníamos un profesor algo especial, un poco desconcertante, pero a mí me fascinaba. Muchas veces venía a clase, escribía una frase en la pizarra y nos preguntaba: ¿Qué significa? Y nos poníamos a discutir hasta el final de la clase.

–¿Qué temas discutíais?

–Pues todos: la verdad, la justicia, la coherencia del lenguaje… Hicimos algo de lógica matemática, también. En cambio, ahora, en matemáticas, no estudiamos filosofía para nada. Y es una lástima, porque la filosofía te permite hablar de todo con todo el mundo. En cambio, de matemáticas sólo puedes hablar con los matemáticos. ¡Ah, es estúpido que yo le esté diciendo esto a un profesor de filosofía!

–¡No, qué va! Lo que dices es muy razonable. Estoy completamente de acuerdo contigo. Veo que tuviste un buen profesor y que aprovechaste muy bien el curso que hiciste con él. El único problema es que muchas veces los filósofos hablamos de cualquier cosa sin saber nada de ella. ¿Qué salidas profesionales tenéis aquí los matemáticos?

–Cuando llegamos al cuarto año de carrera debemos elegir entre cursar matemática fundamental o matemáticas aplicadas. Si escoges la rama fundamental, luego puedes dedicarte a la investigación o a la enseñanza, pero aquí, investigación no hay mucha y, si te dedicas a la enseñanza, lo más probable es que acabes dando clases de física o de otras materias científicas. Si optas por matemáticas aplicadas, hay los gabinetes de estudio de las grandes empresas, la estadística y, sobre todo, la informática. Yo creo que ahí está el futuro.

Miro el reloj y veo que ha pasado ya más de una hora.

–Lo siento, pero debo marchar. Tengo que tomar un taxi para ir a Er Rachidia y no querría que se me pasara el turno.

–¡Lástima que tenga que irse tan pronto! Aquí en el pueblo nunca puedo hablar de estos temas. Para mí es un gran honor poder hablar con un profesor de filosofía. Si me lo permite, lo acompañaré. Conozco a la persona que controla los números.

–Muy bien. Vamos allá.

Taxis no hay ni uno en la plaza. Gente, en cambio, sigue habiéndo en cantidad. El chico va a hablar con su amigo. Busco con la mirada al estudiante de hostelería con el que he conversado antes. No lo veo. Quien sí aparece rápidamente frente a mí es el pequeño mocoso:

–M'nsier, m'nsier, donnez-moi XXX.

Sigo sin comprenderlo, pero recuerdo que llevo algunos caramelos en un bolsillo. Le ofrezco uno, que él agarra al instante, pero inmediatamente repite:

–M'nsier, m'nsier, donnez-moi XXX.

El matemático regresa y el niño desaparece.

–Van por el 140, pero ahora es la hora del almuerzo. Mi amigo dice que hasta las tres probablemente no vendrá ningún taxi. Si no tiene prisa, ¿por qué no se queda hoy aquí y se va mañana a Er Rachidia? Podría dormir en mi casa. Sería un honor para mi familia. Hoy es un mal día para viajar. Mañana será más fácil.

–Te lo agradezco, pero ya tengo una reserva hecha en un hotel de Er Rachidia, y mañana ya debería marchar hacia la frontera argelina. Tengo amigos que me esperan en Argelia– miento.

–Pues quédese hasta la noche, por lo menos, y tome el autobús de las ocho y media. Siempre hay plazas a esa hora.

–Querría llegar algo más pronto al hotel. Tendría que lavar alguna ropa. Cuando viajas así como yo, tienes que ir haciendo un poco de *ménage*, ¿sabes?

–¡Oh, si es por eso, no debe preocuparse! Vamos a mi casa y mi madre le lavará la ropa. Por la noche estará limpia y seca.

–No, gracias, no puedo aceptarlo. Pero, si quieres, volvamos al café de antes y comamos algo.

Así lo hacemos, pero en el café-restaurante no tienen nada para comer.

Mientras pensamos adónde ir, se nos aproxima un joven muy alto, moreno, aguileño, indudablemente berebere, vestido con una *gandora* azul desteñida y zurcida, fina como un papel de fumar. Luce, también, un extraño y magnífico *shesh*, azul, verde y blanco. Los dos jóvenes se saludan y abrazan y luego el estudiante me lo presenta:

–Es Abdessadek, mi sobrino. Por cierto, mi nombre es Habib. Creo que aún no se lo había dicho.

–¿Tu sobrino, dices? ¡Pero si es mayor que tú!

–Sí, somos una familia algo complicada– dice el recién llegado.– Su madre es hermana de mi abuelo.

Los árboles genealógicos siempre me confunden pero lo que veo con toda claridad es que Abdessadek podría ser hermano, primo, sobrino o tío de Abdesllam de Zagora, o de Mohcine de Ouarzazate. Pronto verificaré que no ando muy desencaminado. Mientras buscamos algún lugar donde nos den algo de comer, Habib lo pone en antecedentes acerca de mi persona.

–¿De qué lugar de España eres?– me pregunta Abdessadek.

–De Barcelona.

–¡Ah, yo he estado en Barcelona, y también en Sabadell! Estuve a punto de quedarme a estudiar allí, pero es muy caro.

–¿En Sabadell? ¿Qué querías estudiar en Sabadell?

–Hostelería. En Madrid era más barato, pero me gustaban más Barcelona y Sabadell. Gerona también me gustó mucho. Tengo una amiga japonesa que ahora está en Gerona. Ayer me llamó por teléfono.

–¿Qué hace en Gerona?

–Está de viaje. Hace unas semanas estuvo aquí y nos hicimos muy amigos. Ahora ha ido a dar una vuelta por Europa. Luego volverá y tal vez me vaya con ella al Japón, si consigo reunir el dinero para el billete. Me dijo que me buscaría trabajo allí. Trabaja en unos estudios cinematográficos y cree que yo podría ser un buen actor. Una vez ya intervine en un anuncio para televisión que vinieron a rodar unos españoles. Aquí es muy difícil ganarse la vida. Yo tengo una tienda, pero vienen muy pocos turistas por aquí.

Llegamos a otro café, pero el encargado nos dice que ya es demasiado tarde para almorzar. Después de discutir un rato, y de decirle que con un bocadillo es suficiente, nos lleva a una pequeña sala, al fondo del local. Hay una pequeña mesa libre, mientras que otra mayor está ocupada por un grupo de ocho o diez europeos. Nos sentamos en la pequeña. Los de la otra mesa son catalanes, circunstancia que, como buen catalán, aprovecho para ilustrar a mis acompañantes acerca de las diversas variedades lingüísticas y culturales del mundo hispánico. Mientras, mis paisanos discuten acerca de los méritos relativos del Alto Atlas y del Pirineo leridano.

Abdessadek no quiere comer nada. No almuerza nunca, dice. Habib acepta compartir conmigo unas *brochettes* de cordero.

Hablamos de lo difícil que es vivir en Erfoud, del escaso dinero que aporta el turismo, del olvido total en que el gobierno tiene a la región. Cuando menciono el nombre de Hassan II me piden que baje la voz, claramente atemorizados. Las paredes oyen, me dicen.

–Y de Argelia, ¿qué sabéis? ¿Cómo están las cosas allí?– les pregunto para tranquilizarlos.

Abdessadek cuenta que una parte de su familia vive en Argelia, en Bechar, un pueblo cercano a la frontera. Es uno de los lugares donde yo tengo previsto detenerme. Hace un par de años, cuando todavía no tenía pasaporte, Abdessadek decidió ir. Se unió a un grupo de nómadas que pastorean sus rebaños a uno y otro lado de la frontera y cuando llegaron cerca de Bechar los abandonó y se fue solo hacia el pueblo. Apenas había entrado cuando un gendarme le pidió la documentación. Él sólo pudo enseñarle su carné marroquí de identidad.

–¿Y tu pasaporte?

–No tengo.

El policía guardó el carné en su bolsillo y lo condujo a la comisaría, ante el oficial de guardia.

–¿Para qué has venido a Bechar? ¿No sabes que es un delito cruzar la frontera sin pasaporte?– le espetó éste.

–Quería ver a mi familia. Tengo muchos parientes aquí, pero no los he visto nunca.

El oficial escudriñó nuevamente su carné de identidad, le hizo repetir una y otra vez su nombre y apellido, el pueblo de donde venía, luego el nombre de sus padres, de sus abuelos, de sus tíos, hasta que finalmente lo abrazó, se identificó como primo suyo y durante un par de días lo hospedó y lo llevó a visitar a toda su familia.

–Pero no vuelvas a venir sin pasaporte– le dijo, al despedirse.

Cuando acaba de explicar su historia, hurga en un bolsillo de su oceánica *gandora* y extrae un rollo de billetes. Separa uno de doscientos dinares argelinos y me lo da.

–Quédatelo. Si vas a Argelia te será útil. Es el equivalente a unos cincuenta dirhams marroquíes.

Intento rechazarlo, sin éxito:

–Cuando tú vuelvas a ir, te hará falta– le digo.

–No pienso volver. Están peor que aquí. No tienen ni para comer allá.

Dicho esto, nos deja un momento para ir a echar un vistazo a su tienda. Mientras estamos solos, Habib me susurra:

–Oiga, si éstos de la otra mesa son de su país, ¿por qué no les dice que pasen por la tienda de Abdessadek? A usted le harán caso y a mi sobrino le haría un gran favor. Los negocios no le van demasiado bien.

–Lo intentaré– le digo.

Al acabar la comida, me acerco a la mesa de mis paisanos. Les cuento que hace ya unos días que ando por aquí y que estos jóvenes me han ayudado mucho.

–Si necesitáis algo, seguro que os lo solucionarán. Son chicos de toda confianza y uno de ellos tiene una tienda que está muy bien. Merece la pena echar una ojeada. No os timarán.

Me escuchan con sorpresa y, al principio, con clara desconfianza. Cuando acabo mi exposición, permanecen en silencio. Mi aspecto no debe ayudar mucho en mi misión comercial: no me he afeitado desde que llegué, y mi ropa se ha ido impregnando del polvo y el olor ambiental. Además, probablemente se sientan algo ofendidos por esta intromisión en su intimidad. Finalmente, uno de ellos interviene:

–Aquí todos son muy amables y simpáticos, ya lo sabemos. ¿Qué venden éstos?

–Bueno, más o menos lo mismo que todos– aventuro, pues no he estado en la tienda. –Joyas de plata, piedras, fósiles, alfombras, tejidos, un poco de cada cosa...

Entonces se me ocurre introducir un pequeño elemento diferencial. –Tienen muchas piezas de Argelia, porque una parte de su familia vive ahí. Por cierto, yo hace ya algún tiempo que corro por aquí y ahora querría ir a Argelia. ¿Tenéis noticias recientes de cómo andan las cosas allí?

No tienen ninguna idea muy concreta, excepto que en España muchas agencias de viaje han anulado sus circuitos argelinos. Nos deseamos buen viaje y me voy con Habib a tomar un café al primer lugar en el que hemos estado. Abdessadek permanece de guardia a la salida del restaurante, al acecho de los catalanes.

La calle está ahora completamente desierta. El sol lo emblanquece todo, pero a la sombra se está bien.

–¿Donde está la gente?

–Es la hora de la siesta.

–Y tú, ¿por qué no estás ahora en Fez? ¿Estáis de vacaciones?

–No, no exactamente. La Universidad ha estado cerrada durante casi tres meses. A principios de año hubo muchos problemas. En la Universidad hay muchos comunistas, seguidores de XXX. ¿Ha oído hablar de él? Ha pasado muchos años en la cárcel, pero hace un tiempo fue liberado y ahora vive en París. Desde allí lo dirige todo. Son ellos quienes organizan las protestas contra el gobierno pero, a veces, los integristas, que son pocos, reciben ayuda y dinero, no se sabe bien de dónde, dicen que de Argelia y de gente rica de aquí, y vienen jóvenes de otros lugares, y se enfrentan con los comunistas con palos, con cuchillos, y la policía lo contempla, y sólo interviene cuando ya hay muchos heridos...

–Y tú, ¿a favor de quién estás?

–A mí no me gustan ni los unos ni los otros. Además, en nuestra facultad no ocurre nunca nada. Los follones siempre se producen en las facultades de económicas, de letras, de derecho, pero en las de ciencias, casi nunca.

Veo que Abdessadek ha conseguido arrastrar a tres catalanes hacia su tienda. Espero que tenga suerte. Habib me pregunta:

–¿Le gusta la música clásica francesa?

Pienso en Bizet, Debussy, Satie, Ravel...

–Sí, pero no la escucho muy a menudo.

–A mí me gusta mucho: Jacques Brel, Edith Piaf...

–¡Ah! Sí, claro. A mí también me gustan. Y Brassens...

–Sí, Brassens también.

–Tiempo atrás habían sido muy importantes para nosotros, pero ahora, en España, lo que más se escucha es música británica o norteamericana.

–Aquí también. Bono, U-2, Dire Straits... ¿Cuáles le gustan más a usted?

–Bruce Springsteen, Peter Gabriel, Van Morrison...

–¿De veras? Los tres me encantan, sobre todo Peter Gabriel.

No sé por qué, pero lo digo:

–A Peter Gabriel lo conozco personalmente. Es un tipo de primera.

El chico me mira boquiabierto. Luego, empieza a aporrear la mesa.

–¡No es posible, no es posible! ¡Y lo dice de esta forma, como si fuera lo más normal del mundo! ¡Conoce a Peter Gabriel *personalmente!*– exclama, como si se dirigiese a un público que nos estuviese contemplando.– ¡Y yo estoy aquí, hablando con alguien que conoce a Peter Gabriel *personalmente!* Esto es un sueño, no me lo puedo creer, es como si lo hubiese conocido yo, porque estoy convencido de que se parece a usted, quiero decir como persona, y estar con usted es como haber estado con él... ¡Es increíble! No habría podido imaginarlo nunca, ¡estar hablando con un profesor de filosofía que conoce a Peter Gabriel!

El chico está realmente excitado y emocionado.

–¿No conocerá también a Phil Collins?

Afortunadamente, puedo responderle con toda sinceridad que no.

Son las cuatro. Debo regresar a la parada de taxis. Por el camino, Habib sigue expresando su alegría por haberme conocido y su tristeza por mi marcha. Sin demasiada convicción intenta que me quede.

En la parada ya queda mucha menos gente. Van por el número 180 y enseguida llega un taxi para Er Rachidia. Es un Peugeot 405, con tres hileras de asientos. Habib vela por mí hasta el último momento, vigilando que me cobren el precio justo y que me devuelvan correctamente el cambio. Delante de mí, suben al taxi el chiquillo legañoso y su madre, de cuya espalda sigue colgando el bebé cabeza abajo.

Me toca el asiento central en la hilera central, encima de una barra dura. Bien, sólo son 80 kilómetros de carretera asfaltada. Detrás van el niño y su madre, ahora con la criatura en brazos, y un montón de bultos.

Poco después de ponernos en camino, noto que el chaval me golpea la espalda y me susurra a la oreja:

–M'nsier, m'nsier, donnez-moi XXX.

Veo que su madre duerme plácidamente. Busco un caramelo en el bolsillo, hundiendo mis codos en las costillas de mis vecinos, y se lo ofrezco, pero él lo rechaza con firmeza, al tiempo que insiste con su letanía:

–M'nsier, m'nsier, donnez-moi XXX.

Imagino que quiere dinero, pero no pienso dárselo.

La carretera discurre entre un largo palmeral, bordeado de *ksour*, como en el valle del Draa, y una llanura pedregosa y desértica. El camino está lleno de gente, de pie, sentada, andando, en bicicleta, en ciclomotor... El taxista conduce a buena velocidad, sin vacilaciones, hablando y riendo con uno de los dos pasajeros sentados a su derecha.

–M'nsier, m'nsier, donnez-moi XXX.

Basta, no puedo más. Busco un *dirham* en mi monedero y se lo doy. El niño lo coge y lo esconde rápidamente en un bolsillo de sus pantalones, mirando de reojo hacia su madre, que sigue durmiendo.

El palmeral ha quedado atrás. Avanzamos velozmente por la llanura, bajo el sol ardiente, como una pequeña olla a presión, con las ventanas bien cerradas.

–M'nsier, m'nsier, donnez-moi XXX.

¡Por Dios! Me giro casi totalmente y miro al niño con toda la severidad de que soy capaz. Él aguanta mi mirada, muy serio, alarga la mano y toca el bolígrafo que sobresale del bolsillo de mi camisa.

–*M'nsier, m'nsier, donnez-moi un stylo*– entiendo finalmente.

Se lo doy y por fin sonríe, con la boca y con los ojos, tristes y legañosos.

A eso de las seis llegamos a Er Rachidia.

4

La mujer del capitán marroquí

El rasgo más destacado de Er Rachidia, pequeña capital de provincia, es una masiva presencia de fuerzas militares. Estamos muy cerca de la frontera con Argelia y de algunas de las rutas tradicionales de infiltración del Frente Polisario. Buena parte de la avenida principal está bordeada por inmensos cuarteles: de infantería, de artillería, de caballería motorizada... El hotel en el que me hospedo se halla en un extremo de esta avenida y, para ir y volver del centro, donde están la estación de autobuses, los cafés con terrazas, el banco y una oficina de turismo siempre cerrada, y docenas de niños que venden cigarrillos por unidades *–meski, meski!*, gritan, anunciando su mercancía– debo pasar delante de los centinelas, siempre distintos y siempre idénticos, aburridos y tostados por el sol, que me observan con desconfianza y envidia.

Junto a uno de los cuarteles se levanta una gran escuela de formación profesional. Esta mañana, a eso de las diez, centenares de estudiantes de ambos sexos hablan y fuman los chicos– frente a la puerta, en un descanso entre dos clases. Uno de ellos se separa de un grupo y se me aproxima:

–*Ça va, Monsieur?* Veo que conseguiste llegar.

Es mi colega 136 de la parada de taxis de Erfoud.

–*Oui, ça va très bien, merci!* Y tú, ¿llegaste a tiempo ayer?

–Ya estaban a punto de acabar. Pero no fui el único. *C'est la crise du transport!*– dice, riendo.

Por la amplia avenida circulan algunos coches y motos todo terreno conducidos por turistas, equipados como astronautas embarrados y polvorientos, que vienen del Alto Atlas o que van hacia las dunas de Merzouga.

Por lo demás, el pueblo es completamente anodino. Excepto los jovencísimos vendedores de cigarrillos –*meski, meski!*– y los limpiabotas, nadie me presta la menor atención. Un lugar excelente para quedarme un par de días. Luego resultará que no es tan fácil salir de aquí, por lo menos para ir hacia Figuig, que es por donde tenía previsto entrar en Argelia. He ido a informarme a la estación de autobuses y me ha parecido ver, escrito en tiza en una gran pizarra colgada a cinco o seis metros de altura, entre una nube de polvo, que el autobús para Figuig tiene su salida a las tres de la madrugada. Para asegurarme, me informo en la taquilla:

–Por favor, ¿a qué hora sale el autobús para Figuig?

–Normalmente, a las tres de la madrugada, pero hace un par de días tuvo una avería y que yo sepa todavía no lo han reparado.

–¿Cómo puedo saber si habrá autobús mañana?

–Es cuestión de venir después de medianoche, a eso de la una, cuando se ponen a la venta los billetes. Si va a salir el autobús, vendemos billetes. Si no, no.

–Ya entiendo. ¿Y no hay ninguna otra combinación?

–Sí, claro. Puedes tomar un autobús hasta Bouarfa, a las cinco de la mañana, y luego seguir hasta Figuig con un *grand taxi*. Mucha gente lo hace así.

De aquí a Bouarfa hay trescientos kilómetros y de Bouarfa a Figuig unos trescientos más. Recuerdo la plazoleta de los taxis en Erfoud, achicharrada por el sol. El panorama me resulta poco alentador. Anoto los destinos y horarios de otros autobuses. Hay varios que van a Fez.

Paso el día solo, paseando y observando tranquilamente la vida de la pequeña ciudad. Después de comer, permanezco largo rato leyendo y escribiendo en el jardín de un apacible café, sin otras interrupciones que las de los niños que vienen regularmente a ofrecerme cigarrillos. La falta de emociones fuertes es conmovedora.

Pero el día no podía acabar sin que alguien me tocase la fibra sensible.

Al anochecer, cuando regreso al hotel, recojo mi guía y mis mapas de la habitación y desciendo al bar para estudiar otros posibles itinerarios en mi camino hacia Argelia. Pese a que supone un rodeo considerable, quizá lo mejor sea subir hasta Fez y desde allí cruzar por el norte hasta Oujda, Tlemcén y Orán.

Sentados a una mesa cercana hay un par de hombres jóvenes, vestidos con pulcras chilabas, que ya anoche me habían saludado. Uno de ellos se dirige a mí en un muy correcto castellano:

–¿Todavía por aquí? ¿Te gusta Er Rachidia?

–Sí, me encanta, es muy tranquilo. Pero mañana ya me voy.

–¿Hacia dónde vas? ¿Hacia el sur?

–No, de ahí vengo. Estuve unos días en Zagora. Ahora voy hacia Argelia. Mañana iré a Fez y desde allí, a Orán.

–¿Por qué vas a Fez? Si adonde quieres ir es a Argelia no tienes por qué pasar por Fez. Vas a perder mucho tiempo y, además, habrá mucha gente. Si buscas sitios tranquilos, no te conviene.

–Sí, ya lo sé. Quería entrar en Argelia por Figuig, pero hay problemas con el autobús. Está averiado y no saben cuándo volverá a funcionar. O sea que tendré que ir por Oujda y Tlemcén.

–De acuerdo, pero aun así no tienes porque ir a Fez. Es mucho mejor ir a Midelt, con cualquiera de los autobuses que van a Fez o a Meknes. Está a unas tres horas de aquí y, desde allí, cada mañana sale un autobús hacia Oujda. Son once o doce horas, pero es mucho más rápido y más barato que pasar por Fez.

Mientras hablaba, desplegaba un mapa sobre el que ahora me indica el itinerario que sugiere. Desde luego, es una ruta muy razonable, aunque la carretera entre Midelt y Oujda parece muy secundaria. Sobre la mesa tiene también una carpeta y un libro: *La familia de Pascual Duarte*, en español.

–¿Te gusta leer?– le pregunto.

–Sí. Con algo hay que pasar el tiempo mientras no tenemos trabajo.

–¿A qué te dedicas?

–Soy guía oficial. Y mi compañero también. Él ha estudiado inglés y yo español. Pero hay muy poco trabajo.

–Me ha parecido que había bastantes turistas por aquí.

–Sí, pero casi todos pasan sin detenerse. Van hacia Erfoud, Rissani o Merzouga. Todos quieren ir a ver las dunas. Aquí no se queda nadie, porque creen que no hay nada para ver, pero hay muchas cosas. Ahora estamos intentando que el delegado de turismo nos eche una mano.

–Claro. Lo primero que podría hacer es abrir la oficina de información que hay en el centro del pueblo. Esta mañana he pasado tres veces por allí y siempre estaba cerrada.

–Se lo hemos pedido mil veces. Hace años que está cerrada. Dice que no tiene dinero para contratar a alguien que la atienda. Dice que si queremos, podemos instalarnos nosotros en ella, pero sin pagarnos nada. ¿Cómo quiere que nos ganemos la vida? Si estamos en la oficina no podemos trabajar como guías. Ahora hemos solicitado una audiencia al gobernador.

–¿Os la ha concedido?

–Todavía no. Está muy ocupado con una carrera que van a hacer por el desierto– dice al tiempo que me enseña un folleto promocional, muy bien editado, en francés e inglés, sobre una "Sahara Marathon", una especie de carrera de doscientos kilómetros a pie. Las fotos en color muestran algunos corredores, indudablemente europeos o norteamericanos, cargados con grandes mochilas –no pueden recibir ninguna ayuda exterior sin ser descalificados, explica el folleto– y rodeados de motocicletas y coches todo terreno por todas partes. Sí, ya veo, el gobernador está muy ocupado.

Habla con resignación y sin rencor aparente de los guías no oficiales que les roban el poco trabajo que surge.

Luego hablamos de literatura española. Conoce muchas obras y autores. Es un apasionado de Miguel Hernández:

–*Yo quiero ser llorando el hortelano de la tierra que ocupas y estercolas, compañero del alma, tan temprano. Alimentando lluvias, caracolas y órganos mi dolor sin instrumento, a las desalentadas amapolas daré tu corazón por alimento. Tanto dolor se agrupa en mi costado que por doler me duele hasta el aliento...*

Conoce de memoria la *Elegía* a Ramón Sijé.

–Cuando leí la biografía de Miguel Hernández, se me caían las lágrimas– dice, sin afectación alguna. –Veía mi vida. Yo también cuidaba ovejas, de niño.

–Espero que tengas más suerte que él– le digo.

–*Inxalá!*

–*Inxalá!*

Le pregunto si tiene un buen mapa de Marruecos. Tiene el que me ha enseñado antes, que es muy rudimentario. La zona fronteriza con Argelia, y más allá, está en blanco. Le regalo mi mapa Michelin y lo observa, fascinado.

–Es fantástico, pero tú lo necesitas– me dice.

–No te preocupes. Ahora ya me voy de Marruecos y utilizaré otro, que cubre todo el África noroccidental.

–Aquí no se encuentran estos mapas. De hecho, me parece que están prohibidos.

–¿Por qué?

–No lo sé, no estoy seguro.

–¿Quizá se deba a que la frontera con Argelia aparece nítidamente dibujada?– sugiero.

Observa el mapa con atención.

–Sí, probablemente sea ésa la razón. Las relaciones con Argelia han mejorado estos últimos años, pero todavía subsisten muchos problemas y muchos recelos.

–¿El Polisario?

–Eso ya se ha acabado, creo. Aquí todo el mundo está por la integridad territorial, sin discusión.

Su compañero, que un rato antes se había marchado, regresa ahora y le dice algo en árabe.

–Tendrás que perdonarme, pero debemos irnos. Parece que ha llegado un grupo de turistas al hotel Oasis. Vamos a ver si conseguimos algo de trabajo para mañana.

–Buena suerte.

–Gracias. Que tengas buen viaje.

–Oye. En Midelt, ¿no tendré problemas de alojamiento?

–No, hay un buen hotel, el Ayachi. Y ahí aún para menos gente que aquí.

Miro mi guía y veo que, efectivamente, da buenas referencias del hotel Ayachi. El libro menciona también la existencia de otro hotel en Midelt pero no lo recomienda y ni siquiera da su nombre.

Pido al chico de la recepción que telefonee a Midelt y me reserve una habitación para una noche. Al cabo de unos minutos viene hacia mí moviendo negativamente la cabeza.

–Lo siento, está completo. Me han dado el número de teléfono de otro hotel. ¿Quiere que lo intente?

–Sí, por favor.

En el segundo hotel, el anónimo, sobran habitaciones.

Poco después de las ocho de la mañana ya estoy en la estación de autobuses. Pensaba coger el de las nueve pero al comprar el billete, el taquillero me informa que está a punto de llegar un autobús procedente de Erfoud con destino a Fez que pasa también por Midelt. En efecto, llega al poco rato. Viene lleno pero aquí bajan algunos pasajeros y puedo sentarme en la última fila, junto a la ventana.

El paisaje es seco, reseco, como casi siempre, pero espléndido. Durante algunos kilómetros la carretera bordea un cañón profundo, rojizo, impresionante, excavado entre paredes cortadas a rebanadas. En el fondo del cañón, un palmeral serpentea a lo largo de un hilo de agua. El autobús efectúa numerosas paradas en plena carretera y siempre cabe alguien más en su interior.

Durante la primera parte del trayecto, hasta Rich, tengo como vecinas a tres mujeres jóvenes, bien vestidas, acompañadas de tres niños de diferentes edades. (Durante estos largos trayectos siempre hay algunas mujeres con niños pequeños, muy pequeños, a menudo bebés. Todavía no he visto llorar a ninguno. Lo aguantan todo estoicamente, como los adultos.)

Mis vecinas se quedan en Rich, un pueblecito en el que el nombre no hace la cosa y en el que nos detenemos unos minutos. Como siempre, el autobús se ha parado en una plazuela polvorienta, llena de viejos y jóvenes que nos observan. Todo el mundo baja a estirar las piernas. Dos pasajeras que hasta ahora no había visto llaman mi atención. Una de ellas viste a la manera tradicional, con un elegante albornoz de seda azul. Debe rondar la treintena. Es bajita y rolliza y de rostro hermoso y alegre. La otra, más joven y alta, viste a la europea, con unos pantalones también azules, muy ceñidos, que le alargan las ya de por sí largas piernas, marcándole los muslos y las nalgas, prietas y ya maduras. Una visión inédita y llamativa, en estos parajes. Creo que es la primera mujer con pantalones que veo desde que llegué a Marrakech. Sorprendentemente, cuando se percatan de que las estoy observando no apartan la mirada inmediatamente, sino que aguantan la mía un momento y, después, hablan y ríen entre ellas.

A medida que nos alejamos de Rich, el paisaje deviene más monótono, con grandes llanuras yermas, pero pronto empieza a distinguirse, al fondo, el Alto Atlas cubierto de nieve. Ahora llevo como vecino a un anciano que aparenta tener no menos de cien años, envuelto en una gruesa chilaba, de áspera lana, de aproximadamente la misma edad.

Con intervalos de unos quince minutos dejamos atrás tres pequeños campamentos de nómadas. Junto al primero pace un rebaño de dromedarios. En el segundo son ovejas. En el tercero, asnos.

A eso de las once y media, cuando ya debe faltar poco para llegar a Midelt, el conductor del autobús tiene problemas para cambiar de velocidad. Tras un violento y estéril forcejeo con la palanca de cambios, el autobús se detiene en medio de una larga recta. El chófer y sus dos ayudantes descienden e inician una exploración bajo el vehículo. Al rato, casi todos los pasajeros nos apeamos, excepto mi vecino, las dos chicas sonrientes y pocos más. Algunos pasean por la carretera, otros se sientan en pequeños grupos, comentando la situación, unos cuantos reptan bajo el autobús para ofrecer su colaboración al chófer y a sus dos ayudantes, que tratan de levantar el eje trasero con la ayuda de un gato hidráulico. Nadie se muestra preocupado. Nadie tiene prisa. Si no llegamos a la hora, llegaremos más tarde. Evidentemente, en estos trayectos las averías forman parte del programa. Más que un incidente desagradable parecen ser una ocasión excelente para distraerse un rato.

Un autobús de línea que viene en dirección contraria a la nuestra se detiene para ofrecernos ayuda. Los dos chóferes hablan un momento y el nuestro afirma que no necesitamos nada, ya se las compondrá él solo.

A la derecha de la carretera, a unos doscientos metros, en medio de la tierra pedregosa, se alza el brocal de un pozo, junto a los restos de una casa en ruinas. Algunos pasajeros han ido ahí para refrescarse. Las dos chicas bajan del autobús y también se dirigen hacia el pozo. Muchos hombres dejan de hablar para contemplarlas, serios, quizás escandalizados, en cualquier caso fascinados.

Dos autocares turísticos pasan sin apenas aminorar la velocidad. Los pasajeros, rubios y gordinflones, nos miran con curiosidad y conmiseración. Un par de ellos, rápidos de reflejos, inmortalizan con sus cámaras de vídeo el corte de mangas que, no menos rápido que ellos, me apetece enviarles. Gesto típico de las tribus del Alto Atlas, dirá la historia en un par de hogares centroeuropeos.

Media hora más tarde, el chófer y sus ayudantes retiran el gato, guardan las herramientas y, cuando creo que nos disponemos a marchar, me doy cuenta de que lo que en realidad ocurre es que han decidido que la avería no tiene remedio. Habrá que esperar que pase otro autobús en la misma dirección, explica el chófer, o bien hacer autostop. Algunos pasajeros reclaman el importe del trayecto no realizado, lo cual da pie a una discusión previsiblemente maratoniana.

–¿Cuánto falta para llegar a Midelt?– pregunto a un joven.

–Unos quince kilómetros. A ti te será fácil que te coja algún coche o algún taxi– dice con toda objetividad.

Algunos pasajeros, incluidas las dos chicas, se hacen bajar el equipaje de la baca. También yo pido el mío. Luego subo al autobús para recoger mi bolsa de mano. Me sabe mal, pero debo despertar al viejo patriarca que la utiliza como almohada en su plácido sueño.

Pronto vemos aproximarse, a gran velocidad, un Mercedes azul, nuevo, reluciente, en el que viajan dos hombres encorbatados. No muestran intención alguna de detenerse pero nuestro chófer, arriesgando su pellejo, se planta en medio de la calzada y consigue hacerlos parar. Discute acaloradamente con los dos hombres, hasta que éstos finalmente aceptan llevar hasta Midelt a uno de los ayudantes del chófer y a las dos chicas elegantes. Ya desde el interior del Mercedes, éstas me dicen adiós con las manos y una permanente sonrisa.

Poco después, aparece un autobús que circula en nuestra misma dirección. Se detiene para ver qué nos ocurre y el conductor desciende para hablar con el nuestro, pero sus ayudantes no dejan subir a nadie. Va realmente lleno hasta la bandera. Sin embargo, cuando los ayudantes bajan la guardia y se van a husmear bajo nuestro autobús, donde están los dos chóferes, los pasajeros recién llegados bajan en masa para tomar aire y desentumecerse. La carretera parece una rambla.

Los ayudantes regresan a la carrera, tratando de hacer subir a sus pasajeros y de evitar que se cuelen los otros, o sea nosotros, mientras sus jefes siguen hurgando bajo el autobús averiado. Al poco rato, el chófer se pone al volante y, después de una breve pero intensa pelea con el cambio de velocidades, consigue introducir la primera y avanzar unos metros. Esto funciona. Los ayudantes nos hacen subir inmediatamente, con el autobús en movimiento, entre gritos y empujones. Arrancamos con aparente normalidad y, aunque cada vez que el chófer embraga y desembraga, la caja de cambios chirría, pronto alcanzamos una buena velocidad. Con un poco de suerte, llegaremos a Midelt aprovechando la inercia. Sin embargo, cuando hemos recorrido tres o cuatro kilómetros debemos detenernos para dejar descender a un pasajero y por poco nos quedamos otra vez clavados. Finalmente, conseguimos arrancar de nuevo y entonces el chófer se lanza a toda velocidad, por una carretera cada vez más tortuosa que nos lleva al corazón del Alto Atlas, bajo el Djebel Ayachi coronado de nieve, haciendo caso omiso de los pasajeros que quieren bajar, hasta llegar a Midelt, donde penetramos a velocidad temeraria, entre los gritos y las maldiciones de quienes querían haber descendido antes.

A primera vista, el centro de Midelt parece consistir en un hangar –la estación de autobuses– y los cuatro cafés con pequeñas terrazas situados frente al mismo.

Me instalo provisionalmente en una de estas terrazas y, después de pedir un café con leche, pregunto cómo ir al hotel en el que tengo reservada habitación. Se halla a unos dos kilómetros del pueblo, me informa la chica que me atiende, en la dirección opuesta a la ruta del autobús de Midelt, que por cierto sale a las seis de la mañana.

Del interior del café brota el sonido de un televisor. Está emitiendo un informativo en francés. La voz me llega a borbotones, irregularmente cubierta por el ruido de los escasos pero rugientes vehículos que pasan por la carretera. Alcanzo a oír que Arafat ha tenido algún problema en Libia, pero no sé muy bien cuál, y que el presidente Fujimori ha dado un golpe de estado en Perú. ¿He entendido bien? Me temo que el mundo sigue siendo bastante incomprensible. Aguzo el oído porque ahora empiezan a hablar de la situación en Argelia, pero alguien cambia de canal.

No me veo con ánimos de andar dos de kilómetros cargado con un par de bolsas que cada día pesan más, y menos mañana al alba.

Durante nuestra frenética llegada he visto, fugazmente, a la entrada del pueblo, un cartel anunciador del hotel Ayachi. Aunque dijeron que estaba completo, ¿por qué no probar suerte?

Pregunto a la chica del café si puede guardarme la bolsa más pesada, mientras yo voy a buscar habitación para esta noche. Naturalmente puede. Me la hace dejar en la misma entrada del local, encima de unas cajas de Cocacola. Parece un lugar muy vulnerable, pero la dejo ahí sin rechistar.

Efectivamente, el hotel Ayachi está a menos de diez minutos. Delante del mismo hay aparcados cuatro grandes autobuses turísticos y el comedor está lleno a rebosar. Una chica gordezuela atiende la recepción. Me dirijo a ella con mi mejor cara de buena persona, simpática y desvalida:

–Ya veo que tenéis mucha gente, pero ¿no os quedaría una habitación libre para esta noche? Mañana por la mañana debo coger un autobús, a las seis. Me basta con una habitación muy sencilla. Hace unos días, en Zagora, también estaba muy lleno y en un buen hotel me dejaron dormir en un salón. De hecho fue una habitación magnífica...

La chica me escucha muy seria, al principio, pero poco a poco esboza una sonrisa. Esto marcha, pienso. Pero ella no tiene poder para solucionar el problema.

–El hotel está realmente lleno, *monsieur*.

–Sí, ya lo veo.

–No, no me refiero a estos grupos de ahora. Estos sólo almuerzan y se van. Pero por la noche nos llegan tres grupos más a cenar y dormir– dice, mientras recorre una y otra vez las repletas páginas del libro de reservas. –De todos modos, espere. Hablaré con el encargado.

Entra en un pequeño despacho y habla con un hombre alto y delgado, completamente vestido de negro. Éste, después de escuchar a la joven, sale y se me aproxima.

–Así que está usted buscando una habitación. Estos días hay mucha gente que la busca. ¿Por qué no ha hecho una reserva antes de venir?

–Verá, ya hace un mes que estoy viajando por Marruecos– exagero para ganarme su simpatía –y no me di cuenta de que ya habían llegado las vacaciones de Semana Santa en Europa. Me haría un gran favor si pudiese encontrarme un hueco. Sólo por una noche. Y si es cuestión de dinero, podemos arreglarlo.

–No, no es problema de dinero. Mire, ahora no puedo decirle nada. O debería decirle que no. Pero si me da un par de horas veré lo que puedo hacer.

–Un par de horas no. Todo el día, si quiere. No tengo ninguna prisa.

–Está bien. Venga a eso de las cuatro y espero que podré arreglarlo.

–Se lo agradeceré mucho. Son ustedes muy amables.

A la salida del hotel, dos jóvenes se me aproximan para ofrecerme cajitas de minerales y otro quiere llevarme a ver tapices y alfombras. Éste último, de mirada vivaz y hablar pausado, es negro como el carbón. Mientras me cuenta las excelencias de sus alfombras, me enseña la tarjeta de una Maison Bérbére como garantía de seriedad y solvencia.

–Hace unos días ya estuve en La Maison Bérbére de Ouarzazate. De hecho les compré una alfombra– le digo, declinando su invitación.

–Ah, bien, pero ésta es diferente. Seguro que te gustará más que aquélla.

–Sí, probablemente, pero ya no me queda dinero. Quizás otra vez.

Me deja tranquilo y regreso al café. Mi bolsa sigue guardando la entrada. La chica se alegra de que haya encontrado una habitación.

–¿Podría comer alguna cosa?

–Lo siento, pero no preparamos comidas.

–Lástima. Tomaré una Coca-cola– le digo, para pagar de alguna manera su amabilidad y ayuda.

En el interior del café, oscuro y fresco, un par de hombres charlan ante una Fanta y miran distraídamente la televisión. Cuando la joven pasa a su lado, uno de ellos le dirige unas palabras. Luego, cuando regresa con la bebida, me dice:

–Si quieres, puedo servirte *tajin* del que he preparado para nosotros. ¿Te gusta el *tajin*?

–Sí, desde luego. Por mí, encantado– le digo, al tiempo que miro hacia el hombre y le hago un gesto de reconocimiento con la cabeza.

La televisión emite un capítulo, rebosante de lágrimas y pasiones, de lo que parece ser una serie egipcia, pese a que los protagonistas visten a la occidental.

Al poco rato, la mujer me trae el cuenco en el que preparan y comen el *tajin*, así como una hogaza entera de pan. Al levantar la tapadora acampanada, una nube de tomillo y romero se esparce por el local. Bajo una montaña de patatas, habas y zanahorias se adivinan dos grandes trozos de carne de cordero, mientras una salsa rojiza sigue hirviendo. Espero unos minutos a que la chica me traiga unos cubiertos hasta que me percato de que no tiene intención de hacerlo.

Claro, no me acordaba que aquí, en familia, normalmente se come sólo con la ayuda del dedo gordo y un trozo de pan, haciendo pinza. El dedo gordo de la mano derecha, por supuesto. La izquierda se utiliza para otros menesteres.

Empiezo a excavar y, lentamente, voy abriéndome paso entre las patatas, las zanahorias, las habas, pero cuando llego a la carne, el asunto resulta algo más complicado. No consigo desgajarla con un solo dedo. Siento la mirada de la chica y de los dos hombres de la Fanta clavadas en mí. Los miro y sonrío. Ellos me devuelven la sonrisa, aprobando mis esfuerzos.

–¿Te gusta?– me pregunta uno de ellos.

–Mucho, es buenísimo– contesto, sin exagerar. Al final, me decido a coger otro trozo de pan con la mano izquierda y a desmenuzar la carne con las dos manos. Creo que me lo perdonan.

El capítulo del culebrón ha finalizado en plena angustia del protagonista, al cual su familia parece haberle preparado una boda con una joven a la que no ama. Continuará.

De momento, lo que viene a continuación es un programa con rótulos franceses pero doblado al árabe: *Regards sur le monde*. Aparece el mapa de España en una imagen digitalizada de escasa definición. Lentamente, la imagen va haciéndose más nítida y, al mismo tiempo, un efecto *zoom* nos aproxima a la posición de Barcelona. Cuando estamos a punto de chocar con el Tibidabo, la imagen se funde para dar paso a una sucesión de panorámicas de Montjuïc, el Estadio Olímpico, el Palau Sant Jordi, el Palacio Nacional, la avenida de María Cristina..., hasta detenernos ante el alcalde Maragall que nos cuenta, en francés, las grandes transformaciones experimentadas por la ciudad con motivo de los Juegos Olímpicos.

Los hombres del café se lo miran como antes miraban el melodrama egipcio: con una distante atención. Es otro mundo, tan irreal como el culebrón.

Al igual que en Er Rachidia, niños de ocho o nueve años entran y salen del café, ofreciendo cigarrillos: "*Meski, meski!*"

El reportaje televisivo dura por lo menos un cuarto de hora. Sale todo: la Villa Olímpica, los cinturones de ronda, las instalaciones deportivas, las nuevas plazas y esculturas... Lástima que, además del alcalde, no entrevisten a mi amigo Acebillo y sí, en cambio, a un par de mercenarios –un arquitecto y un aparejador– que se apropian de la autoría de lo que muchos otros están haciendo. En fin, nada nuevo. Después de una última panorámica general de Barcelona, pasamos rápidamente a Hong-Kong.

–*Ça va, Monsieur?*

Uno de los hombres de la Fanta, el que parece ser dueño del local, ha venido a sentarse a mi mesa.

–*Ça va très bien*. El *tajin* era espléndido.

–Gracias. Mi mujer cocina muy bien. ¿Has encontrado habitación?

–Sí.

–¿Seguro? Porque, de lo contrario, puedes venir a mi casa.

–Te lo agradezco, pero ya está solucionado.

–¿De dónde eres?

–De España, de Barcelona. Hace un momento en la televisión hablaban de Barcelona, ¿viste? Es mi ciudad.

–¿De veras? No presté mucha atención. ¿Es un buen sitio?

–Sí, yo creo que sí.

–¿Qué tal se vive ahí?

–*Pas mal.*

–Aquí hay muy poco trabajo, pero la gente es buena.

Llega otro hombre, joven. Se saludan entre ellos y también me da la mano a mí. Se sienta con nosotros.

–Éste ha estudiado, pero tampoco tiene trabajo.

–¿Qué has estudiado?– pregunto al recién llegado.

–Delineante y decoración. En una casa, sé hacer un poco de todo. Pero no hay nada qué hacer– dice, resignadamente.– ¿Hay mucho paro en España?

–Sí, bastante. Un quince por ciento, más o menos.

–¡Un quince por ciento! Eso no es nada– dice el hombre del café. –Aquí hay un cincuenta por ciento, como mínimo. Pero todo el mundo va trampeando. Nos ayudamos unos a otros. Aquí, en el café, casi no hay trabajo, pero vienen los amigos, pasamos el rato. Vamos tirando.

–Pero ahora debéis tener bastantes turistas, ¿no?

–¿Turistas? Aquí, ni uno. Los vemos pasar. Algunos paran en el hotel, para comer o dormir, pero se largan sin poner el pie en el pueblo. Tú eres el primero en muchos días. ¿Cuánto te cuesta la habitación en el Ayachi?

–Unos cien dirhams, me parece– de hecho, no hemos hablado de ningún precio.

–¿Sólo? No está mal. A veces cobran mucho más. Pero, otra vez, si vienes, no vayas al hotel. Ven a mi casa. ¿De acuerdo?

–De acuerdo.

Nos damos la mano y me voy a comprobar si efectivamente tengo habitación.

El encargado del hotel me comunica que casi lo tiene resuelto. Si me espero un rato en el bar, él me avisará.

El bar está lleno de hombres, de humo y de un agrio olor a cerveza. En medio de la humareda distingo, en un rincón, dos figuras femeninas sentadas ante una pequeña mesa. Una de ellas mira hacia mí y empieza a lanzar grandes exclamaciones:

–*Ah, le voilà!* ¡Ha conseguido llegar! ¡Ven aquí y cuéntanos como lo has logrado!– Indudablemente, se está dirigiendo a mí. Todos los hombres nos observan, primero a la mujer que grita y después a mí, claramente disgustados.

Son las dos pasajeras del autobús que se han ido en el Mercedes azul.

Me aproximo a ellas y me invitan a sentarme a su mesa, en la que hay cuatro botellas vacías de cerveza. Para celebrar mi llegada, piden otra ronda. Les explico brevemente lo ocurrido después de su marcha. La mayor de las dos, la del albornoz de seda, habla atropelladamente, a gritos, en un buen francés:

–Fíjate, le he dicho a mi hermana, pobrecito, este extranjero, ahora lo dejamos aquí en medio de la carretera, bajo el sol, con todos estos desgraciados, porque mira que llegaba a oler mal aquel autobús, y ahora apareces aquí, ¡es fantástico! ¿Tienes habitación en el hotel?

–Espero tenerla, pero aún no es del todo seguro. Hay mucha gente.

Le cuento mi situación y ella me dice que no debo preocuparme. Hablará con el dueño del hotel. Lo conoce bien. Y si no hubiese ninguna habitación libre, tranquilo, ella me invita a dormir en casa de su hermana, no, ésta no, otra que vive aquí, en Midelt.

–Pero, ¿ vosotras no estáis en el hotel?

–No, ya te lo he dicho. Hemos venido a visitar a otra hermana. Somos tres. Ésta es Ahlem; la que vive aquí, en Midelt, es Fatna; y yo soy Aïcha. Al hotel sólo venimos para tomar una cerveza. ¡A mí me *gusssta* la *cervesssa!* Y tú, ¿qué buscas aquí? ¿Adónde vas? ¿De dónde eres?

A medida que explico, por enésima vez, mis coordenadas, las dos hermanas van soltando una retahíla de exclamaciones y chillidos, en un *crescendo* sostenido, al tiempo que palmotean sus muslos: "¡No es posible, no es posible!"; "¡Ya me lo parecía!"; "¡Te lo dije!", exclaman una tras otra. Resulta que la hermana pequeña, Ahlem, vive con su familia en una población cercana a Barcelona, un lugar que ella considera lo mejor del mundo. Me lo describe con todo detalle, para que vea que es verdad. Ciertamente, el azar sigue funcionando.

Mientras lo remojamos con un par de cervezas más, Aïcha se lanza a explicarme que está divorciada de un militar marroquí pero que, a pesar del divorcio, su ex marido sigue martirizándola y controlándola a través de los hijos, que viven con ella. Ahora van a pasar unas breves vacaciones en Fez, pero antes se quedan aquí un par de días, para ver a su otra hermana. Sí, ella, Aïcha, vive en Er Rachidia, una ciudad llena de militares, está harta de militares. Trabaja como enfermera en un hospital, y también por cuenta propia, análisis de sangre, inyecciones, presión arterial y todo eso, se gana muy bien la vida, mejor que los funcionarios. Pero no soporta a los hombres marroquíes, no puede más. Querría marchar del país, pero su ex marido no permite que le hagan un pasaporte.

–¿Estás casado, tú, tienes hijos?

Me lo pregunta como si de la respuesta dependiera que, a continuación fuera a proponerme un contrato matrimonial. Para cambiar de terreno, me intereso por la vida de la hermana pequeña en Barcelona. No, no hace nada, sencillamente está ahí, sí, le gustaría hacer algo, pero ¿qué?, de todas maneras está muy bien, puede salir cuando quiere, ir donde quiere… Ah, es fantástico que yo sea de Barcelona, ella ya le había dicho a su hermana que allí los hombres son muy diferentes, amables, simpáticos…

De vez en cuando, las dos hermanas hablan en árabe entre ellas, me miran y se ríen.

–¿Qué haces esta noche?– pregunta Aïcha.

–Nada especial, dejar pasar el tiempo.

–Pues vendrás a cenar con nosotras, a casa de mi hermana. No puedes negarte. Me ofenderías.

–Muy bien. No quiero ofenderte. Al revés, será un honor.

Acordamos que a las siete me recogerá en el hotel. Ahora son las cuatro y media.

–Ve a ver si tienes habitación. Si no tienes, te vienes ahora mismo con nosotras.

Tengo habitación, me confirma el encargado.

Cuando nos despedimos, cada una me da dos sonoros besos, bajo la mirada hostil de los hombres del bar.

Después de dejar el equipaje en la habitación salgo a dar un paseo por el pueblo. Los mismos chicos de antes vuelven a hacerme proposiciones comerciales, pero sin gran convicción ni insistencia.

Es la hora de salida de la escuela. La calle está llena de niños y niñas con bolsas y carteras descosidas y despedazadas. Compro una hogaza de pan para el largo viaje de mañana. Cuando me ven volver al hotel con el pan bajo el brazo, los vendedores ya no me dicen nada y el encargado me mira con el ceño fruncido. Si se lo hubiese imaginado antes, probablemente no se habría esforzado tanto en conseguirme una habitación.

A la siete y cinco, cuando bajo a la recepción, Aïcha ya me está esperando, nerviosa y excitada. Huele a jazmín y a cerveza. Me riñe por el retraso. Parece enfadada de veras. El artista de Ouarzazate tenía razón: *Le hasard est toujours mieux qu'un rendez-vous.*

–Esto siempre está lleno de hombres que me miran– acaba diciendo, como para justificar su malhumor.

Nos adentramos en el pueblo, por un camino de tierra muy bacheado. Aïcha anda con dificultad, dando más de un traspié, y a menudo se apoya en mí, pasándome el brazo por la cintura, quizá para no caer, impregnándome con el tufillo de la cerveza. Por el camino me cuenta que, en vez de ir a casa de su hermana, que no sé qué problema tiene, iremos a casa de unos primos, a comer un *tajin*. ¿Me gusta el *tajin?* Sí, claro.

–Por cierto. Estos primos míos tienen un pequeño negocio, ya sabes, alfombras, tapices, joyas… No tienes por qué comprarles nada, pero si te quedas algo, mejor. Me harás quedar bien y les harás un favor a ellos.

¡Vaya por Dios! Estoy a punto de dar la vuelta ahí mismo y regresar al hotel. Es obvio que si no compro nada, la cena puede ser mortal, si es que no me echan antes. Pero no acabo de estar seguro de que todo sea un montaje. Parece demasiado grosero para serlo.

Una luna inmensa, redonda, se ha levantado en un cielo aún claro. Los muecines llaman a la oración del final del día. Nosotros trepamos hacia la parte más vieja del pueblo por un camino de cabras, Aïcha colgada de mi brazo, riendo y tropezando a cada paso. Cuando llegamos a lo alto, un niño se nos aproxima, la mano extendida, pidiendo dinero. Aïcha lo manda al cuerno. Detrás de nosotros, el niño grita, en una mezcla de árabe y francés:

–¡*Monsieur*, ojo con esta mujer!– es todo lo que consigo entender. Ella coge una piedra del suelo y se la arroja, sin alcanzarlo, al tiempo que enhebra una sarta de maldiciones.

La casa de los primos resulta ser, precisamente, La Maison Bérbére a la que quería traerme el chico negro que por la tarde estaba frente al hotel. Ante la puerta tengo un último momento de vacilación. Aïcha se percata de ello y tira de mi brazo:

–Vamos, no tengas miedo, mis primos te están esperando.

No me cabe la menor duda. Bien, como mínimo es un negocio formal. El local es, más o menos, como el de Ouarzazate, pero algo más pequeño. Hay dos salas con las paredes totalmente forradas de alfombras y tapices, y una tercera con joyas y cerámicas. Nos reciben Ahlem y un joven, que las dos hermanas me presentan como su primo, alto, delgado, de tez oscura, con la inevitable *gandora* de color índigo. También éste podría ser hermano, o primo, o tío, o sobrino, del joven azul de Zagora, o del seductor de Ouarzazate, o del buenazo de Erfoud. ¿Qué son estos chicos? ¿Tenderos disfrazados de nómadas? ¿Nómadas disfrazados de tenderos? Jamás lo sabré. Probablemente sean una y otra cosa.

–¡Sé bienvenido! Mis primas me han hablado muy bien de ti. ¿Quieres tomar un té? ¿O tal vez prefieres otra cosa? ¿Una cerveza? ¿Vino?

–No, un té está bien.

Nos sentamos en uno de los habituales bancos que corren a lo largo de las paredes de la sala más pequeña. Ahlem y Aïcha se sientan una a cada lado de mí, muy cerca, flanqueándome y brindándome su calor. El primo se mantiene de pie frente a mí. No hay escapatoria.

–Quizá te gustaría mirar algunas alfombras. ¿Son hermosas, verdad?– pregunta el joven, señalando las paredes.

–Mucho, me gustan mucho, pero ahora no quiero comprar ninguna.

–¿Quién ha hablado de comprar? Yo te las enseño, por el placer de los ojos. Comprar o no comprar, no tiene importancia. Seremos buenos amigos de todos modos.

–Sí, ya lo sé. Eres muy amable, pero no querría hacerte perder el tiempo.

–¿Perder el tiempo? ¿Qué quieres decir? No se pierde nunca el tiempo si uno hace aquello que le gusta. Mira qué hermosa es ésta.

Ha desplegado una muy grande, de colores rojizos y dibujos geométricos.

–Es preciosa pero, de verdad, estoy haciendo un largo viaje y ahora voy hacia Argelia, o sea que no puedo cargarme con una alfombra.

–No es ningún problema. Nosotros te la enviamos a casa. Tú no tienes que preocuparte por nada.

–Sí, ya lo sé, pero es que, además, tengo poco dinero. No soy rico.

El chico me escucha con calma, impertérrito. Debe tener unos veinte o veintidós años.

–¿Dinero? ¿Quién ha hablado de dinero? La riqueza no es cuestión de dinero. La riqueza se tiene aquí o no se tiene– dice, llevándose la mano al pecho.

–Sí, eso ya lo he aprendido en este viaje. Pero aquí también está la cartera, y la mía está casi vacía.

–¡Bah, seguro que tienes una tarjeta de crédito! Aquí puedes pagar con tarjeta. Visa, Master, American Express... ¿Cuánto darías tú por esta alfombra? Di un precio, sólo por curiosidad.

–No lo sé, no tengo ni idea. Pero seguro que no la puedo pagar.

–Eres muy duro, tú. Mira, te enseñaré otras– dice, desplegando un par de menor tamaño.

A mi lado, Aïcha acerca su boca a mi oído y me pide que sea amable con su primo. Después cenaremos, y beberemos, murmura a trompicones, y si quiero puedo quedarme unos días con la familia. Me acompañarán a las montañas, si quiero. Su aliento huele terriblemente a cerveza. Intento separarme un poco, pero no es fácil. Al otro lado está Ahlem. El chico ve que el asunto no va por buen camino y le dice algo secamente a Aïcha, en árabe. Ésta se levanta, tambaleante, y los dos salen de la sala. Ahora es Ahlem quien se apoya en mí.

–¿Qué te pasa, Yussef? ¿No te gustan las alfombras?– inquiere, mimosa, mientras la tibieza y la dura blandura de su espléndido pecho traspasan la tela de mi chaqueta y erizan mi cuerpo.

–Sí, me gustan mucho, pero no necesito ninguna alfombra. Necesito otras cosas.

–¿Qué necesitas? ¿Una mujer?– pregunta con una mirada cargada no sé si de ingenuidad o de picardía. –Dime qué necesitas– insiste.

Si estuviese seguro de que hace el ofrecimiento en nombre propio y no de su hermana...

–No, verás, sólo quiero decir que no deseo comprar ninguna alfombra.

–Mira las joyas, pues. Para tu mujer.

Debe haber decidido que éste es un flanco más vulnerable.

–Ven, te las enseñaré yo. Son preciosas.

Me lleva a otra sala y pasamos un rato mirando brazaletes, pendientes, collares, anillos... Era previsible: no habrá manera de largarme sin comprar algo, a menos que no quiera acabar con un malhumor general. Bien, en este caso prefiero las alfombras. Cuando reaparece el primo, empezamos a hablar de precios. Media hora más tarde, cerramos el trato: le compro tres pequeñas zofras de seda por la mitad del precio que al principio me había pedido por una. Al final, los dos estamos sonrientes y más o menos contentos. Dos chicos que hasta ahora no había visto, primos del primo, me informa Ahlem, preparan una especie de mesa con media docena de grandes alfombras plegadas y amontonadas. Luego se van y al poco rato regresan con una enorme cazuela de *tajin*, un par de hogazas de pan y dos bolsas de plástico llenas de cervezas y botellas de vino tinto. También reaparece Aïcha, acompañada de un hombre que me es presentado como *le patron*, el hermano mayor del que hasta ahora era el primo genuino, así como de dos chicos más, primos de los primos del primo. Uno de ellos es el joven negro y vivaz que, a la salida del hotel, me ha mostrado la tarjeta de la tienda.

–¡Ah, eres tú! Me dijiste que no querías comprar nada. Ni siquiera has querido venir conmigo para ver la tienda– me dice riendo.

–Es verdad, pero Ahlem es más guapa que tú.

–¿Quieres que me siente a tu lado?– pregunta ésta, halagada, desde el otro extremo de la blanda mesa.

–Me encantaría.

Cuando acabamos de devorar el *tajin* y de vaciar unas cuantas botellas, Aïcha dice que ya es tarde, yo debo querer regresar al hotel. Ella me acompañará. Todos me miran y el *patron* me pregunta si efectivamente ya quiero marchar.

–No, estoy muy bien. No tengo prisa.

Es cierto, ahora se está bien, aquí y, sobre todo, no tengo ningún deseo de regresar al hotel con Aïcha.

–Nosotros tampoco. Aún quedan vino y cerveza. Vete tú, si quieres– le dice el jefe a Aïcha, antes de dirigirse hacia mí. –¿Por qué quieres ir a Argelia? Son bastante salvajes allí. Pasan hambre. No les gustan los extranjeros. Están borrando todos los letreros escritos en francés. Además, ahora tienen muchos problemas con esto del FIS.

–Sí, tal vez tengas razón, pero no puedes hacer mucho caso de lo que se dice. Se exagera mucho.

Aïcha se ha marchado, aparentemente ofendida.

El patrón lía cuidadosamente un cigarrillo que, una vez encendido y tras un par de caladas, pasa de mano en mano. Él ha vivido unos años en París, en Pigalle. Aquello era vida, cuenta. Todo el mundo hace lo que le apetece, sin ser molestado. Puedes ir a tomar una cerveza cuando quieres, donde quieres. No como aquí, que tienes que esconderte en casa para beber un trago.

A mi lado, Ahlem me dice, en un murmullo, que su hermana ha bebido demasiado.

Poco a poco, la asamblea empieza a disolverse. Los chicos se levantan, a intervalos más o menos regulares, y desaparecen entre la neblina sin despedirse, hasta que sólo quedamos Ahlem, yo y un joven, un primo de los primos. Se ha sentado a mi derecha, donde antes estaba Aïcha, y charla sin parar, no sé muy bien de qué. Me parece que sigue con el tema argelino. Dice algo así como que si quiero ir, soy muy libre de hacerlo, pero él no me lo aconseja.

Ahlem también se levanta pero al cabo de unos momentos regresa con un nuevo canuto entre los dedos. Me lo pasa, sonriente, y, mientras inhalo una bocanada, me observa fijamente con sus ojos grandes y oscuros. Recostada lateralmente en la alfombrada pared, sus senos descansan, tensos y abandonados, sobre mi brazo, acunándolo. El humo se abre paso hacia el fondo del alma y todo mi sistema sensible se agita y desplaza, hasta concentrarse en la parte superior de mi brazo, ombligo de un nuevo mundo por donde penetra la respiración de Ahlem, una vibración cálida y pausada que se extiende como una lenta descarga eléctrica por todo mi cuerpo, y yo intento decir algo, pero, antes de ser pronunciadas, las palabras se disuelven en un remolino de deseos. El primo de los primos sigue divagando un rato sobre la salvaje Argelia y su voz se desvanece poco a poco en la lejanía.

Al día siguiente cojo el autobús por los pelos. El vigilante nocturno del hotel se ha olvidado de llamarme pero una pesadilla me ha despertado a las cinco y media. Llego a la estación sin aliento, aunque a tiempo. Al salir, más de la mitad de los asientos están libres pero a medida que avanzamos va subiendo gente, aunque sin llegar en ningún momento a las aglomeraciones de los días pasados.

Durante los primeros trescientos cincuenta kilómetros de los más de quinientos que separan Midelt de Oujda, no hay más de media docena de aldeas. Nos detenemos largamente en todas ellas, un cuarto de hora, por lo menos, y en tres ocasiones, más de media hora. La carretera, asfaltada pero en muy mal estado, es estrechísima. Cuando nos cruzamos con algún vehículo que circula en dirección opuesta –tres o cuatro camiones, media docena de *grands taxis*, tres turismos españoles con matrícula de Melilla– tanto ellos como nosotros debemos salir de la calzada.

La mayoría de las aldeas están alejadas unos kilómetros de la carretera. Llegamos a ellas campo a través, traqueteando entre una tempestad de polvo.

Además del servicio de pasajeros, el autobús hace las veces de correo y de recadero. Nuestra llegada convoca a toda la población. El chófer y sus dos ayudantes, muy amables y dicharacheros, conocen a todo el mundo y son conocidos por todos.

En Midelt me he sentado hacia la mitad del vehículo, junto a una ventana de poniente, para evitar el sol de la mañana. Como siempre, el espacio entre las hileras de asientos es muy reducido pero puedo estirar las piernas lateralmente porque el asiento contiguo está vacío.

Cuando llevamos una hora de camino y un pasajero que acaba de subir viene a sentarse a mi lado, uno de los ayudantes –un joven fuerte, de tez olivácea y ojos verdes– me hace levantar y me lleva hacia delante, para acomodarme en un asiento individual situado justo a la espalda del chófer. Es, sin duda, la mejor plaza del autobús. Puedo poner las piernas como quiero y tengo una visión inmejorable. Además, el cristal de la ventana se abre con facilidad. El viaje durará doce horas pero será, sin duda, el mejor que habré hecho en autobús.

Supongo que el privilegio que me ha sido concedido tiene mucho que ver con el hecho de que, como me apercibo a medio camino, soy el único viajero que hace el trayecto completo, desde Midelt a Oujda.

Todos los pasajeros que van subiendo y bajando saludan amistosamente al chófer, estrechándole la mano o dándole dos o tres besos. Es un hombre tranquilo y sonriente, de unos cincuenta años, un hombre que cuando distingue una bicicleta, una moto o un rebaño de ovejas paciendo cerca de la carretera –y vemos muchos–, toca el claxon tres o cuatro veces, reduce la velocidad y toma todas las precauciones posibles.

De hecho, esta actitud de extrema prudencia seguramente evita un accidente grave: es probable que, aterrorizado por la visión y el ruido del autobús, un asno que viene en dirección opuesta a la nuestra, montado por un anciano, empieza a dar saltos e invade el centro de la calzada a muy poca distancia de nosotros. El chófer tiene tiempo de frenar, aunque bruscamente, y el jinete de controlar el animal.

Los pequeños pueblos por los que pasamos y nos detenemos son pobres, muy pobres. Lejos ya del abarrocamiento de los *ksour*, las edificaciones son meros cubos de *pisé*, sin más decoración que una franja azul simulando el marco de una puerta.

En casi todos los pueblos, sin embargo, hay una o dos construcciones nuevas, de hormigón: la gendarmería y, a veces, el ayuntamiento. En un caso también hay una especie de ambulatorio, con un hombre y una mujer, jóvenes los dos, enfundados en inmaculadas batas blancas y sentados bajo una arcada. También, en fin, uno o dos pabellones prefabricados: la escuela. Poco a poco, el Estado va haciéndose notar.

A eso de las seis de la tarde llegamos a Oujda. Por las amplias calles de la ciudad nueva, el tráfico es intenso. La mayoría de los peatones, incluidas muchas mujeres, visten a la occidental. La verdad es que experimento una cierta sensación de alivio. En el restaurante del hotel en el que me alojo, Peter Gabriel –sí, Peter Gabriel– y Tracy Chapman amenizan la cena a través del hilo musical.

El día siguiente lo dedico a reabastecerme de todo aquello que previsiblemente no podré encontrar en la salvaje y miserable Argelia: rollos fotográficos, tabaco, pañuelos de papel, caramelos... También compro y leo un par de periódicos, marroquíes pero en francés, para ponerme al día de cómo sigue el otro mundo. Embargo aéreo contra Libia. Nueva victoria electoral de los conservadores británicos. Juicio en rebeldía contra uno de los principales dirigentes del FIS argelino. El Barça y la Sampdoria, clasificados para la final de la Copa de Europa de fútbol.

En cuanto a los asuntos internos, dos noticias destacadas, una en cada periódico: en *L'Opinion*, la mitad de la primera página y una página completa en el interior están dedicadas al proceso que estos días se está siguiendo contra el líder sindical Noubir Amaoui. En una entrevista concedida al diario *El País*, y publicada únicamente en España, Amaoui le daba un buen repaso al gobierno marroquí y decía, en la versión publicada por el diario español, que estaba constituido por un hatajo de *mangantes*. Pocos días después, el gobierno iniciaba un proceso judicial contra el dirigente sindical, y ahora el fiscal pide para él diez años de cárcel. En su crónica de la sesión judicial, el diario *L'Opinion* reproduce *in extenso* los principales argumentos, jurídicos y políticos, de los abogados defensores de Amaoui, y cita entre otras las siguientes palabras del abogado Jawhari: "El pueblo marroquí observa todod los días la ausencia del gobierno de todos los asuntos que le preocupan y, de repente, como ocurre en los films de intriga, el gobierno abandona su silencio y se hace presente. ¿Para hacer qué? ¡Para emprender una acción judicial contra el hermano Amaoui! [...] El gobierno se considera insultado por las declaraciones que atribuye a Mr. Amaoui. Pero permitidme que yo me interrogue sobre cuál es la verdadera humillación: ¿No es, quizás, aquella a la que se enfrenta el ciudadano todas las mañanas cuando sale a la calle, no es la del niño que no tiene plaza en la escuela, no es la del joven diplomado que no encuentra trabajo? La verdadera humillación ocurre cuando se ataca el poder adquisitivo de los ciudadanos en un océano de pobreza dominado por un puñado de privilegiados. Dos tercios de la población tienen menos de veinticinco años. De ellos, la mitad de los que están en edad laboral no tienen trabajo. ¿Por qué se ha acumulado la deuda exterior? Pero no son éstos los problemas que llaman la atención del gobierno. El gobierno se reúne para examinar las acciones a emprender contra el hermano Amaoui. ¿Significa esto que alguien no quiere que la Historia evolucione, que Marruecos no vaya adelante? ¿Qué significa este proceso contra un líder sindical pocos días antes del 1º de Mayo? ¿Es el regalo del gobierno a los trabajadores? ¿O quizá se trata de un nuevo estilo de diálogo? [...]

¿Se intenta volver al pasado? Marruecos ha cambiado, el mundo se ha transformado, el pueblo ha madurado, y la lógica del bastón no detendrá la evolución de la Historia."

El mismo día, la información nacional más destacada en las páginas de *Almaghrib* es la asistencia de Su Alteza Real el Príncipe Heredero Sidi Mohamed a la ceremonia de entrega de los premios del torneo *pro-am* de golf de Rabat, en el que han participado diversos miembros de la familia real: "S. A. R. el Príncipe Heredero fue recibido, a su llegada al Royal Golf Dar Essalam, por Driss Basri, ministro del Interior y de Información y presidente de la Real Federación Marroquí de Golf (FRMG), por Abdellatif Semiali, ministro de Juventud y Deportes; por Abderramán Bouftas, ministro del Hábitat y presidente del Royal Golf Dar Essalam; por Taïeb Chkili, ministro de Educación Nacional, así como por otras personalidades.

"En el transcurso de la ceremonia, Mr. Driss Basri, presidente de la FRMG, pronunció ante S. A. R. el Príncipe Heredero Sidi Mohamed una alocución en la que ha subrayado que Su Majestad el Rey Hassan II, a quien Dios glorifique, Presidente de Honor de la FRMG, se ha dignado una vez más honrar a la Federación al delegar en la persona de S.A.R. el Príncipe Heredero Sidi Mohamed, primer vicepresidente de honor de la FRMG, la presidencia de la ceremonia de entrega de los premios del torneo *pro-am* del Open de Marruecos 1992.

"El gesto Real ha llegado al corazón de todos los miembros de la Federación, de todos los practicantes de este deporte, así como de los participantes extranjeros en esta competición, ha dicho M. Driss Basri, quien ha añadido que los miembros de la Federación le han encargado solicitar a S. A. R. el Príncipe Heredero Sidi Mohamed que sea su fiel intérprete ante el Soberano para transmitirle sus sentimientos de lealtad y fidelidad hacia Su Augusta Persona, al tiempo que los invitados extranjeros le ruegan transmita su agradecimiento a Su Majestad el Rey por la amabilidad y la hospitalidad con que han sido colmados..." Y, así, dos columnas más.

Mañana, hacia Argelia, tierra de salvajes, a pasar hambre.

5

El integrismo que jamás existió

Contrariamente a lo que todas las guías turísticas afirman, en Oujda todo el mundo coincide en que la mejor manera de entrar en Argelia, para alguien que no viaje en su propio vehículo, es en tren. Todos los días circula uno, el TransMaghrib, que, desde la frontera, cruza toda la zona septentrional del país: Maghnia, Tlemcén, Orán, Argel, Constantina, Annaba. Desde el hotel de Oujda, he llamado por teléfono a Laila, una amiga de unos amigos míos que vive en Orán y trabaja en una agencia de viajes. También ella me ha aconsejado coger el tren. Por una vez, marroquíes y argelinos están de acuerdo en algo. También le he pedido a Laila información sobre algún hotel céntrico en Orán y, finalmente, le he preguntado cómo está la situación política.

–¿Hay algún problema para viajar por el país?

–¿Problema? No, ninguno. ¿Qué problema esperas que haya?

–No lo sé, ninguno en particular. Ya sabes, en Europa los diarios siempre publican noticias alarmistas.

–Sí, pero aquí todo está tranquilo.

Quedamos que cuando llegue a Orán la llamaré de nuevo y nos veremos. Puestos a entrar por el norte, puede ayudarme a organizar el viaje al Sáhara. Por lo que sé, en Argelia no es tan fácil desplazarse como en Marruecos.

Las distancias son inmensas –Argel, por ejemplo, está más cerca de Londres que de Tamanrasset–, y los medios de transporte, escasos.

Antes de subir al tren paso el control aduanero y fronterizo marroquí. Una vez revisados meticulosamente tanto mis papeles como mi equipaje, espero media hora larga en la pequeña sala que constituye la sección internacional de la estación de Oujda. La salita está llena de jóvenes de veinte o veinticinco años, cargados con grandes bolsas de plástico. Por lo que puedo ver, en las bolsas llevan montañas de ropa: pantalones tejanos, camisas, polos, cazadoras, todo ello de marcas italianas y francesas. También algunas botellas de whisky y de coñac. Buena señal. Estos argelinos no deben ser tan salvajes como me han dicho por aquí. Cinco minutos antes de la hora oficial de salida somos invitados a subir al tren, que arranca puntualmente. Una vez en marcha, y mientras recorremos parsimoniosamente el breve trayecto que nos separa de la frontera argelina, los jóvenes van y vienen nerviosamente de los lavabos, de donde finalmente regresan con ropas nuevas, algunos kilos aparentes de más y las bolsas medio vacías.

Diez minutos más tarde, el tren se detiene y todos bajan, hechos unos figurines, con su ahora ligero equipaje. Hemos llegado a Argelia.

El control de frontera y aduana ocupa un barracón de ladrillo rojo al lado de una pequeña estación ferroviaria, del Mediodía francés muy deteriorada. Tal vez porque el barracón es muy pequeño o quizá porque a esta hora todavía no hace calor, la ceremonia de ingreso tiene lugar en el exterior, delante del pequeño edificio, donde cuatro funcionarios sentados ante sendas mesas observan nuestra llegada.

Al bajar del tren, y tras darnos una ficha que debemos rellenar, somos alineados junto a la pared lateral del barracón, en una estrecha acera delimitada por una barandilla metálica.

Transcurre un buen rato sin que la fila avance. Todos los pasajeros del tren rellenamos la ficha como podemos, a la pata coja, intentando apoyarnos sobre un muslo, o sobre la barandilla, pero el pasamanos tiene forma redondeada, o sobre el muro del pabellón, pero pronto la tinta de los bolígrafos se niega a desafiar la ley de la gravedad... Luego, de repente, parece como si la cola se disolviera y entonces advirto que el lugar en el que estábamos no era más que un espacio especialmente reservado –por sus idóneas características, imagino– para cumplimentar la ficha. Ahora sí se ha constituido una cola larga y formal ante las mesas. En su parte posterior dibuja un ángulo recto para discurrir paralela a la vía del tren.

Dos gendarmes, uno al principio y otro al final de la cola, vigilan su orden y rectitud.

Un policía de paisano, también de pie pero apoyado en una valla metálica, vigila a los vigilantes.

Éstos están atentos a los menores detalles de orden estético y compositivo. El gendarme del final de la cola hace alinear cuidadosamente a todos los que se van incorporando a la misma, evitando de este modo aquella desagradable sensación de desorden que provoca una cola mal acabada. Por dos veces, el hombre avanza unos pasos para hacer guardar la alineación a dos jóvenes que, hablando entre ellos, rompen sin darse cuenta con la rectilinealidad de la fila. La segunda vez, a la vista de que los jóvenes no parecen ser sensibles a la elegancia formal de una fila correctamente organizada, el gendarme les ofrece, creo, algunos argumentos funcionales. Con gran expresividad gestual, serio pero sin enfado aparente, cumpliendo sencillamente su deber, les indica que es preciso que alguien, como por ejemplo él mismo, pueda circular por un teórico camino paralelo a la cola sin interrupción ni desviación alguna.

Su colega, que vela por el orden al principio de la fila, también tiene abundante trabajo. A medida que los funcionarios de las mesas van revisando y tramitando fichas y pasaportes –de vez en cuando, algún joven es reenviado al final de la cola para corregir o completar su cartulina–, él asigna el primero de la fila a la mesa que acaba de quedar libre, al tiempo que se ocupa de mantener un espacio libre de un par de metros entre las mesas y el que ahora ha pasado a ser el primero de la línea. Dado que éste es alguien continuamente cambiante, cada vez debe indicarle la distancia justa, más allá de la cual no debe avanzar. Inevitablemente, sin embargo, el segundo, el tercero y el cuarto de la fila asoman la cabeza por encima de la espalda del primero, ejerciendo una presión tal vez más psicológica que física pero que en cualquier caso provoca que el tercero, el segundo y el primero avancen unos centímetros cuando el gendarme les saca el ojo de encima. Probablemente desbordado por el trabajo de repartir juego entre las mesas, el gendarme no se da cuenta de que el espacio de respeto va acortándose, de manera casi imperceptible pero inexorable.

En ese momento entra en acción el policía de paisano, hasta ahora recostado en la valla metálica. Se abrocha el botón central de su americana, se acerca al gendarme y, sin mirar hacia los integrantes de la cola, le indica que éstos se hallan demasiado cerca de las mesas. El gendarme se apresura a hacerles retroceder un par de palmos, medio metro, un metro, cosa nada fácil, puesto que la misma rectitud de la hilera la convierte en algo muy inelástico.

Una vez conseguido su objetivo, siempre bajo la mirada severa del policía de paisano, éste analiza pensativamente la nueva situación y pronto puede verse que no acaba de estar convencido. Se aproxima a la cola y, mirando siempre al gendarme, señala con el pie un punto situado un palmo más atrás de donde ahora está plantado el primero de la fila. El gendarme mueve afirmativamente la cabeza, reconociendo la razón y sabiduría de su superior jerárquico, y aprovecha que una mesa ha quedado libre para enviar a ella al primero de la fila, al tiempo que impide que avance el segundo, y se sitúa él mismo en el lugar indicado por el policía de paisano, del que ya no se moverá.

Cuando por fin llega mi turno, paso el control sin pena ni gloria:

–¿Qué viene a hacer a Argelia?

–Turismo.

–¿A dónde va?

–Ahora, a Orán.

–¿Y después?

–A Ghardaia.

–¿Y después?
–Luego regresaré a casa.
Tampoco hace falta contarlo todo, sobre todo cuando no sabes muy bien adónde vas.
–¿Por esta misma ruta?
–Sí, supongo que sí.
–Adelante.

Después de las expectativas generadas por mis amistades marroquíes, la entrada en Argelia es más bien decepcionante. El tren está limpio y bien cuidado, los asientos son espaciosos, el vagón tiene aire acondicionado. Los salvajes no aparecen por lado alguno.

De hecho, el paisaje, tanto el natural como el cultivado, es el más mediterráneo y europeo que he visto hasta ahora. En los pueblos, las casas son de piedra, o de ladrillo y hormigón, algunas con tejado. No queda rastro alguno de arquitectura tradicional. Los franceses han estado ciento cincuenta años por aquí, mucho más que en Marruecos.

Toda la tierra aprovechable está cultivada: huertos, trigales, naranjales, pastos, olivares, higueras... El agua no parece escasear.

La línea férrea trepa dibujando amplísimas curvas y, de vez en cuando, horadando la montaña con sus túneles.

Después de las montañas, nos dejamos ir por una gran llanura dividida en infinitos cultivos, cerrados y protegidos por muros de cipreses. Algunos han sido labrados recientemente. La tierra es rojiza y esponjosa, preñada de promesas. Si al fondo se distinguiese el mar, podría ser el Ampurdán. Si hubiese *campaniles*, la Toscana.

A las cuatro llegamos a Orán.

Si el cartel de la estación dijese "Marsella", en vez de sOrán", también me lo creería. Algo más pobre y algo más sucio pero, por lo demás, tanto en el interior como en los aledaños de la estación, todo es un simulacro de una capital francesa de provincia. El tráfico es intenso y no se ve ningún taxi libre. El hotel cae algo lejos, pero el camino es cuesta abajo. Voy andando, pues. Confirmando todo lo que el paisaje dejaba adivinar desde el tren, aquí, pobreza sí, pero miseria poca. El problema más serio debe ser la tasa de natalidad. Hay niños y chicos por todas partes, tanto o más que en Marruecos, jugando, paseando, charlando. A medida que me aproximo al centro, las calles están más y más llenas. Todos los jóvenes, sin excepción, visten a la occidental y la mayoría de adultos también.

Entre las mujeres jóvenes, y más aún entre las de mayor edad, abundan las guarnecidas al estilo tradicional, con pañuelos blancos en la cabeza y algunas con el rostro cubierto, pero también son muchas –muchas más que en Marruecos, desde luego– las que visten a la occidental, con faldas hasta las rodillas, maquilladas, activas, decididas.

Un anciano al que me he dirigido para orientarme se desvía un momento de su camino para acompañarme hasta las cercanías del hotel al que voy.

Es un gran establecimiento de la época colonial, con detalles *art déco* en su interior. (Al día siguiente, el encargado me dirá, con orgullo, que cuando De Gaulle visitó Orán se alojó en el hotel.)

Espaciosas, de techos altísimos, con balcones que asoman sobre una plaza bulliciosa, atareada, llena de kioscos, coches, motos, peatones y policías que observan el ajetreo desde sus vehículos blindados, las habitaciones huelen a rancio. El papel pintado que cubre las paredes está manchado y agrietado. De la cisterna del váter cae un chorro constante de agua.

Tal como habíamos convenido, telefoneo a Laila y acordamos una cita para esa misma tarde. Nos encontraremos en la recepción del hotel.

A la hora prevista, veo entrar a una joven sola, morena, vestida con falda y chaqueta de lana roja, de aire decidido. Pese a que me mira un momento y a que en la recepción no hay ningún otro huésped, no me identifica. Habla con la recepcionista y ésta esboza un gesto en mi dirección. Yo no he dejado de observarla y cuando estoy seguro de que se trata de Laila, avanzo hacia ella.

–No te había reconocido– me dice, sorprendida.

–Es lógico, no me conocías.

–Sí, pero normalmente me resulta fácil identificar a un extranjero.

–Es que yo ya estoy medio naturalizado– le digo, con una brizna de orgullo. –Ya llevo algunas semanas en el Magreb.

–Sí, ya lo veo.

No estoy seguro de que sea un elogio. Mi aspecto es bastante desastrado, y llevo barba de tres semanas.

Debe tener unos treinta años y es muy morena, de ojos grandes y oscuros que te miran fijamente, como tratando de adivinar qué estás pensando realmente. Habla francés y español muy correctamente.

Le resumo mis planes e intereses: primero querría ir a Ghardaia, y luego a Tamanrasset y Djanet, para recorrer algunos de los *santuarios* de pinturas y grabados rupestres del Hoggart y del Tassili N'Ajjer.

No será fácil, me dice. Este año vienen muy pocos turistas y si no encuentro algún grupo al que sumarme me resultará muy difícil poder visitar los lugares más interesantes. Hay que contratar guías, y vehículos todo terreno, o asnos. Claro que si tengo mucho dinero se puede conseguir todo. Es cuestión de probar.

–¿Por qué no paseamos un poco?– le propongo. –Después podemos ir a tomar algo, si quieres.

La verdad es que estoy muerto de hambre.

–Sí, claro.

Caminamos un buen rato, hasta llegar a la avenida que sobrevuela el puerto. Los solitarios muelles parecen esperar algún barco perdido. Del mar asciende una brisa fresca y salobre. Pasamos por delante de varios cafés, llenos de gente, pero Laila no propone entrar en ninguno. Debe haberse olvidado de mi sugerencia. Hablamos de mi periplo por Marruecos, de la situación política en Argelia, del Frente Islámico.

–En Marruecos hay miseria, pero aquí no– afirma, invirtiendo la tesis de mis amigos marroquíes. –Ha habido algunos problemas pero ahora ya se están arreglando. Desde hace un año la situación económica está mejorando. Y el FIS ya no existe.

–Te refieres a que ya no existe legalmente, claro, pero en la práctica supongo que debe seguir existiendo, ¿no?

–No, no, quiero decir que no existe. *C'est fini.* La gente se ha dado cuenta de que querían hacernos retroceder, sobre todo a las mujeres. Querían que nos volviésemos a quedar en casa, como antes.

–Pero, ¿cómo se explica que ganasen las elecciones?*

–La realidad es que votó muy poca gente y quienes lo hicieron querían castigar al gobierno. Había un gran descontento con el gobierno del FLN.

No me convence demasiado, pero lo dice con plena seguridad. Le recuerdo mi propuesta de ir a tomar algo.

–Sí, sí, pero no es tan fácil. No hay muchos lugares en los que puedan entrar las mujeres.

–¿Qué quieres decir?– le pregunto, sin ocultar mi sorpresa.

–Que casi todos los cafés son sólo para hombres.

–Pero si todo parece muy europeo, aquí... ¿Hay cafés sólo para mujeres?

Laila me mira con aspecto de preguntarse si estoy en mis cabales.

Hasta ahora no me había fijado, pero tiene toda la razón. Hay muchos cafés, pero dentro sólo hay hombres.

–¿Es así por ley o se trata solamente de una costumbre?

–Es una costumbre que hasta hace poco era sagrada. De todos modos, también esto está cambiando, poco a poco, pero está cambiando. Ahora ya hay más locales mixtos que antes y la próxima vez que vengas será mucho más fácil hallar uno.

Finalmente, lo encontramos: un local con un altillo reservado para *parejas y familias*, según reza un cartel en la planta baja.

Sin embargo, no tienen nada para comer y media hora más tarde cierran. Son las seis y media. Las parejas y las familias tienen que estar en casa temprano. Regresamos a la calle. Los cafés viriles viven sus horas álgidas.

La invito a cenar al hotel, pero debe volver a casa para cuidar a su padre enfermo.

* En diciembre de 1991 se celebró la primera vuelta de las elecciones legislativas que debían marcar el inicio de un proceso de reforma democrática del Estado argelino. Tras la mayoría provisional obtenida por las candidaturas del FIS, el Alto Comité de Estado decidió desconvocar la segunda vuelta y anular el proceso electoral.

Al día siguiente, Laila ha mirado las combinaciones y horarios de autobuses y aviones que pueden convenirme. No es fácil. Excepto a y desde Argel, los vuelos interiores son muy escasos. La influencia francesa es profunda y duradera. La capital es la capital. Entre Orán y Ghardaia sólo hay un vuelo semanal, los miércoles. Sin embargo, hay servicio diario de autobuses.

Bien, iré en autobús, mañana, a pesar de que sale a media tarde y no llega hasta las seis de la mañana, para evitar el calor diurno.

Por otro lado, de Ghardaia a Tamanrasset hay un vuelo los miércoles y otro los sábados. Le pido que me haga una reserva para el sábado próximo. Entre Tamanrasset y Djanet no hay ningún vuelo, ni ningún autobús. De hecho, por no haber no hay ni carretera. Tendré que espabilarme sobre el terreno y buscar algún camión, o algún grupo que haga el trayecto en un vehículo todo terreno. Luego puedo regresar en avión desde Djanet.

Una vez fijados los planes, la invito a almorzar, pero debe regresar nuevamente a casa. Su padre está muy delicado. Mañana me dirá si ha podido cerrar las reservas de los vuelos. Del billete de autobús para Ghardaia ya me ocupo yo mismo.

Por la tarde, pues, voy a la estación de autobuses para verificar los horarios y, si es posible, comprar el billete para la mañana siguiente. Fuera del rectángulo formado por los bulevares Emir Abdelkader y Abe Ramdane, y las calles Mohamed Khemisti y Achour Tabet, donde se concentra el grueso de los comercios y servicios, la actividad disminuye sustancialmente. Por las amplias avenidas pueden verse muchos vehículos nuevos y caros: Mercedes, Audi, Volvo, que avanzan, prepotentes, entre motos, triciclos, bicicletas y viejas camionetas.

La estación de autobuses cae algo más lejos que la ferroviaria. Es de construcción moderna y, en comparación con las marroquíes, limpia y cuidada. En la taquilla correspondiente le digo a la figura que parece haber tras el cristal opaco:

–Querría comprar un billete para ir mañana a Ghardaia.

–¿A qué hora?

–El autobús sale a las siete, ¿no?
–Hay uno que sale a las seis y otro a las siete.
–Entonces, el de las seis– una hora más de luz, pienso.
–¿De la mañana o de la tarde?
–Pero, ¿hay uno por la mañana?
–Sí, a las seis, pero no se lo recomiendo. Tiene muchas paradas y se pasa mucho calor. Si coge el de la tarde, llega a la mañana siguiente temprano y tiene todo el día por delante.
–Muy bien, pues déme un billete para el de las seis de la tarde, por favor.
–Lo siento, pero para el de las seis no hay venta anticipada.
–¿Y para el de las siete?
–Sí, para el de las siete sí.
–Pues uno para el de las siete.
–Eso sí, trate de estar aquí a eso de las seis, no vaya a quedarse sin asiento.

De no ser por la gente, costaría creer que ésta es una ciudad africana, ni siquiera árabe. Todas las calles son rectilíneas, y forman una estructura perfectamente regular. Los edificios son relativamente modernos, de principios de siglo los más antiguos, y de estilo perfectamente impersonal, anodino, ecléctico. Arquitectura del siglo XIX construida en el siglo XX, gris, polvorienta, triste y mal conservada. Al regresar de la estación, cruzo calles anchas, ruidosas, llenas de coches, motos, tiendas, gente que anda con prisa, pero también calles más estrechas, algo más silenciosas, que suben y bajan suavemente en medio de una telaraña de hilos eléctricos y telefónicos y de tender ropa, que cuelga, limpia, ante ventanas y balcones, calles llenas de gente hablando a la puerta de las casas, y niños que juegan en la calzada, y pequeños cafés, y jóvenes que te observan y dudan, éste no es del barrio, un extranjero, tal vez, o quizás un policía, o un traficante, si me dicen algo me descubrirán, pero no se deciden, y también un par de gendarmes me miran, dudando, y al girar una esquina se divisa el mar, allá abajo, a lo lejos, y cuando parece que estás a punto de llegar a él, el vacío te lo impide, porque la ciudad cuelga sobre un abrupto acantilado, un espléndido mirador, y cincuenta metros más abajo hay una carretera, y las vías del tren, y las garitas de los gendarmes, y el puerto, otro mundo, desierto, inactivo, y el mar sigue ahí, lejano, ajeno, inalcanzable. Apoyados en la barandilla del paseo, algunos jóvenes miran fijamente más allá del rompeolas, hacia el horizonte tras el que emerge, según los mapas y las leyendas, el continente europeo, un mundo mítico oculto por una bruma caliginosa en la que se confunden mar y cielo. El sol, la luz, el mar, cercano y hostil, la gente en la calle, las motos, el bochorno, los gritos, el bullicio, todo recuerda los barrios pobres de cualquier ciudad mediterránea: Marsella, sí, pero también Génova, Nápoles, Atenas, Valencia o Barcelona. Sí, todo es más o menos como en cualquier ciudad de la otra ribera del Mediterráneo, pero hay algo que no funciona. No hay contrastes, no hay sorpresas, no hay historia. ¿Qué se hizo de las callejuelas, de los zocos, de los palacios, de las fortalezas, de los jardines? Ya no quedan franceses, todos los Mersault han regresado a su patria. Los argelinos ya sólo se matan entre ellos. Pero mientras los franceses estuvieron aquí, borraron el pasado. Detrás han dejado una ciudad sin historia, con un nombre, falso, como único recuerdo. Anónimo, forastero, extranjero, regreso al centro de una ciudad sin historia, anónima, forastera, extranjera, quizá, para sus propios habitantes.

Cerca de la plaza del Ayuntamiento –una de las escasas afirmaciones monumentales de la administración colonial–, un edificio blanco, cuadrado, rematado por una gran cúpula y recientemente pintado, rompe la monotonía y la mediocridad arquitectónica. Junto a la puerta principal, unos carteles parcialmente desgarrados anuncian una conferencia-debate sobre cultura y democracia.

En el interior hay un grupo de operarios trabajando. Unos pintan una sala, y otros montan unos bastidores. La puerta abierta de un despacho deja ver a dos jóvenes, un chico y una chica, sentados uno a cada lado de una gran mesa.

–Perdonadme, ¿podríais decirme qué es este edificio?

Levantan la vista hacia mí algo extrañados pero enseguida el chico responde amablemente:

–Es la Maison des Arts et de la Culture.

–Ya. ¿Qué tipo de actividades organizáis?

–Conferencias, exposiciones, conciertos... Depende de lo que quieran hacer las asociaciones y grupos que vienen por aquí.

–¿Pertenece la Maison al Ayuntamiento?

–No, al Estado. Antes, ésta era la sede del Ministerio de Agricultura.

–¿Cuánto tiempo hace que funciona como Casa de Cultura?

–Casi un año. Desde junio pasado.

–Perdonad mi curiosidad, pero yo durante unos años también he trabajado algo en proyectos de este tipo, en Barcelona. ¿Tenéis algún programa de lo que habéis hecho o de lo que haréis próximamente?

Ahora que me he identificado como colega me miran con mayor confianza y hurgan, sin éxito, entre los papeles de la mesa en busca de algún documento para darme. El chico dice que arriba, en su despacho, tiene que haber alguno. La chica sale y, al poco rato, regresa con un papel ciclostilado en las manos. Es el programa de una jornadas sobre ciencia y cultura realizadas hace pocos días.

–Si sólo hace un año que existe la Maison, quiere decir que se ha creado a raíz de la nueva situación política, ¿no?, me refiero al FIS y todo eso...

–¿El FIS? No tiene nada que ver. Hace un año existía el FIS y ahora no, y en cambio la Maison sigue existiendo.

–¿Se ha acabado, realmente, el FIS?

–Eso dicen, pero yo no estoy muy seguro.

–¿Qué actitud tenía el FIS en relación a la Maison y a este tipo de actividades?

–A ellos no les interesan demasiado estos asuntos. Quieren un Estado islámico, y el arte y la cultura no les importa nada.

–Y a vosotros, ¿qué os interesa?

–Ya te lo he dicho, depende de lo que propongan las asociaciones, los colectivos, los artistas...

–Sí, pero, ¿cómo seleccionáis las propuestas?

–Hay distintos responsables. Yo lo soy de exposiciones. Selecciono los proyectos de exposición que me parecen más interesantes y el director tiene la última palabra. Además, preparo los carteles y la publicidad del centro, es decir, todo el diseño gráfico, porque también soy pintor.

El chico sale un momento y regresa con unas muestras de su trabajo. Son unas acuarelas, técnicamente muy bien ejecutadas. Representan escenas de tipo tradicional: un mercado, unos hombres que hablan sentados en el suelo, un grupo que avanza por un camino entre palmeras...

–Aquí lo llamamos estilo oriental– me explica.

Más que el tema, me interesan la composición, los volúmenes, las líneas de fuga que dibujan los personajes...

Ha estudiado Bellas Artes en Toulouse y tiene la esperanza de que ahora, en Argelia, empiecen a abrirse salas de exposiciones como la de la Maison y, luego, algunas galerías comerciales.

–Pero, claro, para que se valore el arte tiene que haber desarrollo. Argelia todavía es un país subdesarrollado.

–A mí no me lo parece– le digo.

–Te equivocas. Lo es. No conoces el país.

–Es cierto. Acabo de llegar.

Detrás de la Casa de Cultura se encuentra una gran iglesia del período colonial, más fea que el Sacré Coeur de París, construida sobre un gran podio. Ante la fachada central se eleva una escalinata monumental, por la que suben y bajan numerosos chicos y chicas cargados con libros y carteras.

Subo yo también las escaleras, aunque con las manos vacías, y entro al templo por la única puerta abierta. Un tabique de madera oculta la nave central desde la que llega, sin embargo, un poderoso murmullo. No parece que estén rezando. Doy la vuelta al panel y la escena me deja boquiabierto. Han convertido la iglesia en una biblioteca. Los libros están en las capillas laterales, agrupados por materias: donde antes quizás hubo el glorioso san Antonio, o la heroica santa Juana de Arco, ahora se halla la sección de física y química, la de ciencias sociales y políticas, la de bellas artes... Ante cada capilla hay unos ficheros con el catálogo de las obras. La mayoría están publicadas en árabe, pero también hay muchas en francés. En la sección de ciencias sociales un título atrae mi atención: *Le régime agropastoral en Algérie: de l'ordre tribal au désordre colonial.* Desgraciadamente, dado que no tengo carné de lector de la biblioteca, no pueden prestármelo.

En la capilla de arquitectura, muchos libros técnicos, pero tambiéns obras teóricas de Frank Lloyd Wright, Manfredo Tafuri o Paolo Portoghese. La nave central y el altar mayor están ocupados por mesas y sillas, en las que centenares de jóvenes estudian y realizan sus tareas académicas.

Un sordo murmullo se eleva desde la sala, porque muchos estudiantes trabajan en grupo, pero el ambiente general es de aplicación. Sin embargo, además de centro de estudio el lugar también parece ser uno de los puntos privilegiados de encuentro y relación entre chicos y chicas. Alrededor del altar mayor, las sillas del coro están ocupadas por parejas que estudian apasionadamente, cada uno de ellos tratando de adivinar los secretos que se ocultan en el fondo de los ojos de su acompañante.

Igual que en las calles, todos los varones van vestidos, invariablemente, a la occidental: tejanos, camisetas con inscripciones diversas, cazadoras, zapatillas deportivas... Entre las muchachas, mitad y mitad.

Pido permiso para sentarme a una mesa ocupada por cinco chicas y en la que todavía queda una silla libre. Se miran entre ellas y, algo desconcertadas, responden con un gesto afirmativo.

Tres de ellas tratan de resolver problemas de química. Sus libros están escritos en árabe. Las otras dos estudian y comentan una *Initiation à la psychoanalyse pour éducateurs.*

Pocos minutos antes de las seis, un conserje situado en la entrada anuncia algo a gritos y luego bate palmas con fuerza. Momentos más tarde, repite la secuencia y, sin hacerse rogar más, los estudiantes recogen sus libros y papeles y empiezan a desfilar hacia la salida. Es hora de cerrar.

A las seis bajamos las escaleras en masa, como a la salida de misa, pero más contentos.

Al día siguiente veo por última vez a Laila poco rato. Su padre está realmente mal. No ha podido encontrarme plaza en los vuelos que me interesaban pero no tengo por qué preocuparme. Seguro que en Ghardaia podré arreglarlo. Sí, claro. Para compensar, me da la dirección de unos amigos suyos en esa ciudad y me hace prometer que los visitaré apenas llegue. Me ayudarán en todo lo que necesite.

Luego me pregunta qué me parece Orán y lo que he visto hasta ahora de Argelia. ¿Es cómo esperaba? ¿Me gusta más o menos que Marruecos?

La verdad es que no venía con ninguna idea preconcebida pero le comento que me sorprenden algunos signos externos de riqueza –los coches nuevos y caros– y la escasez de signos islámicos.

–Aquí mucha gente se gana muy bien la vida– me cuenta. –Tienen negocios, dentro y fuera de Argelia. Comercian mucho con Francia, con España, con Italia. Y los islamistas están casi todos encarcelados, en el sur, alrededor de Tamanrasset, y en lugares similares, en el desierto. Y los que no están en la cárcel están escondidos.

Cuando nos despedimos, intento ofrecerle algún dinero por las gestiones y el tiempo que me ha dedicado, pero lo rechaza enérgicamente.

–Aceptaré tu hospitalidad cuando vaya a Barcelona– me dice.

A las seis de la tarde, la estación de autobuses ha adquirido un cierto aire marroquí. Es la hora de salida de los trayectos de largo recorrido y está llena de gente que corre de un lado a otro, arrastrando bultos y criaturas, en medio de una gran barahúnda. A pesar de todo, en ningún momento muestra imágenes de miseria ni contrastes comparables a los del país vecino.

Los autobuses, por ejemplo, están a medio camino entre los cacharros de preguerra que circulan por Marruecos entre los pequeños pueblos y el lujo provocativo de la compañía estatal de transportes.

El autobús de Ghardaia llega al andén previsto hacia las seis y media. Una multitud intenta asaltarlo, entre gritos y empujones. El chófer y un ayudante bloquean la puerta, no sin dificultades. La gente se calma y el ayudante empieza a vocear unos números y poco a poco los pasajeros van subiendo al autobús, tras abrirse paso entre los que mantienen sitiada la puerta. Observo mi billete y me doy cuenta de que tiene escrito un número a lápiz, el doce. Cuando llega mi turno, subo y tomo asiento ahí donde me indica el chófer, una plaza en la tercera fila, junto a la ventana.

–¿Eres fumador?– me pregunta. –Porque en este asiento no se puede fumar. En las tres primeras filas está prohibido– insiste, señalando un adhesivo pegado al dorso de su propio asiento.– Si quieres, puedo cambiarte de sitio.

–Da lo mismo, ya estoy bien aquí. Gracias.

El autobús se llena totalmente. Ocho o diez pasajeros van de pie. Antes de salir se produce un pequeño incidente. El chófer y su ayudante no dejan subir a un último pasajero que parece tener billete, un hombre negro, de aspecto centroafricano. Le dicen que no cabe nadie más, pero el hombre insiste, ruega y amenaza, hasta que al final lo echan abajo a empujones. Sin embargo, ya fuera de la estación, pero todavía en Orán, el autobús se detendrá en un par de ocasiones y recogerá a tres pasajeros más, argelinos los tres.

Mi vecino de asiento es un hombre joven, de cuello corto y fuerte, como sus espaldas, vestido con una cazadora de cuero. Tras una hora de viaje le invito a beber un trago de mi botella de agua. Él también tiene una y me devuelve la invitación. A partir de ese momento, vamos intercambiando algunas frases, pese a que su francés es muy rudimentario y el autobús muy ruidoso.

Va más lejos que yo, a Hassi Messaoud, uno de los grandes centros petrolíferos y gasísticos de Argelia. Trabaja en uno de los yacimientos. Su familia vive aquí, en el norte, en la Kabilia. Muy pronto deja claro que no es árabe, sino berebere. Trabaja cuarenta y dos días seguidos, sin fiesta alguna, y luego tiene dieciséis días de vacaciones, más otros dos para ir a casa y volver.

Vamos cruzando pueblecitos, sin detenernos en ninguno: Sig, Mohammadia, Relizane… En todos ellos hay cafés con terrazas llenas de hombres que contemplan nuestro paso. La mayoría de las edificaciones son, como en

Orán, relativamente nuevas y, en general, sin interés arquitectónico alguno. Avanzamos a buena velocidad hasta que, hacia las diez, paramos en un café junto a la carretera. El aparcamiento está lleno de camiones y autocares.

Mi compañero de viaje me informa que es la única parada antes de Ghardaia –es decir, hasta las seis de la mañana–, de manera que bajamos, como todo el mundo.

Frente al local, un par de chicos tienen instalada una enorme plancha donde preparan pequeños bistés y algo así como hamburguesas, que sirven en forma de bocadillo.

–¿Quieres comer o beber algo?– me pregunta el berebere.

–Un café, tal vez.

Desaparece un momento en el interior del local y reaparece casi de inmediato con un par de tazas humeantes. Bebemos el café junto a un hombre que, prosternado, musita sus oraciones sobre una arpillera.

Diez minutos más tarde, volvemos a estar en camino.

En torno a la medianoche, subimos y bajamos montañas durante un par de horas. Cuando finalmente las dejamos atrás, de repente aparece la luna, casi llena, iluminando una llanura desértica, sembrada de pequeños macizos rocosos, claramente recortados.

El berebere va diciendo los nombres de los pueblos por los que vamos pasando –Tiaret, Aflou, Laghouat...– al tiempo que me resume la situación económica y política del país. Argelia es un país rico, explica, pero fallan los responsables. Todo el mundo se ha acostumbrado a tener la vida resuelta sin trabajar. Sólo funcionan bien las empresas dirigidas por extranjeros: americanos, italianos, franceses, también algunos españoles...

El gobierno lo ha estado subvencionando todo durante muchos años y ahora se ve que esto no puede ser. Hay que importar toda la comida. ¿Los coches de lujo, en Orán? Dinero de los emigrantes, entrado ilegalmente y cambiado en el mercado negro. ¿He cambiado en el banco? ¿Cuánto me han dado? Cuatro dinares por un franco francés. En el mercado negro me habrían dado ocho.

¿Socialista, el régimen argelino? ¡Qué va! Una dictadura militar, y nada más. Bueno, sí, y mucha burocracia. ¿El

FIS? Un puñado de ignorantes fanáticos y ambiciosos. ¡Ojalá acaben con ellos!

Los bereberes, añade, son menos musulmanes que los árabes.

Sí, ahora las cosas están cambiando, es cierto, algunas incluso demasiado deprisa. Mucha gente perderá el empleo y ya hay millones de parados. Y los burócratas se resisten a los cambios, no quieren perder su plaza ni sus privilegios.

Hacia las tres de la madrugada pasamos junto a un yacimiento de gas, Hassi R'Mel. Media docena de altas torres metálicas escupen rugientes llamaradas, iluminando el desierto a kilómetros de distancia. Poco después, el autobús se detiene. Afortunadamente, la vejiga del chófer ya no aguanta más. Al instante, cincuenta hombres orinan bajo un cielo inflamado y humeante, sobre una arena caliente y resplandeciente. El infierno debe ser más o menos así, si es que dejan orinar.

–Ahí donde trabajo yo– dice mi vecino de viaje –es como esto pero multiplicado por cien. Jamás es de noche.

Llegamos a Ghardaia cuando empieza a clarear. Sólo descendemos cuatro o cinco pasajeros. Los otros siguen camino hacia Ouargla y Hassi Messaoud.

Estoy demasiado cansado y aturdido para esperar a que abra la tienda de los amigos de Laila. Por suerte, ahí donde se detiene un autobús, sea la hora que sea, siempre hay algún taxi esperando. Me acerco a uno y le pregunto al taxista si puede llevarme al hotel Les Rostimides, el mejor del pueblo, según todas las fuentes de información. Sí, claro que puede llevarme, es su trabajo.

–¿Está muy lejos?

–Un poco– responde el taxista, un hombre joven.

En realidad, un minuto más tarde estamos a la puerta del hotel. No habremos hecho más de 300 metros. Bueno, no está mal: el camino es cuesta arriba y yo estoy reventado.

El recepcionista me mira con cara de extrañeza.

–Querría una habitación para un par de noches.

–Muy bien, ningún problema, pero las habitaciones no pueden ser ocupadas hasta las doce.

No me resulta fácil hacerle comprender que la primera de mis dos noches es la que está despidiéndose en estos momentos.

Finalmente, me da la llave de una habitación, aunque inseguro de cómo debe cobrarme una noche que ya no es. Lo consultará con la dirección, me dice.

También aquí, como en Orán, todo el hotel –muy grande y con amplios espacios interiores– está desconchado y en un estado aparente de semirruina. La habitación, no obstante, tiene una vista magnífica sobre Ghardaia y Malika y sus minaretes rosáceos. Tras una ducha me sumerjo en la cama, mientras el sol asoma por encima del macizo que se eleva tras el palmeral de Ghardaia, al otro lado del *oued* M'Zab.

6

Los calvinistas del M'Zab

Hace ya un cierto tiempo que he dejado de reflexionar sobre quién soy y adónde voy pero cuando me despierto, a media mañana, no puedo evitar preguntarme dónde estoy. La visión de los inconfundibles minaretes de Ghardaia y Melika resuelve de inmediato mis dudas.

Las calles del centro de Ghardaia son un hormiguero de coches, motos y peatones. Sin embargo, nada que ver con Orán. Todas las edificaciones son aquí de corte tradicional y no hay ni un solo coche nuevo y caro. Todos son vehículos viejos, polvorientos, descoloridos, vehículos de trabajo, cargados de cajas, de tejidos, de verduras, conducidos por hombres que están trabajando. En un par de cruces especialmente bulliciosos, sendos guardias dirigen el tráfico a golpe de silbato, con eficacia y autoridad. Me dejo llevar por la corriente principal y a los pocos minutos me encuentro, inevitablemente, en el zoco: todas las calles llevan a él. Se halla en una gran plaza porticada, prácticamente cerrada, bordeada por edificaciones de color rosado, de dos o tres plantas, atiborrada de tenderetes y de gente.

En los múltiples puestos de venta –muchos de ellos no son más que una esterilla extendida en el suelo– es posible encontrar cualquier cosa, de primera, de segunda o de enésima mano, excepto las verduras y las hierbas: máquinas de coser, azadas, ruedas de bicicleta, juguetes, todo tipo de instrumentos y piezas de recambio de máquinas y motores desconocidos, radiocasetes, relojes, componentes electrónicos, queso seco, *harissa*, dátiles, tomates secos, *henna* y *tfal* para el cabello, *khol* para el maquillaje, hierbas medicinales –romero, tomillo, manzanilla, menta, coriandro...–, zapatos nuevos y viejos, lana recién esquilada... Bajo las arcadas de la plaza, y en las seis pequeñas calles que salen de ella, las tiendas se suceden sin interrupción. Todas ellas son muy pequeñas, pero cada una ofrece una gran variedad de géneros: tejidos, *gandoras*, albornoces, babuchas, quincallería, herramientas, granos, frutos secos, alfombras, cobres, cerámicas...

Apenas hay mujer alguna. Vendedores, compradores o simplemente curiosos y mirones, todos son hombres, la mayoría vestidos con *saruels* muy amplios, confeccionados de modo que entre las perneras cuelga una gran bolsa que les llega casi hasta los tobillos y que les obliga a andar con las piernas abiertas, en un permanente y escasamente airoso balanceo. No siempre los *diseños* consagrados por la historia y la adaptación al medio –se supone que estos *saruels* son muy frescos– son un modelo de elegancia. Probablemente se trate más de afirmar una diferencia que de ir cómodamente vestidos. La cabeza la llevan cubierta por un casquete blanco, normalmente tirado hacia la coronilla. Es, evidentemente, el *uniforme* de los hombres mozabitas.

De vez en cuando, una figura toda ella arrebujada en un gran velo blanco, con una minúscula abertura descentrada a la altura de los ojos, se desplaza con rapidez con la cabeza baja. Es una mujer mozabita.

En conjunto, ésta es una situación nueva en el viaje. Si pienso en Orán, resulta difícil creer que sigo estando en Argelia. Tampoco tiene nada que ver con todo lo que me he encontrado en Marruecos. La apariencia de la gente es la más radicalmente islámica que he visto hasta ahora; por otro lado, el ambiente de las calles, de la ciudad, es el más activo, el más *moderno*, el más *occidental*, el más *business-like*. Y todo ello, en medio del desierto, en el corazón del Sáhara.

Ghardaia es, actualmente, la capital del valle del M'Zab y, junto con las otras cuatro poblaciones del valle –Melika, Beni Isguen, Bou Noura i El Atteuf–, es la principal sede de una rama muy particular dentro del mundo islámico, el *ibadismo*, cuyo único otro núcleo importante se encuentra en la isla de Djerba, en Túnez, y cuyos fieles reciben aquí el nombre de *mozabitas*, por la estrecha relación existente entre su supervivencia como secta religiosa y su aislamiento en este remoto valle.

Como toda gran religión, el islam tiene una larga y compleja historia de disidencias, de cismas y herejías, es decir, de corrientes que se apartan de la tendencia principal y dominante.

En relación al judaísmo y al cristianismo –las dos religiones más cercanas, en todos los sentidos, al islam y de cuya tradición Mahoma se reclamó fiel continuador e incluso restaurador de su mensaje original–, la diferencia radica en que estos cismas se producen muy temprano, inmediatamente después de la muerte del profeta, y se producen mucho más en torno a cuestiones políticas e institucionales que teológicas y doctrinales. Por otro lado, tal vez debido a que está mucho mejor documentada, la historia de Mahoma y del islam es mucho más *humana* y *terrenal* que la del judaísmo o el cristianismo.

Pequeña secta marginal en el seno de un imperio en su apogeo, inicialmente interesado tan sólo en la salvación de las almas, el cristianismo tardó siglos en plantearse abiertamente el control del poder político. Claro que, cuando lo hizo, se convirtió en su tema central durante más de mil años, y las estructuras políticas modernas de las sociedades occidentales sólo se independizaron –por lo menos formalmente– de la esfera religiosa después de largas y terribles guerras.

Para el islam, en cambio, la cuestión del poder fue una cuestión de vida o muerte desde el primer momento. Y, ciertamente, para bien y para mal, todavía no ha dejado de serlo.

De hecho, en el islam, el ámbito político y el doctrinal son difícilmente separables y, en este aspecto como en muchos otros, se aproxima mucho más al Antiguo Testamento que al mensaje evangélico. La predicación de Mahoma, mensajero de Dios, es, desde el primer momento, una predicación simultáneamente religiosa y política, es decir, es un mensaje especialmente orientado a regular –según una revelación divina de la cual el profeta es portador, como antes lo habían sido Abraham, Moisés o Jesús de Nazaret– las relaciones de los hombres entre ellos, y en especial la relación entre las diversas tribus árabes.

Nacido en un contexto de total fragmentación política y de fuertes cambios y conflictos en la estructura y la jerarquía social, en el islam la ley divina se solapa desde un primer momento con la ley social. Uno de los grandes objetivos explícitos del profeta es el de acabar con el estado de guerra permanente en que viven las tribus árabes así como el de crear unos mecanismos de solidaridad entre ricos y pobres que mantengan cohesionada la comunidad. A diferencia de Jesús, Mahoma no da la espalda en absoluto a los problemas sociales y políticos, sino que lucha, con éxito, para edificar y dirigir un nuevo equilibrio social y un nuevo sistema de poder. El proyecto de liderazgo espiritual de Mahoma equivale también, explícitamente, a un proyecto de liderazgo político y militar. En sus inicios, la afirmación de la fe islámica es inseparable tanto de la capacidad de persuasión del profeta como de sus alianzas políticas con algunas de las tribus y ciudades árabes y sus campañas militares contra otras. Esta fusión de autoridad espiritual y autoridad político-militar planteará graves problemas sucesorios.

En efecto, la muerte de Mahoma abre una larga crisis que no se resolverá sin graves enfrentamientos y rupturas. ¿Quién está capacitado para recoger la herencia de un profeta directamente investido por la divinidad como guía espiritual y político? ¿Quién debe elegir y nombrar a este sucesor? ¿Ante quién debe ser responsable?

Nada extraño, pues, que desde el mismo momento de la muerte del profeta, las disensiones religiosas y las políticas hayan ido estrechamente unidas. Quien tiene la autoridad espiritual tiene también la política. O quien tiene la autoridad política tiene también la espiritual.

Las dos principales corrientes del islam –la sunnita y la chiíta– nacen en base no sólo, ni principalmente, a discrepancias doctrinales sobre la correcta interpretación del

Corán, sino, y sobre todo, en torno a las disputas sobre la sucesión de Mahoma como líder espiritual y político, sobre la forma de constitución política que debe adoptar la comunidad de creyentes, sobre la organización administrativa de los territorios ganados para la nueva fe, sobre la aceptación o no de una autoridad político-religiosa única y sobre tantas otras cuestiones propias de los momentos de institucionalización de un nuevo centro de poder una vez que el fundador ha desaparecido. Y, como suele ocurrir en estos casos, todas estas diferencias acaban materializándose en diferentes opciones *dinásticas*. En el islam, el escollo insalvable que da lugar a la formación de sus dos principales corrientes reside en que los chiítas restringen el derecho de sucesión al califato a los descendientes de Fátima, hija del profeta, y de su marido Alí, cuarto califa, mientras que los sunnitas amplían este derecho a todos los miembros de la tribu del profeta, los Quraysh.

Al mismo tiempo se desarrolla también una tercera vía, el jariyismo, conglomerado inicialmente político en que confluyen descontentos de todo tipo, unidos, no obstante, por su común oposición tanto a sunnitas como a chiítas.

En los orígenes del jariyismo, y según las más autorizadas fuentes islámicas, es indudable que jugaron un papel decisivo los desacuerdos entre la que podríamos denominar *vieja guardia* del profeta y los seguidores de última hora en torno a los derechos que las diferentes tribus árabes participantes en la expansión de la verdadera fe –la *yihad*, o guerra santa– tenían sobre las tierras y las riquezas conquistadas a los infieles, así como la oposición al monopolio de hecho que los Quraysh –miembros de la tribu del profeta, que no siempre coinciden con los primeros grupos de fieles– establecieron sobre el liderazgo de la nueva comunidad. La política del tercer califa, Otmán (años 644-656 del calendario cristiano), tendente a integrar a todas las tribus árabes, incluso a aquellas que combatieron contra Mahoma, en la conducción de la *yihad* y de sus beneficios, genera infinidad de conflictos, resentimientos y agravios comparativos entre los seguidores de la primera hora.

El jariyismo toma definitivamente forma el año 657, cuando el califa Alí –yerno del profeta, a quien los jariyitas dan inicialmente su apoyo– acepta someterse a un arbitraje en relación al conflicto que le opone a Mu'awiya, (gobernador de Siria y fundador de la dinastía de los Omeyas, uno de los clanes de la tribu de los Quraysh) a raíz del asesinato de Otmán, primo suyo y predecesor de Alí en el califato. Los jariyitas, que habían rechazado a Otmán como usurpador y más tarde habían aprobado su asesinato, pasan a rechazar también la autoridad de Alí cuando éste se somete al arbitraje y establece un acuerdo de paz con Mu'awiya.

De este modo, el jariyismo protagonizará un enfrentamiento de largo alcance tanto con los sunnitas –expresión doctrinal de los Omeyas y sus sucesores, los Abasidas (otro de los clanes de la tribu Quraysh)– como con los chiítas, seguidores de Alí y de sus descendientes.

Al mismo tiempo, más allá de las disputas sucesorias, el jariyismo es el primer movimiento islámico que articula y elabora doctrinalmente los conflictos y las discrepancias políticas y, de este modo, genera el primer cisma propiamente dicho que se produce en el seno del islam.

Paradójicamente, y tal vez como consecuencia de sus reiteradas derrotas políticas y militares, las iniciales posiciones conservadoras y restauracionistas del jariyismo evolucionan hacia unas formulaciones doctrinales que tendrán larga y profunda influencia sobre el mundo islámico y en las que se combinan de manera harto sorprendente elementos teocráticos y democráticos.

El axioma básico del jariyismo –directamente derivado del conflicto sostenido con Alí y Mu'awiya– afirma que la revelación ha quedado cerrada con la muerte de Mahoma, de modo que no hay otro posible juicio ni arbitraje que aquel que se derive directamente del Corán, es decir, de la palabra revelada. Todo intento, pues, de constituir una autoridad terrenal investida de poderes similares a los del profeta es una impostura y una blasfemia. Por consiguiente, la rebelión contra una autoridad injusta es legítima y necesaria. A la inversa, cualquier creyente tiene derecho, según el jariyismo, a ser elegido dirigente de la comunidad, "incluso un esclavo negro", si reúne las cualidades necesarias. Finalmente, la fe no es suficiente para ser un buen musulmán: debe ir acompañada de unas obras y de una conducta apropiadas, piadosas, libres de pecado.

No resulta difícil ver las importantes consecuencias políticas de estas posiciones doctrinales. El denominador común de las diferentes tendencias jariyitas fue, por un lado, el rechazo de todo intento de establecimiento de una autoridad califal fuerte; por otro, la afirmación de la igualdad de derechos y obligaciones por parte de todos los musulmanes, fuesen de origen árabe o no. En este sentido, es importante recordar que la igualdad jurídica para los no árabes equivalía, en las tierras ocupadas, a la exención de impuestos para los conversos e incluso a la posibilidad de participar en las nuevas conquistas y en los beneficios de todo tipo que se derivasen de ellas.

Durante los primeros siglos del islam, el jariyismo fue un movimiento de oposición interna que acompañó la fulgurante expansión musulmana y que, lógicamente, encontró muchos adherentes entre los no árabes convertidos al islam, ciertamente interesados en que la nueva fe les eximiese de los impuestos que los infieles debían satisfacer. Así ocurrió especialmente en el Magreb, donde las poblaciones autóctonas abrazaron masivamente la variante jariyita del islam y participaron activamente en la conquista de la Península Ibérica.

Alejados de las sedes de los sucesivos califatos –La Meca, Damasco, Bagdad–, algunos de los líderes árabes jariyitas fugitivos pronto crearon en el norte de África sus propios reinos y afirmaron su independencia con respecto a la autoridad califal.

Posteriormente, el jariyismo se disolvió como movimiento pero, de hecho, la actual estructura institucional del mundo islámico, tanto en el aspecto religioso como en el político, responde en gran parte a sus planteamientos: ausencia de autoridad central, universalidad (por oposición a una concepción árabo-céntrica) del mensaje islámico, énfasis en una relación personalizada con Dios, etcétera.

En este sentido, no parece exagerado comparar el jariyismo con el movimiento de reforma protestante que mucho más tarde convulsionó a la Iglesia católica. La diferencia, principalísima diferencia, radica en que en el caso del islam este movimiento se produjo de manera prácticamente simultánea al desarrollo doctrinal e institucional de la nueva religión, oponiéndose con éxito global, a pesar de todas las derrotas parciales, a las diferentes opciones favorables a la constitución de un poder central fuerte tanto en el ámbito político como en el religioso.

Inevitablemente, dada la pluralidad de intereses que incluía, así como su laxitud doctrinal, el jariyismo generó sus propias variantes. Una de ellas fue el *ibadismo*.

El ibadismo –del nombre de su inspirador, Abdallah al-Ibadi– constituye una de las numerosas ramas –y la única que ha sobrevivido prácticamente inalterada hasta nuestros días en los enclaves de Djerba y Ghardaia– del jariyismo y, simultáneamente, una de las expresiones más puritanas y pietistas del islam. A las características generales del jariyismo, el ibadismo añade el énfasis en una fe interiorizada, en una relación personal con Dios basada en el conocimiento y en la lectura directa del Corán. Durante muchos siglos, los ibaditas fueron los únicos que favorecieron, por ejemplo, que las mujeres –absolutamente subyugadas en los restantes ámbitos– aprendiesen a leer para poder conocer a fondo el Corán. Por otro lado, parten del principio de que, una vez cerrada la revelación, no existe guía alguno que pueda decidir quién es buen creyente y quién no. Sólo Dios puede juzgar. Ello comporta tanto una actitud de tolerancia hacia el prójimo como una extrema y literal observancia de los preceptos coránicos por parte de cada uno, para asegurar su salvación.

El ibadismo se materializó políticamente el año 761, en la creación del reino de Tahert, que se extendía por lo que hoy es la parte central de Argelia y Libia. Fundado por Ibn Rosten, el reino ibadita tuvo una vida breve. Hostilizado tanto por tribus nómadas no conversas como por sus adversarios religiosos, el año 911 su capital fue destruida por los chiítas y los supervivientes tuvieron que huir una vez más.

Minoría dentro de la minoría, los ibaditas fueron continuamente perseguidos y expulsados de todas partes hasta que finalmente optaron por instalarse en el corazón del desierto, en el entonces remoto y deshabitado valle del M'Zab –de ahí el actual nombre de *mozabitas*–, donde crearon unos extraordinarios palmerales gracias a la explotación paciente y sabia de las reservas subterráneas de agua proporcionadas por los ocasionales y devastadores aguaceros que de vez en cuando caen sobre el valle. La *pentápolis* del M'Zab –Ghardaia y las otras cuatro poblaciones– constituye una de las escasas victorias de la fe y la constancia sobre el desierto, contra el desierto.

El año 1014 d.C. fundaron El Atteuf. Lo primero que construyeron fue la muralla, después la mezquita y luego, poco a poco, las viviendas. Cuando el recinto amurallado estuvo saturado, crearon Bou Noura, a pocos kilómetros, donde repitieron el mismo proceso, y luego, Melika y Beni Isguen, y finalmente, Ghardaia que, con el paso del tiempo, se convertiría en el asentamiento más importante.

Alejadas de disputas territoriales y de ambiciones de dominio, punto de reposo y de aprovisionamiento para las grandes caravanas transaharianas, las cinco poblaciones mozabitas han constituido durante siglos una comunidad totalmente autónoma, cohesionada por su disidencia religiosa, respetuosa únicamente de sus propias autoridades y tradiciones, impermeable a las influencias exteriores, creadora de unas condiciones y de un estilo material de vida –especialmente en el aspecto arquitectónico– admirablemente adaptado a la escasez de sus medios y a la extrema dureza del desierto. (Fue a raíz de un viaje a Ghardaia cuando Le Corbusier inició la recuperación, para la arquitectura moderna, de arcos, curvas y espacios íntimos. Posteriormente, Ghardaia se ha convertido en un centro de peregrinación para arquitectos de medio mundo.)

Si el jariyismo evoca ciertos paralelismos con el movimiento protestante, es difícil no ver en los ibaditas –es decir, en los mozabitas– una versión islámica y *avant la lettre* de los puritanos o de los calvinistas.

La diferencia, claro, radica en que los puritanos que huyeron de las persecuciones y de la vieja y corrupta Europa fueron a parar a Norteamérica, un mundo duro, desconocido, casi virgen, pero de tierras fértiles y generosas, lleno de *salvajes*, pero también de agua y de recursos naturales. Los calvinistas, por su lado, pudieron hacerse fuertes en ciudades como Ginebra, puerta de los Alpes, encrucijada de comunicaciones y de comercio en el corazón de Europa.

Los ibaditas sólo encontraron refugio en el corazón del Sáhara, y ahí han seguido, solos y aislados durante casi mil años. Hoy son una comunidad rica y tolerante, la más tradicionalista y, al mismo tiempo, la más *moderna* de Argelia.

La supervivencia de sus tradiciones tiene, sin duda, mucho que ver con este aislamiento y con su relativa indiferencia con respecto al mundo exterior. Durante la ocupación francesa de Argelia, y especialmente durante la guerra de liberación, los mozabitas mantuvieron una actitud de no beligerancia a cambio del respeto de las autoridades francesas a sus formas de vida y de organización.

Actualmente, la especificidad religiosa y cultural se mantiene, pero el aislamiento y la indiferencia se han acabado. Progresivamente especializados en el comercio, y empujados por la presión demográfica, miles de mozabitas se han instalado en otras partes de Argelia y en Europa, aunque conservando siempre vínculos estrechísimos con el valle. Sólo emigran los hombres, dejando a la mujer –o a las mujeres, hasta un máximo de cuatro– y a los hijos en el M'Zab, adonde siempre acaban regresando.

Ricos, industriosos, cultivados, los mozabitas encarnan una de las evoluciones posibles del islam. ¿Por qué constituyen más bien una excepción y no una regla? ¿Es la especificidad de su doctrina o fue más bien su habilidad para sustraerse a una economía de guerra, al conflicto permanente y destructivo con sus adversarios políticos y religiosos, así como con los nómadas, lo que favoreció su forma de desarrollo? ¿Por qué, a diferencia de los puritanos y de los calvinistas, en relación a las sociedades occidentales, no han sido capaces de impregnar el conjunto del islam con sus valores y su estilo de vida?

Cualquier respuesta rigurosa a estas cuestiones exigiría un complejo análisis histórico que desborda ampliamente las modestas pretensiones de estas notas. Lo que es evidente, sin embargo, es que los mozabitas, es decir, los ibaditas del valle del M'Zab, rompen con todos los esquemas y tópicos con que los occidentales solemos despachar al mundo islámico.

En el zoco nadie te grita, nadie te presiona. Nada que ver con el estilo marroquí. Puedes mirarlo todo tranquilamente. Los turistas son bienvenidos, pero sin exagerar. Uno de los callejones que sale de la plaza conduce hacia la ciudad vieja, toda ella amurallada. Junto a la puerta de la muralla, un anuncio en cinco o seis lenguas: los extranjeros no pueden entrar en ella sin un guía. No porque haya peligro alguno, sino porque quieren ser respetados, simplemente.

La tienda de los amigos de Laila se encuentra en este callejón, a pocos metros de la muralla y justo enfrente de la oficina de los guías. Pese a que son casi las doce del mediodía, la tienda está cerrada. Un anciano que atiende la oficina me dice que seguramente abrirá más tarde. Aprovecho para concertar una visita a la ciudad vieja para mañana por la mañana.

Cuando a media tarde me acerco de nuevo a la tienda ya está abierta. En el interior hay un hombre joven, de unos treinta años, y aspecto muy serio. Sobre su *saruel* azul, de corte mozabita, luce un jersey de lana roja. Cuando le digo que me envía Laila, me recibe muy amablemente. Me invita a tomar asiento en una banqueta de cuero, cubierta de plástico, expuesta para la venta, mientras él prepara el té. La tienda no debe tener más de ocho o diez metros cuadrados, pero exhibe una cantidad y variedad increíble de mercancías, algunas claramente turísticas, otras de uso cotidiano aquí: ropa de hombre y de mujer, zapatos, artículos de piel, platos y vasijas de cerámica, joyas, mantas, pequeñas botellas llenas de arena de diferentes colores, componiendo escenas *típicas* del desierto: un oasis, una caravana, un mar de dunas... Cuando regresa con el té, Nouredine –éste es su nombre– me muestra el piso superior, bastante más amplio, lleno de tapices y alfombras. En ningún momento intenta venderme nada.

Entre cliente y cliente, vamos hilvanando una conversación. ¿Cómo está Laila? Sí, este año vienen pocos turistas. En Francia creen que aquí estamos en plena crisis, pero no hay para tanto. Todo se está calmando y, además, Ghardaia es un mundo aparte, en todos los sentidos, en el religioso, en el político, incluso en el aspecto económico.

Aquí la gente trabaja seriamente, nadie espera que el Estado le solucione la vida. Porque éste es el auténtico problema de Argelia. En el norte todo el mundo se ha acostumbrado a cobrar a final de mes sin trabajar. La verdadera crisis de Argelia es una crisis moral, de falta de responsabilidad...

Nouredine desgrana sus juicios sin ira, con ecuanimidad y, al tiempo, con una especie de aparente fatalismo, como si describiese el clima habitual de este planeta a alguien llegado de otro mundo y le anticipase un parte meteorológico para los próximos meses. Mientras habla, llega, primero, un sobrino suyo, de la misma edad que él, y, luego, un amigo, Labdelli, que trabaja en Air Algérie. Éste es un hombre muy alto y delgado, de tez oscura pero cabellos claros y ojos azules. Escucha con atención y asiente con suavidad a las explicaciones de Nouredine, con una especie de sabiduría y tolerancia congénitas. La conversación se ve interrumpida frecuentemente por los clientes que entran, gente del país que mira, valora, elige y, a veces, compra con bastante facilidad y rapidez, sin regatear. En poco rato, Nouredine vende un par de vestidos de mujer.

El flujo de clientes se intensifica y yo me dispongo a marchar. Al despedirme, Nouredine me hace prometer que mañana al mediodía vendré para ir a comer a su casa.

A la hora de cenar, tropiezo con Labdelli en la recepción del hotel. Viste, como antes, con los inevitables pantalones mozabitas, una camisa a rayas y un chaleco estilo tejano. Curiosa combinación. Ha venido para llamar por teléfono a Francia. En el hotel hay teléfonos automáticos. Lo invito a cenar conmigo, pero no puede. Quizá más tarde se deje caer por el bar, me dice.

El restaurante del hotel es pretencioso, malo y caro. Un lugar para borrar de la lista.

Al igual que en otros hoteles turísticos en los que he estado, tanto en Argelia como en Marruecos, el bar está lleno de hombres y jóvenes del país, pasando el tiempo y bebiendo alcohol. Aquí parece dominar el *pastis* francés –Pernod, Ricard, Pastis 51–, aunque en las estanterías de detrás de la barra también veo botellas de whisky. No soporto el *pastis*, de manera que pido un whisky –el primero del viaje y precisamente en Ghardaia, enclave puritano. No está mal. Se supone que los mozabitas no fuman ni beben– y voy a sentarme en un inmenso sofá.

Al poco rato aparece Labdelli. Ya ha telefoneado y cenado.

–¿Quieres tomar algo?– le ofrezco.

–...Un café, tal vez.

–¿No quieres un whisky? Yo estoy tomando uno– quiero probar hasta dónde llega su ortodoxia mozabita.

–No, no, gracias.

–¿Y una cerveza?

–No creo que tengan.

–Podemos probar. Si la hay, ¿quieres una?

–Bueno, sí, pero no habrá. No tienen nunca.

En la barra no hay nadie. El barman ha desaparecido. Regreso con las manos vacías.

–Lo siento. Dentro de un rato volveré a probarlo. Ahora no hay nadie que sirva.

–¡Oh, no te preocupes! Esto siempre es así. ¿Qué te parece el hotel?

La verdad es que me parece fatal pero no sé si debo decirlo. No querría ofenderlo. Opto por un regate largo.

–Es bonito y está espléndidamente situado, pero lo tienen algo abandonado. Es una lástima, porque podría estar muy bien.

–Claro que es una lástima. Cuando lo inauguraron, hace ahora unos diez años, funcionó bien durante tres o cuatro meses. Luego empezó a degradarse y desde entonces no ha dejado de empeorar. Está sucio, se come mal, es caro, el personal no es amable...

–¿Cómo lo explicas? ¿Crees que se debe a que es de propiedad estatal?

–No, el problema es la gente. No les interesa el trabajo. Saben que, trabajen mucho o poco, bien o mal, a final de mes cobran igual. Y, además, la mayoría son forasteros, árabes, del norte, que vienen aquí un tiempo y luego se van. No se sienten de aquí, no hacen nada por integrarse. ¿No te has fijado en el letrero que hay en la barra?

Sí, me he fijado: dice que el bar sólo está abierto para los residentes del hotel.

–Hubo una larga batalla– cuenta Labdelli. –Cuando el hotel empezó, muchos jóvenes de Ghardaia veníamos aquí al final del día a pasar un rato. En el pueblo no hay muchos sitios adonde ir y éste es un lugar discreto. Podías fumar un cigarrillo o tomar una cerveza o hablar con los amigos sin molestar a nadie. Y, además, en el hotel siempre hay algún turista que tiene ganas de entrar en contacto con la gente de aquí. O sea que nosotros traíamos dinero al hotel y encima le prestábamos un buen servicio. Pero eso no los gustaba a esta gente. Un día pusieron ese letrero diciendo que el bar quedaba reservado a los turistas. Algunos decidimos oponernos y discutimos con los camareros y con el director, incluso amenazamos con denunciarlo, porque aquello era ilegal, va contra la igualdad de los ciudadanos, pero no hubo manera de llegar a un acuerdo. Entonces, unos cuantos decidimos venir en grupo y ponernos frente a la barra, impidiendo que sirviesen a nadie si no nos servían también a nosotros. Finalmente cedieron, y ahora nos sirven, pero siempre con malos modos. Y en cuanto a la cerveza, que es la bebida alcohólica más barata, desde entonces no ha vuelto a haber. Sólo whisky o *pastis.* ¿Sabes?, casi todos son árabes.

–¿Tú eres berebere?

–Sí, claro, todos los mozabitas lo somos.

–Discúlpame, no lo sabía. Mira, ahí llega el barman. Voy a ver si te consigo una cerveza ahora. Tal vez a mí me la sirvan.

–No lo creo.

Así es. No hay cerveza, ni siquiera para los extranjeros. Whisky, *pastis* o café.

–Tenías razón. No tiene cerveza– le digo a Labdelli, cuando regreso con un café.

–Ya te lo dije.

–Abajo, en el restaurante, sí tienen. He tomado una con la cena.

–Sí, pero justamente ésta es la otra parte del problema. Además de que no les gusta vernos por aquí, el bar está arriba, no abajo, y cerveza se bebe mucha. Tendrían que estar subiendo y bajando cajas constantemente y las cajas pesan mucho para ellos, demasiado.

–Bromeas.

–En absoluto.

Ciertamente, lo dice con toda la seriedad del mundo y, visto el estado general del hotel, probablemente tenga razón.

–Bien, quizá pronto cambie esto. Muchas cosas se están moviendo ahora en Argelia, ¿no?

–Sí, pero aquí, para que cambie, deberían echar al noventa y nueve por ciento del personal. Y te aseguro que les costaría mucho encontrar otro trabajo. Yo no soy racista, sabes, y, además, ser árabe ya es desgracia suficiente, pero te aseguro que estos tipos no se merecen nada bueno.

Pasamos a hablar de la nueva situación política. Me hace un resumen histórico completo de la política argelina desde la lucha anticolonial. Se lamenta de que jamás se haya llevado ante los tribunales a los militares y políticos franceses –Mitterrand incluido– responsables de la represión y las torturas de los años 40 y 50. Al mismo tiempo, descalifica totalmente al FIS:

–Son gente que se aprovecha de la ignorancia y de la pobreza, de los jóvenes en paro, de la abstención masiva. ¿Sabes que en las famosas elecciones de diciembre sólo votó una tercera parte del censo electoral? O sea, que la tan cacareada mayoría del FIS no significa más que un quince por ciento del electorado. Y de éstos, la mitad votaron engañados y los demás comprados. En los ayuntamientos que controlaban desde el año anterior repartieron puestos de trabajo y dinero entre sus simpatizantes, y antes de las elecciones prometían un empleo para todo aquel que los votara.

El tema lo saca de quicio. Tiene sus esperanzas depositadas en Boudiaf, el único político histórico que tiene las manos limpias. Se da la circunstancia de que mañana por la tarde se constituye el Consejo Consultivo creado por Boudiaf para dirigir la transición hacia un nuevo sistema político. El acto será retransmitido por televisión. Labdelli me invita a verlo con él. Tiene un pequeño televisor en una casa que se está construyendo en el palmeral.

–Hay que avanzar despacio. Si quieren ir muy deprisa, no lograremos salir de esta situación. Hace falta educación, mucha educación, para comprender el valor de la libertad, de la responsabilidad de decidir y elegir entre aquellos que deben representarte.

Al día siguiente, larga visita a la ciudad vieja. Me acompaña un hombre de mediana edad que va soltando pausadamente un discurso perfectamente estandarizado sobre los orígenes y el desarrollo de Ghardaia. De vez en cuando interrumpo su perorata rutinaria para interesarme por algunos de los rasgos doctrinales específicos de la comunidad mozabita, pero no parece muy dispuesto a hablar de cuestiones teológicas con un extranjero. En cambio, muestra un gran interés por mi cámara fotográfica.

–¿Cuánto vale en tu país esta máquina?– me ha preguntado cuando nos hallábamos en el cementerio, un espacio mágico, sobrecogedor.

– No lo sé con exactitud. Es un regalo que me hicieron.

–Bueno, dime un precio aproximado– insiste. Es uno de esos aparatos aparentemente muy sencillo, totalmente automático, para gente poco habilidosa. Basta con encuadrar la imagen deseada y apretar el disparador. La máquina hace el resto y lo hace bien.

–No sé, al cambio oficial de aquí debe costar unos cuatro o cinco mil dinares.

–¡Es muy cara! Aquí las encuentras más baratas.

–Ya, es posible.

–De todos modos, a mí me gustaría tener una de éstas. Te la compro por cuatro mil.

Me ha cogido totalmente desprevenido.

–Creía que a vosotros no os interesaba demasiado la fotografía…

–Eso era antes. Ahora cambian muy deprisa estas costumbres. Depende de la gente, claro, y de los lugares. En Beni Isguen no puedes fotografiar nada y aquí, en Ghardaia, si eres extranjero, debes ir con cuidado. Sobre todo, no debes fotografiar a las mujeres. Pero está bien tener fotos de la familia, o cuando hay una fiesta, una boda… ¿Me la vendes por cinco mil?

–Lo siento, pero no puedo. Aún me quedan muchos días de viaje y, además, ya te dije que es un regalo. No me gusta vender lo que me han regalado.

–Sí, claro. Bien, no te preocupes. Te lo decía por si te hacía falta algún dinero. Si cambias de idea, me lo dices.

Cuando finalizamos el recorrido son ya casi las doce y, tal como convinimos ayer, paso por la tienda de mis nuevos amigos. Nouredine está ocupado con unos clientes. Al verme, me saluda efusivamente y se lamenta por no poderme atender como él querría. Si le hubiese prevenido de mi visita a Ghardaia me habría alojado en su casa del palmeral y me habría organizado un programa para mi estancia: visitas, excursiones... Le digo que no se preocupe, así está muy bien. No quiero alterar el curso normal de las cosas. Sí, sí, pero él habría querido dedicarme más tiempo... El almuerzo no estará preparado hasta la una, me dice, de manera que aprovecha la llegada de su sobrino Yacine para pedirle que me acompañe a visitar el palmeral. Luego, el mismo Yacine me llevará a casa de Nouredine.

Me voy, pues, con el sobrino, que tiene un viejo 4-L estacionado al otro lado de la plaza, junto a la carretera. Un par de kilómetros más allá, el palmeral se extiende, inmenso, a ambos lados del cauce, ahora seco, del *oued* M'Zab. Aparcamos junto a una mezquita de construcción reciente. El lecho del río está lleno de escombros. Muchas de las edificaciones que bordean el *oued* están medio derruidas, con las puertas reventadas, como si un zarpazo gigantesco las hubiese golpeado.

–A principios del verano pasado– me informa Yacine– cayó una tromba de agua que lo destruyó todo. No es la primera vez, ni será la última. Cada tres o cuatro años ocurre lo mismo. Todo el agua que cae en el valle se concentra en este río y en pocos minutos se forma una gran ola que arrasa todo lo que encuentra a su paso. Antes no era un gran problema, puesto que el cauce del río era muy ancho, unos sesenta metros como mínimo, pero, en los últimos años, las edificaciones lo han ido estrechando más y más. Y ya ves lo que pasa.

Me hace observar que muchas casas tienen unas cifras pintadas en lo que queda de su fachada: 10, 50, 8, 7... Son los metros de construcción que deberían ser eliminados para respetar el cauce tradicional. La misma mezquita está construida en terrenos que antes constituían un margen de seguridad frente a las inundaciones.

–¿Cómo es posible que los mozabitas, tan respetuosos de las tradiciones, hayáis autorizado construir esta mezquita aquí, casi en medio del *oued?*

–Esta mezquita no es nuestra, es de los árabes. ¿No ves que su minarete no es como los nuestros?

Es verdad, es un minarete convencional, de sección cuadrangular perfectamente homogénea en toda su altura.

Paseamos un rato por el palmeral, andando a lo largo de quebradas callejuelas encajonadas entre los muros que protegen y ocultan residencias y jardines, hasta llegar a una casa de la familia de Nouredine, en la que entramos. Tiene un jardín espléndido, con higueras, naranjos, rosales… Un muchacho está repintando una pared.

–Estamos preparando la casa para el verano. Cuando hace calor, aquí se está mucho mejor que en el centro del pueblo.

En el interior de la casa, en uno de los ángulos, crece una gran palmera que asciende hacia el cielo atravesando dos pisos.

–Antes, las palmeras eran sagradas. Te proporcionaban casi todo lo necesario para vivir: madera para las vigas de las casas; hojas para reforzar las paredes de adobe, para fabricar cestos o esterillas, dátiles para comer… Con unas palmeras y unos dromedarios o unas cabras, podía vivir una familia entera. Ahora, en cambio, se cortan sin contemplaciones.

El chico que estaba pintando nos trae unas naranjas recién cogidas del árbol, frescas y jugosas.

Llegamos a casa de Nouredine con una hora de retraso. Él mismo nos abre la puerta y nos conduce de inmediato a una sala alfombrada en la que dos hombres más están sentados ante un gran cuenco de cuscús. Nouredine abronca a su sobrino y se excusa conmigo: ya han empezado a comer porque su hermano mayor debe irse pronto.

Uno de los dos hombres es Abdessadek, el hermano mayor de Nouredine y jefe de la familia, pues los padres murieron hace ya tiempo; el otro, un amigo suyo. Tras las presentaciones, y mientras comemos, Abdessadek me cuenta que él no se dedica demasiado al comercio, lo justo para ganarse la vida. Lo que le interesa, me dice, es la espiritualidad y la parapsicología. Su amigo también es un experto en el tema, aunque profesionalmente se dedica a comprar coches de lujo de segunda mano en Alemania –Mercedes, especialmente– y revenderlos en Níger. ¿Me interesa la parapsicología? Si soy filósofo debo ser un experto en el tema. No, la verdad es que no tengo ni la más remota idea. El cuscús, sin embargo, es excelente.

–¿Lo habéis preparado vosotros?

–Sí, está hecho en casa– dice Nouredine.

–Pero lo hacen las mujeres– añade el amigo de los Mercedes, haciendo un gesto hacia el invisible y silencioso interior de la vivienda. –Nosotros nos limitamos a comerlo.

Comemos rápidamente. Alguien espera a Abdessadek y a su amigo para cerrar un negocio, y Labdelli debe estar esperándome a mí en la plaza del mercado para llevarme a su casa del palmeral.

En efecto, cuando llego a la plaza, con casi media hora de retraso, Labdelli está sentado en un rincón a la sombra, indistinguible de cualquier vendedor de manzanas, quesos o zapatos. Nadie adivinaría que es un experto en telecomunicaciones.

Su casa, todavía inacabada, se halla en el extremo más alejado del palmeral. Es pequeña y muy sencilla: una modesta sala que incluye una cocina delimitada por unos arcos de herradura y un par de habitaciones. Aparte de una mesita formada por una bandeja de cobre y un trípode, el mobiliario de la estancia principal se reduce a las gruesas alfombras que cubren el suelo de tierra prensada y a los cojines esparcidos junto a las paredes. Un televisor minúsculo asoma bajo un cojín. Labdelli lo pone en funcionamiento y tras una larga negociación con la antena consigue estabilizar una relación imagen/sonido en la que, a cambio de un escenario que parece asolado por una ventisca de nieve, el sonido llega impecablemente. Lástima, para mí, que sólo hablen en árabe. Mientras esperamos el inicio de la ceremonia de constitución del Consejo Consultivo, Labdelli prepara el té lentemente, meticulosamente, litúrgicamente, probándolo de vez en cuando, añadiendo azúcar o menta, hasta que decide que ha alcanzado el punto justo. Una locutora hace públicos en este momento los nombres –celosamente guardados en secreto hasta ahora mismo– de las personas designadas por Boudiaf como miembros del Consejo. Labdelli escucha atentamente. Al final me explica con satisfacción que todos son independientes de los partidos políticos. Le parece una garantía de éxito.

La cámara se desplaza hacia un lateral donde reina cierta agitación. A los pocos momentos distingo entre la nieve a Boudiaf haciendo su entrada en la sala. Inmediatamente, inicia su discurso, del que Labdelli me va ofreciendo resúmenes traducidos. Es un discurso muy genérico –por lo menos en la versión que yo recibo–, lleno de buenas intenciones –restaurar la confianza en las instituciones, mejorar la educación, servir al país–, pero también tiene momentos muy duros de tono y de gesto contra los vicios heredados –la corrupción, el burocratismo, el desinterés, la resistencia al cambio por parte de los privilegiados del antiguo régimen...–, momentos que Labdelli recibe y traduce con entusiasmo. La audiencia de Boudiaf, sin embargo, le otorga una acogida simplemente correcta, más bien fría, sin interrupciones por aplausos ni gran ovación final.

Labdelli está esperanzado. Cree que ésta es una ocasión única, después de ir treinta años por el camino equivocado. Teme que si no se aprovecha la oportunidad, después ya no habrá nada que hacer.

–Yo jamás he estado en ningún partido, ni he hecho política– dice Labdelli –pero quizás ahora sea el momento. Hay que ayudar a este hombre.

Tiene razón. Hay que ayudar a Boudiaf si se quiere que sus proyectos avancen. Se lo ve un hombre pletórico de buena voluntad y de energía mental, pero viejo y aislado. Tal vez su momento llegue tarde, treinta años demasiado tarde.*

* Un mes después, el presidente Boudiaf sería asesinado mientras pronunciaba un discurso en un acto similar al aquí descrito. Las hipótesis más verosímiles sobre la responsabilidad última del atentado apuntan hacia una colusión entre sectores integristas y algunos núcleos del viejo aparato de Estado amenazados por la enérgica campaña anticorrupción que Boudiaf había desatado.

Salimos al exterior. Labdelli cultiva un huerto del que espera obtener este año la primera cosecha de melones y sandías. Por el momento, el producto principal es la menta, que crece en grandes matas a lo largo de los muros. Tiene también dos naranjos, y un limonero, y una higuera, y una parra aún joven, que apenas empieza a trepar por una precaria pérgola, y naturalmente, dos grandes palmeras. Me cuenta que hay palmeras macho y palmeras hembra, y que hay que recoger el polen de las masculinas para espolvorearlo sobre las flores de las femeninas con objeto de que sus dátiles sean más dulces.

También tiene tres gallos pero todavía no ha podido comprar una gallina que le dé huevos. Son mucho más difíciles de conseguir que los gallos, me informa.

Pregunta por mis planes de viaje y le explico mi intención de ir a Tamanrasset y a Djanet, aunque sigo sin tener pasajes. Me facilita el nombre de un amigo suyo que trabaja en la oficina de ventas de Air Algérie. Seguro que él me conseguirá una plaza para Tamanrasset. Si después consigo ir a Djanet, él tiene un buen amigo allí, un tuareg que está haciendo un gran trabajo entre los jóvenes. Si voy a verlo, me invitará a su casa y me ayudará en todo lo que sea necesario.

Poco después de las seis, regresamos hacia el centro, andando, aunque muy pronto un vehículo conducido por un amigo suyo se detiene y nos invita a subir. En la plaza del mercado nos despedimos hasta mañana, sin concertar ninguna cita pero convencidos de que nos encontraremos.

Pese a la buena voluntad del amigo de Labdelli, arreglar los billetes de avión me ocupa casi toda la mañana. El avión de pasado mañana para Tamanrasset está realmente lleno, por ahora. Si quiero, puedo apuntarme a la lista de espera y cruzar los dedos. No hay ningún otro vuelo hasta dentro de cinco días y también está ya completo. En cambio, hay plazas libres para volar a Djanet mañana. También hay sitio en un vuelo de Tamanrasset a Ghardaia dentro de quince días. Decido, pues, ir primero a Djanet y regresar por Tamanrasset. Para pagar, debo ir a cambiar divisas al banco. Allí, junto con la moneda argelina, deben extenderme un certificado conforme he cambiado dinero para comprar billetes de avión, certificado que luego debo entregar en Air Algérie para que me sean expedidos los billetes. Me temo que les va a costar mucho desmontar toda esta burocracia.

Resuelto el viaje a Djanet, voy a pie a Melika, otra de las cinco pequeñas ciudades del M'Zab. Sólo está a un par de kilómetros de Ghardaia, pero encaramada en una colina y el sol está en lo más alto. La primera parte del camino, antes de que inicie una fuerte subida, bordea el cauce ancho y reseco del río. En el medio, dos dromedarios yacen, con las patas atadas, en actitud de profunda meditación. A medida que me aproximo al pueblo, aparecen construcciones nuevas, de cuatro o cinco plantas, de hormigón y ladrillo, con grandes ventanas de marco metálico, que destrozan la armonía y las proporciones de las viejas construcciones, pequeñas e introvertidas. Una vez arriba, doy la vuelta al pueblo, en busca del cementerio. Aparece tras un recodo, en una colina que se eleva al otro lado de una hondonada en la que, por lo que se ve, todo el pueblo arroja sus escombros. A lo lejos, el cementerio es casi indistinguible de un gran pedregal, de no ser porque muchas de las piedras están clavadas verticalmente en la tierra, a la altura de la cabeza y de los pies de las sepulturas, y por los miles de fragmentos de cerámica rota –azules, verdes, negros– con que las familias identifican sus tumbas y que ahora reflejan los destellos del sol.

De pronto, media docena de figuras envueltas en blanco, con una minúscula abertura negra a la altura de los ojos, se perfilan sobre la cresta de la montaña, desplazándose rápidamente entre las tumbas. Parecen estar buscando alguna en concreto. Se recortan contra el sol como mortajas vivientes, auténticos espectros diurnos. Poco después desaparecen por la otra vertiente.

Cerca ya de la entrada del cementerio, unos niños de siete u ocho años que juegan en medio del camino me saludan y me piden un bolígrafo:

–*M'nsieur, bonjour m'nsieur. Un stylo, s'il vous plaît!*

Los saludo con la mano, pero simulo no comprenderlos. La verdad es que ya sólo me queda un *bic* comprado en Marruecos después de dar los cuatro con que salí de casa.

La entrada al cementerio da a una gran plaza de pavimento azul celeste. En uno de sus lados se levantan una especie de palomares de unos dos metros de altura. La luz solar rebota contra el suelo azul, creando una atmósfera irreal, onírica, algo perturbadora. Un anciano sentado bajo un árbol agita su mano indicándome que vaya a cobijarme a su lado, a la sombra. Así lo hago. Es el vigilante del cementerio, me informa. Si quiero, me explicará la historia del pueblo y del camposanto. Sí, me gustaría mucho, le digo. Lo que a mí me han parecido palomares son las tumbas de Sidi Haïssa, el fundador de Melika, y de su familia, me cuenta, en un francés muy rudimentario. (No es esto lo que relatan los libros, según los cuales Sidi Haïssa era un *cheik* forastero, de religión malaquita, que llegó en el siglo XII, mucho después de que la ciudad fuera fundada, con intenciones más bien hostiles. Sin embargo, después de apoderarse de la ciudad, se convirtió al ibadismo y condujo a Melika a sus tiempos de máximo esplendor). Melika es el pueblo más antiguo del M'Zab, prosigue el anciano. Tampoco esto es cierto, según los expertos oficiales, pero el viejo es simpático y lo afirma con total convicción, mientras me mira afectuosamente con su único ojo. ¿Por qué no puede ser él quien esté en lo cierto? ¿Cuándo fue fundada Melika?, le pregunto. Oh, hace mucho tiempo, responde, tal vez mil años. Bien, veo que en lo esencial todo el mundo está de acuerdo. Luego fundaron Ghardaia, Beni Isguen, El Atteuf, recita, en orden casi inverso al normalmente aceptado, pero Melika fue la primera, insiste. ¿Cuáles son las características específicas de los mozabitas que los distinguen de los otros musulmanes? Medita un rato y finalmente me dice que no domina suficientemente el idioma francés para explicármelo.

Le pido permiso para dar un paseo por el cementerio, con la esperanza de encontrarme con las mujeres blancas flotando sobre la tierra y las piedras rojizas. La necrópolis ocupa una superficie mucho mayor de lo que aparentaba desde lejos, probablemente mayor que la del propio pueblo. El terreno es muy ondulado y pronto pierdo de vista la plaza azul y al anciano arcángel. Camino largo rato, sin que a menudo sepa muy bien si estoy pisando las tumbas o no, ya que todo son piedras, sin caminos visibles entre ellas. Intento mantener el rumbo siempre hacia la derecha, para no perderme totalmente, y finalmente llego al punto en el que había visto a las mujeres, pero ya no hay más que piedras y más piedras, muertos y más muertos, mil años de muertos. Al otro lado del valle se levanta Beni Isguen, la ciudad santa, toda aún amurallada.

De regreso a Ghardaia, vuelvo a cruzarme con los chiquillos de antes, que siguen jugando en el mismo lugar. Una vez más, me saludan y me piden un *stylo* y, ante mi repetido gesto de fingida incomprensión, hablan y se ríen entre ellos, burlándose obviamente de mí. Veinte o treinta pasos más adelante, unas piedras caen junto a mis pies. Simulo no percatarme y sigo bajando a paso normal. En el lecho reseco del M'Zab, los dos dromedarios perseveran en su meditación.

A media tarde voy a Beni Isguen en un autobús abarrotado. Sólo dista un par de kilómetros de Ghardaia, como Melika, pero hace demasiado calor para ir andando. Aquí, la muralla no es tan sólo un resto del pasado. Junto a la puerta principal, un gran cartel informa a qué horas en las que los forasteros pueden entrar en el pueblo, obligatoriamente acompañados por un guía, y sin cámaras fotográficas. También está prohibido fumar y, para los no musulmanes, pernoctar.

Como guía me cae en suerte un joven cargado de buena voluntad. Me muestra el pueblo con entusiasmo, poniendo el acento en las habilidades arquitectónicas y urbanísticas acumuladas a lo largo de los siglos por los mozabitas: las calles estrechas y tortuosas para defenderse del sol y amortiguar la fuerza del viento; los pasajes cubiertos, auténticos túneles bajo las casas, también para guarecerse del calor; las casas con dos puertas, para que los posibles invitados no deban cruzarse nunca accidentalmente con las mujeres de la casa; las celosías sobre las puertas, para que los moradores puedan identificar, sin ser vistos, a visitantes inesperados; los azules y verdes pastel con que están pintadas todas las casas, para reposar la vista y ahuyentar a los mosquitos…

Cuando considero que mi respetuoso y disciplinado comportamiento me habrá hecho acreedor de su confianza, le pregunto también a él cuál es la especificidad de los mozabitas en el seno del islam. Aparte de lo que dicen los libros, me gusta saber cómo se identifica a sí misma una comunidad.

–La primera– responde sin vacilación alguna– consiste en que nosotros afirmamos que jamás podremos ver a Dios, ni antes ni después de la muerte. La segunda, que cuando morimos, vamos al Paraíso o al Infierno para toda la eternidad. No hay espacios intermedios, ni posibilidad de pasar de un lugar a otro. La tercera es la *zebria*. Cuando alguien ha cometido una mala acción, toda la comunidad lo ignora, le hace el vacío, ni siquiera le dirige la palabra. No le queda más remedio que irse. Éstas son las tres diferencias.

Es tan contundente que no me atrevo a pedirle matices y aclaraciones, de modo que paso a mi otro tema.

–Y el FIS, ¿qué importancia tiene entre los mozabitas?

–Ninguna. Son unos oportunistas que se aprovechan del islam para hacerse con el poder político. Dicen que son los representantes del verdadero islam, pero a nosotros no tienen que explicarnos nada sobre el islam auténtico.

Al girar la esquina de una callejuela, casi tropezamos con tres mujeres que estaban hablando, sonrientes, con la cara descubierta. Han callado y han ocultado su rostro apresuradamente, agachando la cabeza, pero no sin que antes nuestras miradas se crucen y la belleza extraordinaria de una de ellas me conmueva. En un instante, sin embargo, recupera su condición secreta, amorfa, temible, polifémica, adorable, deseable.

Hacia el final del recorrido pasamos por la pequeña plaza donde todas las tardes, menos los viernes, se celebra un mercado en el que todo se vende por el sistema de subasta.

–No, los que subastan las mercancías no son los propios vendedores –me explica el guía. –Es el consejo de sabios de la mezquita vieja el que lo organiza y controla todo. Si tú quieres vender algo, lo llevas a la mezquita y ellos lo valoran y se encargan de subastarlo. Sí, claro, se quedan una parte del precio de venta. Es su principal fuente de financiación. Mira, ¿ves aquel anciano con barba y *gandora* blanca? –con los ojos me indica un viejo patriarca de aspecto venerable–, es el *imán* de la mezquita. Ahora está supervisando que todo esté en orden.

–Pero, ¿no tenéis alcalde aquí?

–Sí, claro, pero no hace nada sin la aprobación del *imán*.

La plaza tiene forma alargada pero de lados muy irregulares, con numerosos retranqueos entre las casas colindantes. Las edificaciones están construidas sobre un zócalo de unos 30 centímetros que hace las veces de acera y, ahora, de banco para multitud de observadores. Los bajos de todas las casas que dan a la plaza están divididos en pequeños habitáculos, de dos por tres metros aproximadamente. Muchos tienen la puerta abierta. En el interior pueden verse una mesa, estanterías, archivos, papeles... Son las oficinas de los mercaderes especializados en la compra y posterior reventa de los bienes subastados, que son quienes ahora se sientan, observantes, a lo largo del banco-zócalo. (Probablemente el nivel de la plaza fue rebajado en algún momento para construir esta grada, para mayor comodidad de los mercaderes.) Varios hombres examinan las diversas mercancías que van a ponerse a la venta y que, agrupadas en alguno de los puntos centrales de una plaza sin centro, forman una efímera instalación posmoderna: una cocina de gas, una alfombra de apariencia antigua, una gran tetera que podría ser de plata, tres ruedas de bicicleta y un asno.

Otros hombres, los vendedores de la mezquita, recorren la plaza en todas direcciones, con alguna otra mercancía en sus manos, perteneciente a un lote anterior, mostrándola a quienes permanecen cómodamente sentados, gritando el precio de salida o aquel que alguien acaba de ofrecer.

El guía me comunica que la visita ha finalizado. Él tiene que ir a mirar si hay algún nuevo visitante. Antes, sin embargo, me informa que el nombre de *Djanet* –durante el recorrido me ha preguntado cuál era mi próxima etapa– procede de una palabra berebere que significa *Paraíso*. Me desea buena suerte y me da su dirección y la de un amigo suyo residente en Argel, por si algún día puedo necesitarla.

–Te lo agradezco mucho pero ahora, ¿puedo quedarme un rato en la plaza, aunque tú te vayas? Te prometo que me portaré bien– le digo riendo.

–De acuerdo, en la plaza sí, pero luego vete ya directamente a la puerta de salida. Si volvieses al pueblo solo, yo podría tener problemas.

–Vete tranquilo.

Desde un rincón discreto, observo un rato el ajetreo de la subasta. Se ponen simultáneamente a la venta cinco o seis productos: un molinillo de café, unas gafas, una especie de sábana, que tal vez sea uno de estos inmensos sudarios con que se ocultan las mujeres, una alfombra…

Los vendedores de la mezquita tienen un aspecto histérico y antipático. Gritan y gesticulan continuamente, mientras corren de un extremo a otro de la plaza, deteniéndose tan sólo ante los comerciantes impasiblemente sentados frente a sus oficinas. De vez en cuando, uno de éstos se digna examinar la mercancía de cerca, tocarla o sopesarla tal vez con sus manos y, excepcionalmente, pujar por ella. En este caso, el vendedor recupera el producto y sale disparado, graznando el nuevo precio como un poseído, incitando a una nueva puja. Al poco rato me largo, algo ofendido. Ninguno de estos energúmenos ha venido a probar suerte conmigo.

El camino de regreso a Ghardaia es un *continuum* de casas y pequeñas tiendas. Son casi las siete y hay centenares de hombres en la calle, de pie, sentados en las aceras, charlando o simplemente observando el fluir del tiempo y de la vida.

En el zoco de Ghardaia encuentro a Labdelli ante una ferretería ambulante. Busca un alambre resistente para reparar el cable del acelerador de una motocicleta.

–Habría venido a buscarte al hotel esta noche– me dice. –Resulta que aquel amigo de Djanet del que te hablé, Abdelkrim, está ahora en Ghardaia. Es increíble, pero hace unos minutos acabo de encontrármelo aquí mismo. Mañana va a Argel y estará allí durante dos semanas, de modo que no podrá recibirte en Djanet. Pero no te preocupes. Le he hablado de ti y me ha dado el nombre de un amigo suyo que te acogerá como si fuese él mismo. El propio Abdelkrim te lo explicará mañana, porque tiene que ir al aeropuerto para acompañar a alguien que viaja en el mismo avión que tú. Te buscará en la sala de espera.

Cuando paso a despedirme de Nouredine, se queda sorprendido y dolido de que me vaya tan pronto. ¿Por qué no me quedo más días? ¿Qué prisa tengo? ¿No me gusta Ghardaia? Intento disculparme alegando mis dificultades para encontrar una plaza de avión: si no marcho mañana, no sé cuándo podré ir hacia el sur.

Mañana, pues, hacia Djanet y el Tassili N'Ajjer. Desierto puro y duro. El Paraíso, dice el muchacho de Beni Isguen.

7

Turistas y bandidos

El viaje al Paraíso empieza con algunas pequeñas complicaciones.

Para variar, el vigilante del hotel no me ha llamado a las cinco. Afortunadamente, el reloj biológico vuelve a funcionar y me despierto a tiempo. A las seis ya estoy frente a la oficina de Air Algérie de donde se supone que sale un autobús para el aeropuerto un par de horas antes de cada vuelo.

Sólo hay otro hombre esperando. Está sentado encima de una caja de madera y a su lado tiene una bolsa de plástico negro.

Por la calle no circula ni un solo vehículo.

Le pregunto si va al aeropuerto. Sí, va a Illizi, vía Djanet. Habla un francés muy rudimentario y tiene un aspecto tímido y algo asustado.

–¿Sabes a qué hora sale el autobús?

–Ya debería estar aquí– dice. Al cabo de un momento, añade: –Pero hoy es viernes, y tal vez no venga.

–Y si no viene, ¿cómo iremos?

–Supongo que aparecerá algún *grand taxi*– me parece entender que dice.

Durante la siguiente media hora ni ha venido el autobús ni ha aparecido ningún taxi. El aeropuerto está a más de 20 kilómetros y empiezo a pensar que perderemos el avión. Mi compañero de espera, sin embargo, no parece dispuesto a tomar iniciativa alguna, de modo que me decido yo.

–Si me guardas esta bolsa grande, iré a la estación de autobuses a buscar un taxi y luego te recojo– le digo. Tengo que repetírselo un par de veces para que me entienda, hasta que finalmente responde:

–De acuerdo, aquí estaré.

La estación de autobuses queda a unos diez minutos de camino, a paso ligero. Hay media docena de taxis vacíos. Los conductores están repartidos en dos grupos, conversando. Los del primer grupo no tienen interés alguno en ir al aeropuerto. Con los del segundo tengo más suerte. Uno de los taxistas está de acuerdo en llevarnos, a mí y al compañero que me está esperando, según le explico, siempre que paguemos la tarifa de seis pasajeros.

Nos dirigimos hacia la oficina por las calles siempre desiertas. Cuando llegamos allí no hay nadie; tampoco está mi equipaje. No doy crédito a lo que veo, mejor dicho, a lo que no veo, pero así es. Todas las tiendas siguen cerradas, y también la oficina.

–¿Estás seguro de que habías quedado aquí con tu amigo?– me pregunta el taxista.

–Sí, claro. Estábamos los dos aquí y puesto que el autobús no llegaba, yo he ido a buscar un taxi y él se quedado guardando el equipaje.

–¿Sois muy amigos?

–No mucho, en realidad lo acababa de conocer– confieso. El taxista me mira con gesto incrédulo, de modo que me siento obligado a justificarme, para que no me considere más estúpido de lo que soy.

Tenía todo el aspecto de ser un buen tipo. Me imagino que debe haber llegado el autobús, o tal vez ha pasado un amigo suyo en coche, y se habrá ido hacia el aeropuerto con mi bolsa. Vayamos nosotros también, estoy seguro de que lo encontraremos allí. La verdad es que el asunto me extraña y me molesta bastante, pero estoy convencido de que va a resolverse bien.

Mientras, el taxista sigue sin dar crédito a mi ingenuidad. ¿Cómo he podido confiar mi equipaje a alguien que acabo de conocer?

–Aquí no puedes fiarte de nadie– me dice, en tono de regañina. –No es como en tu país. ¿De dónde eres?

–De Barcelona.

–¡Ah, español! Seguro que allí puedes dejar cualquier cosa en cualquier lugar y nadie lo tocará.

Intento convencerlo de que las cosas no funcionan exactamente así en mi país, y de que aquel joven tenía cara de persona perfectamente honrada, pero todo es inútil.

–¿Ese chico era de Ghardaia?

–No lo sé, no se lo he preguntado.

–Si era de aquí, tal vez recuperarás el equipaje, pero si era forastero, ya puedes olvidarlo. Y, mira, de todos modos es un mal tipo. Porque, muy bien, imaginemos que ahora nos lo encontramos en el aeropuerto con tu bolsa. No te ha robado, de acuerdo, pero de todos modos se ha portado mal contigo, porque si tú has ido a buscar un taxi para los dos, habría debido esperarte todo el tiempo necesario, aunque se arriesgase a perder el avión. El problema de este país es, justamente, esta clase de gente. Gente que no cumple lo que se compromete a hacer, gente que no es de fiar.

Cuando llegamos al pequeño aeropuerto no nos lleva mucho tiempo ver que allí no están ni el chico ni la bolsa. El taxista suelta toda su furia y me insta a detallarle todo lo que recuerdo del chico, de su equipaje y del mío. Ahora mismo regresará a Ghardaia y lo buscará por todas partes. Yo ya no sé qué pensar.

Hago un recuento mental de lo que llevaba en la bolsa. Es fácil: todo, menos los papeles y el dinero. Bien, no es lo peor que podía ocurrir. Me sabe mal haber perdido la piedra con fósiles que compré en Marruecos pero, bueno, iré más ligero. Llevaba demasiadas cosas.

La pequeña sala de espera se va llenando con los pasajeros que, en grupos de cuatro o cinco, han ido llegando en *grands taxis* o en vehículos particulares. Uno de los recién llegados me observa un buen rato hasta que finalmente se dirige a mí:

–¿Eres español?

–Sí, ¿por qué?

–Soy el amigo de Labdelli, de Djanet. Ayer me lo encontré y me dijo que te había hablado de mí. Mi nombre es Toufik, Toufik Abdelkrim. Le dije a Labdelli que te buscaría aquí, en el aeropuerto.

¡Claro! Me había olvidado totalmente. Es un hombre joven, de piel muy curtida y mirada inteligente. Habla un francés perfecto. Lamenta mucho no poder estar en Djanet para acogerme, pero debe ir a Argel para realizar unas oposiciones que le aseguren su puesto de trabajo. Es el director de la Maison des Jeunes de Djanet, que él mismo ha creado. De todos modos, un amigo suyo que trabaja en el aeropuerto me recibirá y atenderá en todo lo que me haga falta, y me dará las llaves de su casa. Puedo quedarme todos los días que quiera. Se lo agradezco, mientras desvío mi mirada hacia los coches que siguen llegando. Al final, le cuento mi pequeña historia del chico y la bolsa que han volado antes de lo previsto.

–¿Era alguien de Djanet?– me pregunta inmediatamente.

–No lo sé, no hemos hablado gran cosa. Volaba en este mismo avión, pero sólo sé que luego seguía viaje hasta Illizi.

–Si es de Djanet no debes preocuparte. Aparecerá aquí con tu bolsa. Allí nos conocemos todos. Nadie haría una cosa así.

Mientras hablamos, los viajeros han cumplimentado las formalidades del *check-in* y quienes poseen su equipaje lo han facturado. Son las ocho menos cuarto y la mayoría de pasajeros ha pasado ya el control de la policía. Al otro lado de la sala de espera, ya en la pista, el avión empieza a calentar sus motores. Me despido mentalmente de mis pertenencias, la ropa, los zapatos, los cepillos de dientes y, al ir a pasar el control policial, veo llegar un último taxi. Es mi taxista. Se apea de un salto del coche, mira nerviosamente hacia la sala donde estamos y, cuando me ve, alza sus brazos triunfante. Viene con mi desaparecido compañero, dos pasajeros más y mi equipaje.

–Tenías razón– grita. –Es un buen hombre. Le he encontrado frente a la oficina d'Air Algérie, esperándote, mucho más preocupado que tú.

El buen hombre me mira, aturdido y avergonzado, y se me aproxima para cogerme la mano y pedirme perdón reiteradamente. El taxista debe haberle echado una bronca de mil demonios.

–Lo que ha ocurrido– cuenta con satisfacción el taxista, porque el otro no se atreve o no es capaz de explicarse– es que poco después de haberte ido tú, ha pasado un taxi vacío frente a Air Algérie. Se ha detenido y le ha convencido– dice, señalando al hombre que va asintiendo con la cabeza –para que subiese, pese a que él le ha contado que te estaba esperando a ti. El taxista le ha dicho que ya te alcanzarían antes de que llegases a la estación de autobuses. El hecho, sin embargo, es que no te han encontrado, ni por el camino ni en la estación, y entonces él ha decidido regresar a Air Algérie y esperarte, pasara lo que pasase, aunque tuviese que perder el avión. Tenías razón, aunque no es de Ghardaia es un buen tipo, ¡pero no tenía que haberse dejado enredar por aquel taxista!– finaliza su relato, al tiempo que, riendo, blande su mano amenazadoramente hacia el hombre, como si fuese un niño.

Intento tranquilizar a éste, aquí no ha pasado nada, y agradecerle su espera y el riesgo que ha corrido de perder el avión, y le doy una buena propina al taxista.

Abdelkrim Toufik ha contemplado toda la escena con creciente satisfacción. Sus ojos me dicen: "Ves, somos buena gente aquí." Para redondear el final feliz, uno de los otros dos pasajeros que han llegado en el mismo taxi resulta ser un amigo suyo de Djanet, un joven comerciante. Abdelkrim habla con él y luego me lo presenta –Bati, Bati Kacem– y me coloca bajo su protección hasta que lleguemos a Djanet y me ponga en manos de Abdelmalek, el amigo del que me ha hablado antes. Evidentemente, no se fía demasiado de que yo pueda ir solo por estos mundos.

El vuelo, en un Fokker bimotor, dura tres horas. Mientras iniciamos la ascensión, y durante unos breves minutos, puedo contemplar unas panorámicas magníficas del valle del M'Zab, con sus viejos minaretes creciendo y decreciendo hacia la eternidad, y las grandes manchas verdes de los cinco palmerales desafiando el desierto rojizo y voraz. Luego, nos inclinamos hacia el Gran Erg Oriental y pronto las imágenes se van difuminando: la arena levantada por el viento funde cielo y tierra en una neblina amarillenta, cada vez más espesa y opaca. El vuelo se transforma en una especie de travesía submarina, ingrávida, por aguas turbias, polvorientas, cenagosas. Dos horas más tarde, el aire empieza a recuperar claridad y transparencia, y el mundo reaparece en su lugar, allá abajo. Ahora sobrevolamos un territorio negro, montañoso, herido por infinitos y profundos cañones, de cuando la tierra era húmeda y tierna. Tiene que ser la región del Tassili N'Ajjer. (Más tarde sabré que "Tassili N'Ajjer" significa "Altiplano de los ríos". Hay que haberlo sobrevolado para percibir la justeza y literalidad de la denominación.)

Poco después de iniciar el descenso reaparece la arena, lisa, dorada, tranquila. Desde el aire, la pista del aeropuerto de Djanet es un cartabón negro, pulido, perfecto, sobre un mar de oro.

Abdelmalek, el amigo del amigo de Labdelli, no se encuentra hoy en el aeropuerto. Es su día de descanso. Kacem, el joven comerciante responsable transitorio de mi protección, me embarca en un Toyota con tres tuaregs de manos fuertes y nervudas y ojos oscuros. Es todo lo que veo de ellos, aparte de las largas túnicas azules y los *shesh* –negro uno, verdes los otros dos– con que se cubren la cabeza y casi todo el rostro. Me llevarán a casa de Abdelmalek, me informa Kacem, después de hablar con el chófer.

–No es necesario. Pueden dejarme en el hotel y después ya la buscaré yo mismo.

–De ninguna manera. Monsieur Toufik me ha dicho que tenías que encontrarte enseguida con Abdelmalek.

–Bien, de acuerdo.

La carretera es una cinta de asfalto que avanza, llana y recta, durante 30 kilómetros por un mar de arena. Lejos, al frente y a la derecha, un gran macizo rocoso cierra el horizonte. Es el Tassili. Unas instalaciones militares anuncian la proximidad del pueblo. Poco después, un gran palmeral nos da la bienvenida a la izquierda de la carretera. A la derecha, pequeñas construcciones cúbicas, de piedra o de hormigón, trepan y se confunden entre las rocas descarnadas. Enseguida llegamos al minúsculo centro de Djanet, donde veo el anuncio del hotel, la oficina de Correos, un café bajo unos árboles, y hombres por doquier, pero el conductor sigue su curso, hacia el otro extremo del palmeral. La casa de Abdelmalek está a unos dos kilómetros, a la derecha de la calzada, donde siguen brotando modestas construcciones entre las rocas. No hay nadie. Retrocedemos para ir al domicilio de su madre. No sabe dónde podemos encontrar a su hijo. Estos días tiene mucho trabajo. Los tres tuaregs ya no saben qué hacer conmigo.

–Por favor, dejadme en el hotel. Ya me las arreglaré.

Así lo hacen, después de asegurarme que ellos se encargarán de hacerle saber a Abdelmalek que he llegado y que estoy en el hotel.

Regresamos al pueblo y paramos en el centro, donde se concentran todos los negocios y servicios, a un lado y otro de la carretera. Al pie del roquedal hay media docena de tiendas bajo unas arcadas. Al otro lado, junto al palmeral, se levantan la oficina de Correos, una agencia bancaria, la oficina de turismo, el hospital y la escuela, así como cuatro tenderetes que forman un minúsculo zoco. Junto a la oficina de Correos, un anuncio conduce hacia una cercana pared de obra, alta y blanca, con una gran puerta metálica, aparentemente cerrada: es el hotel des Zeribas, el único de Djanet.

Los tres tuaregs descienden del Toyota conmigo y abren la puerta de par en par. Tras ella se extiende un gran recinto con diversos barracones de planta rectangular, irregularmente distribuidos, en el mismo límite del palmeral. Podría ser el cuartel de un ejército con tendencias anarquistas, pero no hay ningún soldado a la vista. A la izquierda de la puerta de entrada, un pequeño pabellón hace las veces de recepción. A la derecha, un par de pavos reales picotean en un basurero. Adosado a la recepción, un pabellón algo mayor alberga la cocina y el comedor, una sala llena de mesas alargadas y sillas de formica. Las habitaciones se hallan en otro barracón, de dos plantas, situado en diagonal, a la derecha de la entrada y la recepción. Ayudada por unos trozos de cordel, una mustia enredadera dibuja un polvoriento arco por encima de la puerta que da acceso a las habitaciones. Finalmente, todavía hay otra barraca, al fondo a la derecha, con tres puertas abiertas: un lavadero y un par de duchas y retretes. Delante de esta barraca, un Toyota azul medio desmontado, sin ruedas, sus ejes apoyados sobre cuatro peanas de ladrillos, toma el sol.

Un muchacho negro riega con una manguera el suelo del gran patio y las flores que brotan al pie de cuatro grandes palmeras.

Los tuaregs me dejan en manos del chico que atiende la recepción no sin antes explicarle que tengo amigos en el pueblo, y que quizás hoy mismo o a más tardar mañana vendrán a buscarme. No, no hay ningún problema para obtener una habitación. El hotel está vacío. Mientras me dirijo hacia el correspondiente barracón, pocos metros antes de llegar al mismo, la enredadera que antes me había llamado la atención se desploma entre una nube de polvo. Esto promete.

La habitación es un horno oscuro. El mobiliario y los servicios que ofrece son tres camas turcas, metálicas, cuyas sábanas tienen el aspecto de ser cambiadas al final de cada temporada. Un aparato de aire acondicionado empotrado en la pared, bajo una pequeña ventana, da testimonio de que algún día, hace mucho o poco tiempo, alguien hizo grandes proyectos. Lo que es ahora, no funciona.

Tras almorzar en una de las grandes mesas comunales, junto a un grupo de operarios árabes de la compañía de electricidad, salgo del recinto del hotel. La luz es cegadora, el aire masticable. Moverse es temerario. Si esto es la primavera, mejor que el verano me pille muy lejos de aquí. Al otro lado de la carretera, las cuatro tiendas bajo los arcos están cerradas a cal y canto. No se ve un alma. Detrás de las tiendas, algunas casas trepan peñas arriba. En lo más alto alcanzo a ver una construcción de gran tamaño, sólida, rodeada por una alta valla de piedra seca. Empiezo a ascender por un camino tortuoso, para ver el panorama desde arriba, pero a mitad del camino desisto. El calor es demasiado intenso. Además, si alguien me observa desde el interior de alguna casa, no podrá por menos que pensar que planeo algún delito. Regreso rápidamente al hotel y, pese a su escaso atractivo, me encierro en mi habitación. La siesta, aquí, es una cuestión de supervivencia.

Hacia las seis, el calor empieza a hacerse soportable. En el patio, un chico de unos veinte años parece hacer prácticas de mecánica con las piezas del motor del Toyota.

La única calle de Djanet ha recobrado ahora su animación. En la dirección del aeropuerto, la carretera discurre también entre el palmeral a un lado y al otro, una hilera de construcciones de una sola planta, pequeñas y muy pobres, sin ventanas. El camino está sembrado de hombres sentados junto a las casas o a la sombra de las palmeras, solos o charlando en pequeños grupos. La mayoría son tuaregs pero también hay negros y árabes. Sin embargo, raramente se los ve mezclados.

El palmeral está dividido en pequeñas parcelas, de ciento o ciento cincuenta metros cuadrados, delimitadas por bardizas de cañas y hojas secas de palmera. En el interior de muchas parcelas hay una o dos *zeribas*, pequeñas cabañas hechas también a base de cañas y hojas de palmera. Algunas son muy pequeñas y entre sus frágiles muros puedo distinguir cabras y ovejas. Otras, algo mayores, parecen habitadas por personas. Según me han contado, hasta hace pocos años las habitaciones del hotel des Zeribas eran de este mismo tipo. No estoy muy seguro de si el cambio ha significado un auténtico progreso.

Una lengua de arena, cada vez más ancha, va alejando las palmeras de la carretera. Dejo el asfalto y hundo mis pasos en la arena, limpia y aún caliente, bordeando el palmeral. Las parcelas son ahora algo más grandes, y también las *zeribas*, decididamente habitadas aquí por familias enteras. Ante una de ellas, un grupo de ocho o diez chiquillos, sentados en corro, cantan y baten palmas. Es todo lo que se oye en el mundo.

Algunas mujeres vienen del pueblo, cargando voluminosos bultos sobre la cabeza y críos de corta edad a la espalda. Van envueltas en grandes velos ligeros, de vivos colores, sobre ropas oscuras, más bastas y gruesas. A cada paso, sus pies se hunden profundamente en la arena. Cuando nos cruzamos, algunas bajan la mirada y cubren su rostro con velos. Otras me miran de frente, altivas, y devuelven muy serias mi saludo.

La oscuridad cae muy deprisa. En el trayecto de regreso encuentro a Kacem, el joven comerciante amigo de Toufik. Va hacia su casa. Me muestra dónde tiene su tienda, junto a la carretera, y quedamos que mañana pasaré a visitarlo. De repente, ya es de noche. Lejos, en medio del palmeral, se entrevé la luz de algunas hogueras.

La claridad del alba me despierta. Al recordar el calor de ayer al mediodía, decido levantarme. Apenas son las seis. Los chicos del hotel ya trastean por el patio, pero la cocina todavía está cerrada.

Salgo del hotel y trepo de nuevo hacia el edificio de nueva construcción en lo alto del roquedal. Es, sin duda, la mejor construcción del pueblo, una mansión grande y sólida, aunque, a medida que me aproximo, un alto muro de piedra la oculta casi por completo. Me aproximo hasta llegar a la valla y, desde allí, contemplo el pueblo y el palmeral, aún quietos, desiertos, silenciosos. El sol empieza a asomar a mi espalda y las oscuras copas de las palmeras van aclarándose, mientras la tierra arenosa se pinta de amarillo y las rocas, antes marrones, ahora ensayan el rojo y luego el rosa, y el azul del cielo palidece rápidamente. Un grupo de hombres llega a la plazuela del mercado. Sus voces ascienden, claras y limpias, incomprensibles. Por la carretera aparecen un par de Toyotas y, por el otro lado, un camión cargado de hombres, y también empieza a llegar gente a pie. Pronto los tenderetes del mercado alzan sus toldos y las voces se transforman en ruido y ajetreo.

Un ruido a mis espaldas me hace girar. De pie encima del muro que rodea la mansión un hombre se recorta contra el cielo, observándome tras sus gafas de sol. Viste de paisano, pero entre sus brazos mece una metralleta.

Regreso al hotel, donde desayuno rápidamente, y salgo de nuevo a caminar, ahora hacia el otro extremo del pueblo, por donde ayer estuvimos buscando al amigo de Abdelkrim Toufik. Frente a la escuela, decenas de niños juegan mientras esperan que se abra la puerta. Más allá, el pueblo se extiende hacia el nordeste.

Algunos Toyotas y camiones van hacia el centro, cargados de hombres y niños. Muchas mujeres hacen el camino a pie, hablando animadamente entre ellas.

De vez en cuando, la montaña se abre para dejar un estrecho paso entre las rocas, y las pequeñas casas se adentran en las grietas.

Por su lado, el palmeral continúa ininterrumpidamente durante tres o cuatro kilómetros. Algunas parcelas parecen abandonadas, pero la mayoría están bien cuidadas, con muchas *zeribas*, y huertos cultivados en la arena donde crecen milagrosamente cebollas, zanahorias y calabacines.

Hacia las nueve, el calor empieza a apretar de firme. El sol desdibuja todos los perfiles y diluye los colores. Ya no pasa ningún vehículo, ni camiones, ni niños. Tan sólo algunos pequeños grupos de mujeres, ataviadas con velos de tonos vivos y brillantes, desafían el sol.

En la oficina de turismo no me dan demasiadas esperanzas de que pueda subir al Tassili, donde se hallan los yacimientos de pinturas y grabados. Únicamente se puede ir en un grupo organizado, con guías, cocinero, asnos para cargar la comida y el equipaje... No puede armarse una expedición para una sola persona, a menos que uno sea un millonario. Y grupos de turistas ya apenas quedan estos días. El año ha sido muy flojo y ahora ya finaliza la temporada. De todos modos, acordamos que me prepararán un presupuesto para subir yo solo y, si aparece algún grupo, tratarán de incluirme en él.

En la acera porticada situada frente al hotel y a la oficina de Correos, donde hay cuatro tiendas y un par de agencias de viaje, decenas de hombres descansan sentados a la sombra. Compro un refresco en una de las tiendas y me siento yo también en la acera, bebiendo a sorbos. A mi lado hay un gran cubo de plástico gris, cubierto con una tapadera. Un vaso también de plástico cuelga, atado con un cordel, de un asa del cubo. Continuamente vienen hombres que cogen el vaso, levantan la tapadera y beben del agua que llena el cubo.

Acabado mi refresco, entro un momento en el hotel. El chico de la recepción me informa que a las ocho ha estado aquí Abdelmalek, el amigo de Abdelkrim Toufik. Me han estado buscando sin éxito por el pueblo. Volverá a pasar a eso de las cuatro de la tarde. Bien, si tenemos que encontrarnos, ya nos encontraremos. *Le hasard est toujours mieux qu'un rendez-vous.*

Kacem, el joven comerciante con quien vine desde Ghardaia, y que anoche encontré por la carretera, está sentado a la entrada de su minúscula tienda en un banco de piedra. En el interior tiene ropa de mujer, piezas de tela estampada, piezas de tejido verde olivo o negro para cortar un *shesh*, *henna* para el cabello y el maquillaje, algunas botellas de colonia, carteras escolares, bolsas y zapatos de plástico, cubos y palanganas de hierro, lapiceros y libretas, y poca cosa más. Trae casi todas las mercancías de Ghardaia, me cuenta. Además de la tienda, es propietario de un Toyota y, cuando una agencia se lo pide, acompaña a los grupos de turistas a hacer una excursión por el desierto. De hecho, ésta es su principal fuente de ingresos. No, al Tassili todavía no sube. No lo conoce suficientemente bien.

Kacem es tuareg. Nació en Níger, cerca de Agadez, y de pequeño vivió allí, pero la vida era muy dura, demasiado dura. Cuando tenía diez años, su familia se trasladó a Libia. Allí aprendió a conducir y empezó a trabajar como chófer. Luego entraron en Argelia y se instalaron cerca de Im Amenas. Hace cinco años vinieron a Djanet. Aquí les va bastante bien. La familia posee ahora dos casas, una tienda y una parcela en el palmeral, justo frente a la tienda. Y también el Toyota, claro. Tiene veintidós años y hace poco se ha casado con una chica de diecisiete. Está encantado de la vida. ¿Qué hago esta noche? Nada especial, le digo. Abdelmalek ha dicho que pasaría por el hotel a media tarde pero, por lo demás, no tengo ningún programa. Quedamos que a eso de las seis me recogerá en el hotel y me llevará a cenar a su casa.

Antes de irme, le compro tres metros de tela verde para hacerme un *shesh*. Kacem me enseña cómo debo enrollármelo. No es que me seduzca la idea de disfrazarme de nativo pero es evidente que si no te proteges la cabeza del sol aquí se te pueden fundir fácilmente los plomos.

Alrededor de las tres, mientras escribo estas notas a la sombra de una palmera, el calor es difícilmente soportable. En el patio sólo hay uno de los chicos negros que trabajan en el hotel, regando con una manguera. De vez en cuando me mira y sonríe. Finalmente, viene a regar a mi lado.

–*How are you, Sir?*

–*Very well, thank you. How are you?*

–*Do you speak english?*– me pregunta.

–Un poco, no mucho, pero lo entiendo.

–¡Ah, eso está muy bien! Aquí nadie habla inglés. Tú eres español, ¿verdad?

–¿Cómo lo sabes?

–Me lo han dicho los chicos de la recepción. Ya sabes, los hijos del dueño. Yo soy de Nigeria, de Lagos, pero ya llevo unos años trabajando aquí. Se vive mejor aquí que en Nigeria.

Me pregunta cuántos días pienso quedarme en Djanet, y si tengo intención de hacer algún circuito por el desierto y por el Tassili. Le explico que espero poder encontrar la manera de hacerlo y que, después, querría ir a Tamanrasset.

–¿A Tamanrasset? ¿Por la pista? Ve con mucho cuidado. Tienes que ir con alguien que sea de toda confianza. De lo contrario, puedes tener problemas.

–¿Qué quieres decir?

–Que el desierto es muy peligroso. Todos los años hay algunos turistas que dejan la piel. Vienen a divertirse, a correr una aventura, y después... Tienes que ir siempre con alguien del país, que conozca muy bien el terreno, y tienes que ir muy bien equipado. E, incluso así, a veces te encuentras con problemas.

–¿...?

–Te pueden atacar, ¿sabes?

–¿Quién?

–Los bandidos. Hay bandas de tuaregs que pasan de un país a otro, de aquí a Níger, o a Mali... Atacan a los turistas...

–¿Estás seguro?

–Pregúntalo a quien quieras.

–Bien, gracias por los consejos. Tendré cuidado.

Las palabras del chico me dejan un nudo en el estómago. No es una sensación nueva. A lo largo del viaje la he experimentado más de una vez: cuando he sufrido un dolor de cabeza intenso en medio de un calor asfixiante, del que no puedes ocultarte; o al ver la miseria y la demencia en pleno desierto; o cuando, muy cansado, he subido a un nuevo autobús hacia otro pueblo desconocido. ¿Qué hago aquí? ¿Por qué no regresar a casa ya? Después, cuando el sol baja, y llegas a un lugar donde la gente te sonríe amistosamente, y encuentras un lugar para dormir, y lo haces inmediatamente tuyo, la angustia desaparece y una sensación de alivio y seguridad se abre paso, y decides que mañana irás un poco más lejos.

Ahora, sin embargo, ir un poco más lejos significa meterme en el desierto de veras. La posibilidad de no resistir el calor y el cansancio, de caer enfermo, de quedar tirado, simplemente me aterroriza. ¿Por qué forzar tanto las cosas?

A las cuatro y media, Abdelmalek todavía no ha comparecido. Decido pasar una vez más por la oficina de turismo. Apenas entro, el encargado me anuncia sonriente que ha llegado un pequeño grupo de italianos que mañana subirá al Tassili, a Jabbaren concretamente, para realizar un circuito de un par de días. Son seis pero dos de ellos se quedan esperándolos en Djanet. Si quiero, puedo ocupar una de sus plazas.

–¿Cómo van a ir?

–¿Cómo quieres que vayan? Como todo el mundo. Primero con los Toyotas, hasta el pie del Tassili, y después se sube a pie, unas tres horas de camino.

–No, me refiero a si van solos o con gente de aquí.

–No se puede ir sin guías. Guías y cocinero. Os llevarán la comida con asnos. No tienes que preocuparte de nada.

–Bien, de acuerdo.

Relleno los papeles que me ofrece –siempre hay que cumplimentar montones de documentos– y pago.

–Deberías hablar con el *accompagnatore* del grupo para acabaros de poner de acuerdo. Estará en el hotel a eso de las seis.

–Pero tú ya se lo has dicho, ¿no?

–Sí, claro, pero mejor que tú también hables con él.

Igual me ha embarcado con estos italianos sin que ellos lo sepan. Pero ya he pagado. No hay nada más que discutir.

Finalmente, a las cinco y media, Abdelmalek se persona en el hotel. Es un tipo alto y fuerte, de tez oscura. Viste pantalones azules y una camisa blanca con finas rayas también azules, todo impecablemente limpio y planchado. Pese a la fina capa de polvo que los cubre, sus zapatos negros reflejan también un permanente cuidado. Parece alguien salido de otro mundo. Se lamenta de no haberme podido encontrar hasta ahora, pero estos días está muy ocupado. Le digo que no es preciso que se preocupe por mí.

–Lo único que quería asegurar– le explico –era poder subir al Tassili y ahora ya lo tengo resuelto. Mañana me voy con un grupo de italianos.

–Y después, ¿qué harás? ¿Te quedarás unos días por aquí?

–No lo sé. Querría ir a Tamanrasset. Estaré aquí mientras no encuentre un transporte. ¿Sabes de alguien que deba ir?

–Es difícil ahora. Hasta hace poco tiempo había un vuelo semanal, pero lo han suprimido. Y para ir por la pista apenas hay turistas. Si supiese alguna cosa te la diría.

Acordamos que, dentro de tres días, cuando regrese, pasará a buscarme por el hotel y me llevará a su casa. Un amigo de monsieur Toufik es su amigo.

Kacem se presenta a las seis en punto, con un par de jóvenes de su misma edad –unos primos, me dice–, para ir a cenar a su casa.

–Lo siento– le digo, –pero debo esperar a que vengan unos italianos con los que tengo que ponerme de acuerdo para ir mañana a Jabbaren.

–Muy bien– responde con seriedad, –volveremos a pasar hacia las siete.

Me temo que he cometido una grave descortesía.

Al poco rato, mientras oscurece, llegan dos Toyotas cargados hasta la bandera. Son los italianos. Antes de presentarme, los observo un rato mientras descargan toneladas de equipaje y deambulan por el patio buscando, no siempre con éxito, los servicios y facilidades que esperaban encontrar en el hotel. Todos visten muy deportivamente, pantalones cortos y camisetas, y calzan gruesas y fuertes botas de montaña. Son gente de una cierta edad y eso me tranquiliza. Hay dos matrimonios obvios, uno de ellos debe rondar la cincuentena mientras que la segunda pareja estará por los treinta y cinco o cuarenta años. El hombre de más edad se mueve con energía y eficacia. Está acostumbrado a mandar y organizar. Tanto él como su mujer son altos y fuertes, y se los ve en buena forma, unidos por la aventura y practicantes de un mismo estilo de vida. El otro marido es bajito y gordito. Cruza varias veces el patio del hotel, murmurando y maldiciendo, quejándose a su mujer de la inexistencia del baño, o siquiera de una ducha en la habitación, preguntando a qué hora sirven la cena. La mujer, también de corta estatura pero muy delgada, escucha sus quejas con paciencia, resignadamente. Hay otra pareja, todavía más difícil de catalogar. Él es un hombre mayor, de más de cincuenta años, pelo blanco muy corto, pero de complexión fuerte y aspecto saludable. Se mueve por el recinto con decisión, como si conociese el lugar, aunque cojea perceptiblemente de una pierna. Lo acompaña un joven de rostro adolescente, mirada triste y movimientos desgarbados. Un cuarto hombre, de mediana edad, tostado por el sol, con una cantimplora colgada al cuello, habla con los chóferes y los guías, todos tuaregs, impartiendo instrucciones para mañana. Tiene que ser él, el *accompagnatore*. Cuando se separa de los tuaregs, me aproximo y me identifico como el posible compañero de viaje de mañana. Me tranquiliza comprobar que está al corriente del asunto. De todos modos, le digo que no querría ser un intruso impuesto por la oficina de turismo y que si tiene alguna objeción esperaré otra oportunidad.

–¡No, hombre, no, qué dices! ¡Nosotros somos italianos! Además, hay dos del grupo que no suben. Una cara nueva siempre va bien. Ven a cenar con nosotros y así los conocerás a todos.

–Lo siento, pero un amigo de aquí me ha invitado a cenar. ¿Qué me recomiendas que lleve mañana como equipaje?

–Nada, es decir, lo mínimo posible. Un saco de dormir y una cantimplora de agua. El resto de lo que necesitamos nos lo suben.

Quedamos para salir por la mañana, a las seis de la madrugada. La angustia de media tarde parece ahora muy lejana e irreal. Todo va bien.

Kacem, sin embargo, no aparece, de modo que poco antes de las ocho entro en la cantina. El grupo de italianos sigue sentado a la mesa. Piero, el *accompagnatore*, me ve enseguida:

–¿Qué ha ocurrido? ¿Cambio de planes?

–Sí, mi amigo no ha venido.

–No te preocupes, aquí eso es normal. Siéntate con nosotros.

Las dos parejas de italianos son de lo más normal y, como buenos italianos, más bien simpáticos. La tercera pareja resulta ser francesa y es bastante más especial. Forman claramente un subgrupo aparte, sin participar en la conversación que mantienen los demás. Aunque apenas come, el chico no levanta los ojos del plato. Cuando nos han presentado, tampoco me ha mirado y su mano, pequeña, tibia y fina, ha colgado un momento, exánime, dentro de la mía.

Los italianos están hablando animadamente de bandidos. Piero me resume el estado de la cuestión:

–Estoy seguro de que no ocurrirá nada– me dice –pero yo sugiero que mañana dejemos aquí el dinero y todo el equipaje que no necesitemos en el Tassili. Hay un pequeño almacén aquí, en el hotel, y podemos dejarlo con toda tranquilidad. Nadie tocará nada.

–Pero, ¿cuál es el problema?

–Parece que hace un par de semanas atacaron a dos alemanes que subieron solos al Tassili. Es raro, pero a veces ocurre, si no vas bien organizado.

Acordamos que cada uno dejará aquí lo que crea prudente.

Al acabar la cena, todos se retiran pronto a dormir, menos Piero, que va y viene por el patio, ayudando a los tuaregs de los Toyotas a preparar y cargar todo el material necesario para mañana. Yo leo bajo una de las escasas bombillas que iluminan el patio. Cuando Piero acaba su trabajo, se me acerca.

–Oye, no estés preocupado por los bandidos. No pasará nada. Hace muchos años que vengo por aquí y no he tenido nunca ningún problema.

–¿Quieres decir que no es verdad esa historia de los alemanes?

–Dicen que sí pero parece que lo que ocurrió fue que subieron sin guía, para ahorrarse el dinero. Y mucha gente vive aquí de ese trabajo. Quién sabe quién los atacó... Nosotros vamos bien acompañados. Además, siempre se explican historias como ésa. Son emocionantes para los turistas.

–Sí, esta tarde también me han contado alguna. Oye, y los franceses, ¿por qué no suben?

–La ascensión al Tassili es bastante dura y el hombre anda con dificultad. No sé si te has dado cuenta, pero tiene un pie ortopédico. Y la chica está muy cansada y débil.

–¿La chica? ¿Qué chica?

–Patrice, la amiga del francés.

–Pero, ¿qué dices? Es un chico.

–Bueno, no sé, ellos dicen que es una chica, aunque realmente, es algo dudoso. Son una pareja extraña. Él es un veterano del desierto, ha estado varias veces por aquí, pero no es fácil viajar con ellos. Hacen vida aparte. Los otros están muy contentos de que se queden aquí y de que vengas tú con nosotros. Será todo un cambio.

8

Jabbaren: tierra de gigantes

Jabbaren, uno de los principales *santuarios* de pinturas rupestres del Sáhara, se halla en el Tassili N'Ajjer, un altiplano curvo y alargado de grandes dimensiones –setecientos kilómetros de longitud por unos ciento veinte de anchura media–, en el mismo centro del desierto, justo en el vértice que forma la frontera de Argelia con Libia, al este, y con Níger al sur.

Dos Toyotas todo terreno, cargados hasta el techo, nos han traído desde Djanet al pie del Tassili. Djanet está situado a unos mil doscientos metros sobre el nivel del mar. La altura media del Tassili es de mil novecientos metros. El macizo, sin embargo, no se eleva gradualmente. Al clarear el día, y cuando nos aproximamos a ella, la masa negruzca que cierra el horizonte se revela como una muralla de setecientos metros de altura.

Los Toyotas se detienen a un par de kilómetros de las paredes. Lo accidentado del terreno ya no les permite avanzar más. Media docena de chicos, con otros tantos asnos, nos están esperando.

Ayudados por los conductores, empiezan a cargar inmediatamente toda la impedimenta sobre los animales: cajas llenas de comida y cacharros de cocina, bidones de agua, bombonas de gas, material de acampada, mantas… Si iniciásemos el asalto al Everest no llevaríamos más material. Dejamos a los mozos trabajando y empezamos a caminar.

El grupo de lujo lo formamos ocho personas: las dos parejas de turistas; Piero, el *accompagnatore*; Osmán, el guía y cocinero tuareg que realiza todo el circuito con los italianos; Rissa, el guía oficial local; y yo.

Durante la primera parte del camino, aún en el llano, avanzamos por un *oued*, andando alternativamente sobre piedras y arena poco consistente. Algunos árboles, tamarindos y acacias, malviven en el seco cauce.

Caminamos sin prisa y muy pronto Osmán, alto y delgado, se distancia. Asomando bajo su *gandora* añil, unas zapatillas Reebok parecen hacerlo avanzar ingrávido. Ya no volveremos a verlo hasta llegar a nuestro destino.

El sol asoma sobre la cornisa del altiplano. Las paredes, lisas y verticales, parecen inabordables excepto, tal vez, para candidatos al suicidio. Sin embargo, después de dejar el *oued* y de subir y bajar un rato por un terreno ondulado, vemos que en un ángulo de las paredes se abre una garganta empinada y pedregosa. La pendiente es muy fuerte pero tiene que ser el camino. No hay otra posibilidad. Rissa así lo confirma. Es el collado de Aghoun.

Tardamos más de dos horas en subir la escarpada cañada. Aparte del cansancio y el calor, no ofrece demasiada dificultad si se va bien calzado. No es mi caso. Las lluvias de Marrakech dejaron mis zapatos medio reventados, pero de momento aguantan.

A media ascensión nos detenemos diez minutos para recuperar el aliento. A nuestros pies, una neblina polvorienta cubre la achicharrada llanura. Mientras descansamos, los chicos que suben con los asnos nos alcanzan y rebasan. Pese a tropezar a menudo, e incluso a alguna que otra caída entre las inestables piedras, las bestias de carga ascienden como consumados escaladores.

Nosotros completamos la subida penosamente y una vez arriba no es preciso que nadie diga nada para darnos cuenta de que hemos penetrado en otro mundo. Un territorio rocoso, calcinado, se extiende ante nosotros. El suelo es un mar de piedras oscuras, marrones, grises, negras. Grandes moles rosáceas cierran el horizonte a escasa distancia y resaltan la oscuridad del altiplano por el que empezamos a andar.

Son casi las once y el sol quema de lo lindo pero, después del ascenso, caminar por terreno llano es un placer. Un viento caliente y reseco nos acompaña. Unos tres cuartos de hora más tarde llegamos al campamento, donde Osmán nos recibe con un té hirviente y tonificante. Los muchachos han descargado los bultos. Los asnos buscan inútilmente alguna brizna de hierba entre las piedras.

El campamento está situado en el centro de un conjunto de grandes peñascos redondeados y horadados que brotan del suelo como setas gigantescas. Cada roca es como una gran cabaña con una o dos cámaras umbrosas y frescas. Es difícil imaginar algo más parecido a una aldea natural. Osmán ha instalado su cocina a la entrada de una de estas cuevas, protegida del viento por un parapeto de piedras. Yo me tiendo en el interior de otra, después de verificar que no es la residencia de algún bicho poco hospitalario. Los italianos prefieren sentarse en el exterior, apoyados contra las paredes de las rocas-cabañas, pese a que el sol del mediodía reduce la sombra minuto a minuto. Hacia las doce, damos cuenta de un almuerzo muy ligero –una ensalada y queso– y Osmán y Rissa nos aconsejan, por no decir ordenan, dormir un rato.

Son ya casi las tres cuando emprendemos el camino hacia las pinturas. Caminamos media hora por un terreno ondulado y pedregoso. Bajo las piedras se extiende un manto de arena fina y rojiza, limpia y virgen, como la de los grandes *ergs*.

En un par de ocasiones, Rissa se detiene para examinar unas huellas. Son de muflón, nos informa, una especie de cabra salvaje que aún sobrevive en estos parajes. En otra oportunidad, nos hace aproximar en silencio a un peñasco sobre el que toma el sol un precioso lagarto. Es un animal magnífico, de unos dos palmos de longitud, y de colores extraordinarios –azul, verde, amarillo, rojo–, fuertes, vivos, pintados a grandes pinceladas. Se deja observar y fotografiar tranquilamente, orgulloso de su belleza y de su soledad, hasta que, aburrido ya de nosotros, desaparece entre las rocas.

Después de atravesar un pequeño desfiladero desembocamos, de repente, en una porción de terreno llano completamente rodeada de formaciones rocosas redondeadas, parecidas a las que constituyen las cabañas de nuestro campamento, pero mucho mayores, de ocho o diez metros de altura, y adosadas las unas a las otras, configurando un gran recinto prácticamente cerrado. En la base de muchos bloques, el agua, el viento y la arena han excavado grandes alvéolos. No son cuevas, sino estancias cóncavas de dos o tres metros de altura, dos o tres de profundidad y longitud muy variable. Las paredes son lisas, limpias, amarillentas.

Dispersos por el llano, a considerable distancia de su punto de origen, yacen grandes fragmentos de roca, limpiamente rebanados, como si algún titán los hubiese cortado y lanzado por encima de su cabeza contra algún enemigo insolente.

Cruzamos el llano y, en su vertiente meridional, Rissa se detiene ante uno de los alvéolos y con el bastón señala un punto en la pared: unos cazadores saltarines tensan los arcos, a punto de disparar sus flechas contra los toros, los antílopes y las gacelas que pacen ajenos al peligro.

Luego, sin apenas darnos tiempo de recuperarnos de la sorpresa, nos conduce por una grieta entre dos bloques y nos adentramos en un laberinto de rocas. Si nuestro campamento es una pequeña aldea, esto es una gran ciudad, una vieja ciudad abandonada, una metrópoli de gigantescos ancestros. El recinto llano es la plaza mayor, el lugar de encuentro, de fiesta, de combate... Las grandes rocas que lo rodean son, simultáneamente, muralla, casas, palacios, ruinas... El entorno por el que ahora deambulamos son las calles y callejuelas, con infinitas estancias a uno y otro lado.

A cada momento, Rissa apunta con su bastón al interior de alguna estancia y del fondo de los tiempos cobran vida imágenes impensables, ocres, rojizas, negras, lechosas, sobre el fondo amarillento de las paredes: toros, vacas, cabras, leones, jirafas, antílopes, gacelas, barcas, carros, cazadores, pastores, guerreros, hombres, mujeres, figuras en movimiento, en reposo, juguetonas, hieráticas, máscaras, seres aparentemente sobrenaturales...

La existencia de antiguas pinturas y grabados en el Tassili parece haber sido conocida por los tuaregs desde tiempos inmemoriales. Éstos, sin embargo, hasta bien entrado este siglo guardaron el secreto y fueron capaces de impedir el acceso de los extranjeros a la zona. Habrá que esperar a 1934 para que se produzca una primera *revelación* a los ojos occidentales. El teniente Brenans, del ejército colonial francés, penetra en una misión exploratoria rutinaria en el *oued* Djerat, cerca de Illizi, a unos cuatrocientos kilómetros al norte de Djanet. Avanza con su columna por el cauce del *oued* pero, cuando se detiene para descansar, busca la sombra protectora de una gran pared rocosa. Asombrado, el teniente descubre una figura de rinoceronte grabada en la roca. Junto a ella, y a lo largo de los treinta kilómetros del *oued*, se suceden infinidad de otras imágenes, de hombres y de animales –leones, jirafas, cocodrilos, hipopótamos-, muchas de ellas de grandes dimensiones.

Informadas las autoridades coloniales, al año siguiente diversos especialistas franceses se presentan en la zona. Entre ellos se encuentra Henri Lhote, joven estudioso del arte africano que, aconsejado por Brenans y acompañado por su mejor guía tuareg, Mohamed ben Jebrin, se da cuenta de la importancia del descubrimiento e intuye las sorpresas y riquezas que oculta el Tassili. Su trabajo de investigación se verá interrumpido por la guerra mundial y no será retomado por el mismo Lhote hasta 1956, esta vez con una expedición bien preparada y equipada. El teniente Brenans ya ha muerto pero Lhote cuenta de nuevo con Mohamed ben Jebrin como guía principal.

Lhote y Jebrin, con un equipo de doce especialistas –pintores, dibujantes y fotógrafos, especialmente– recorren durante un año y medio el Tassili, localizando, catalogando y copiando millares de grabados y pinturas en decenas de santuarios: el *oued* Djerat, Iherir, Tamrid, Sefar, Jabbaren, Arouanrhet... Sólo en Jabbaren han sido inventariadas más de cinco mil imágenes.

En 1958, de regreso a Francia, Lhote dará a conocer las pinturas y los grabados del Tassili en una gran exposición de las copias realizadas por su equipo, y quedará definitivamente consagrado como el descubridor de los tesoros del Tassili.

Los tuaregs, por su parte, consideran que Lhote es más bien un pirata, un extranjero que se apropió de todo aquello que Mohamed ben Jebrin tuvo la ingenuidad de enseñarle.

Se calcula que las pinturas y los grabados más antiguos son de aproximadamente los años 7000-6000 a.C, y los más recientes, de principios de la era cristiana. La superposición de hasta doce capas de imágenes, la diferencia de estilos, de vestimentas y de animales representados, demuestran no sólo que estos parajes estuvieron habitados durante miles de años sino que aquí había agua y vegetación, y una fauna variada y abundante, muy parecida a la que hoy existe en la sabana africana, así como que las formas de vida de los pobladores de estos parajes fueron evolucionando desde las formas más primitivas de subsistencia hasta sistemas organizados de ganadería. Asimismo, las coincidencias estilísticas y temáticas que algunas imágenes ponen de relieve permiten establecer relaciones muy directas e influencias recíprocas con las grandes tradiciones culturales y artísticas de Egipto, Sudán y Mali.

Hace seis, siete, ocho mil años, el Tassili N'Ajjer era una gran encrucijada de caminos en el centro del mundo, en los orígenes de todo.

Ahora es el centro mismo del desierto, del olvido, de la muerte, un gran cementerio sin tumbas.

Durante casi tres horas, Rissa nos ha conducido por un laberinto de pasajes y pequeños claros entre las rocas y, sin decir nada, ha ido señalando con el bastón las paredes donde se hallan pinturas en un estado de conservación relativamente bueno: algunas imágenes absolutamente esquemáticas, pero vivas en su movimiento; figuras muy elaboradas, otras, con máscaras y vestidos; seres fantasmagóricos, sobrenaturales, con grandes y desproporcionadas cabezas redondas; pequeñas figuras danzarinas, humanas pero con cuernos, magos, brujos, demonios o malos espíritus; centenares de cazadores, apuntando y disparando sus flechas sobre antílopes y gacelas; inmensos rebaños de bueyes, guiados por altos y elegantes pastores; una extraordinaria figura femenina, de casi dos metros de altura, perfilada en blanco, en actitud de ofrenda, o de plegaria, desgraciadamente muy deteriorada, a la que Lhote bautizó como la Antinea de Jabbaren; todo tipo de animales: toros, vacas, cabras, leones, jirafas, antílopes, gacelas, hipopótamos... barcas, carros, guerreros... decenas de manos negras, abiertas, perfectamente sombreadas de blanco, rogando, jugando, ordenando, implorando, tal vez avisándonos...

A lo largo de toda la tarde me he dejado conducir como un *zombi*, sin hacer ningún comentario, obedeciendo disciplinadamente las indicaciones del bastón de Rissa, auténtica varita mágica, deteniéndome y quedándome solo, largo rato, sobrecogido, hipnotizado, ante las paredes llenas de imágenes. Ahora, Piero se aproxima y me pregunta si estoy bien. Está extrañado de que no diga nada.

–El pensamiento es silencioso– le respondo. –Estoy mejor que bien, pero no sé qué decir. Estoy conmocionado, anonadado. He viajado bastante pero este lugar me supera.

Es cierto. Las pinturas son impresionantes y aun lo es más su supervivencia en este imperio de la muerte. Sí, claro, es precisamente la casi total sequedad y esterilidad del desierto y el riguroso aislamiento en el que han permanecido durante siglos lo que ha hecho posible su preservación. Pero esto no son más que consideraciones *técnicas*. Lo increíble es que gente capaz de hacer estas maravillas haya desaparecido de la faz de la tierra sin dejar otro rastro que estas imágenes, como si fuesen ángeles que hubiesen venido a traer el arte y la belleza y, una vez cumplida su misión, se hubiesen desvanecido.

¿Qué decir ante estas pinturas? ¿Qué querían decir los artistas? ¿Arte? ¿Qué tiene esto que ver con el arte? ¿Qué pintaban? ¿Imágenes de lo que eran o de lo que querían ser? ¿De lo que veían o de lo que imaginaban? ¿Imágenes de fiestas, de deseo, de arrogancia, de miedo? ¿Acaso imágenes pintadas por la noche, junto al fuego, mientras las fieras buscaban una presa? ¿O tal vez pintadas por las mujeres, mientras los hombres cazaban? ¿Celebración de la vida o premonición de la muerte? ¿Con quién hablaban los pintores, los grabadores, a quién se dirigían? Signos extraños, sagrados, absurdos, como los del hombre perdido en el desierto, cerca de Zagora. Hace diez días o diez mil años, da igual, el desierto es la locura. ¿Arte, magia, religión? ¿Para qué buscar sentido ahí donde no hay más que vida y muerte? Voces de cinco, diez mil años, vivas, frescas, muertas, incomprensibles, inexplicables, ahora postales para turistas, carroña para historiadores y arqueólogos. Voces preservadas gracias a la soledad, al silencio, gracias a la derrota del hombre y a la victoria del desierto. Memoria, olvido, memoria gracias al olvido. Única certidumbre: la vida, el silencio, la muerte. ¿Qué hacemos aquí?

A las seis y media desembocamos de nuevo en la gran plaza. Sin que nos percatásemos, Rissa nos ha guiado en un itinerario circular. Espesas nubes grises cubren el cielo. Mientras cruzamos la plaza, retumba un trueno y caen unas gotas. Rissa nos conduce a toda prisa bajo las rocas. Los rayos son muy peligrosos, dice. Pero la tormenta no llega a estallar.

Durante tres o cuatro minutos cae una lluvia tímida, insegura, suficiente, sin embargo, para que las piedras brillen y las ruinas de Jabbaren cobren por unos momentos una semblanza de vida.

Somos realmente afortunados. En la actualidad, la pluviosidad anual media en el Tassili es de 25 milímetros cúbicos por metro cuadrado, aunque transcurren años enteros sin que caiga una sola gota.

Cuando la lluvia cesa, reemprendemos la marcha. Al poco rato llegamos a una elevación desde la que se divisa el campamento. Rissa propone hacer un último alto para contemplar la caída de la noche. Tres de los italianos prefieren seguir el camino. Los otros dos y yo nos quedamos con Rissa, sintiendo el crepúsculo, mirando el silencio, soñando con lo que acabamos de ver.

Estas tres horas han sido, creo, el viaje más largo y sorprendente que jamás he hecho. ¿Cómo imaginar que esta tierra yerma, torturada, el único habitante de la cual parece ser, por lo que hemos visto, un lagarto, hace tan sólo cuatro o cinco mil años –cuatro días, en términos de historia de la humanidad; cinco minutos, en términos geológicos– era una de las grandes encrucijadas del mundo, un territorio húmedo y fértil, surcado por innumerables ríos, poblado por rinocerontes, hipopótamos, jirafas, cocodrilos, y cuyos pobladores habían desarrollado un sentido y unas habilidades estéticas extraordinarias? ¿Cómo compatibilizar estas imágenes con la desolación actual?

–Hacia allí, Libia– oigo que dice Rissa, sentado a mi lado, mientras señala la inacabable llanura pedregosa que se extiende hacia levante. –Tres días de marcha, dos si andas deprisa. Allí, Níger. Cuatro o cinco días– dice señalando hacia el sur. Más allá, lejos pero no tanto, el Chad, Sudán, Etiopía, Kenia... El origen.

Luego, Rissa empieza a cantar suavemente, para sí mismo. Es una canción triste, como un lamento, pero tranquilo, sin dolor.

Cuando un rato más tarde caminábamos ya hacia el campamento, le pregunto qué decía la letra de su canción.

–Oh, nada especial. Hablaba de la nostalgia por una mujer.

–Oye, ¿quién pintó esas imágenes que hemos visto?

–No lo sé. La gente que vivía antes aquí, hace mucho tiempo.

–Sí, ya entiendo, pero, ¿quiénes eran? ¿Eran vuestros antepasados, los de los tuaregs?

–Supongo que sí. Pero seguramente también son los tuyos. Todos venimos del mismo lugar, ¿no crees?

–Sí, creo que sí. Dime, ¿significa algo "jabbaren"?

–Gigantes, tierra de gigantes.

En el campamento, las dos parejas de italianos pasan un buen rato entretenidos con el montaje de dos pequeñas tiendas de campaña, mientras Osmán prepara la cena. Piero está con él. Hablan en voz baja, en el interior de la cueva-cocina. Momentos más tarde, me hacen señas para que me una a ellos.

–Oye– me dice Piero al oído, asegurándose de que los otros ni nos oyen ni nos ven, –seguro que no ocurrirá nada, pero Osmán dice que es mejor que tú y yo le demos el dinero que tenemos, menos una pequeña cantidad. Si nos asaltan, hay que poder dar algo. Osmán ocultará el resto entre sus cacharros y mañana nos lo devolverá.

Osmán me mira con ojos negros y brillantes, y refuerza las palabras de Piero con un gesto de asentimiento, sereno pero serio.

Me pregunto por qué me incluyen en esta pequeña conspiración. Piero debe adivinarlo, porque me confía:

–¿Sabes qué dice Osmán de ti? Dice que no eres un turista, sino un viajero.

Los miro a los dos y sonrío, extraordinariamente halagado. Sé que no es exactamente así, pero es agradable que lo piense o, por lo menos, que lo diga.

Para cenar, Osmán nos sirve *spaghetti al pesto,* quesos y *spumante,* todo traído de Italia. No puedo evitar expresar mi sorpresa por encontrarme con un menú como éste en Jabbaren. Piero me explica que siempre trae *spumante* en sus expediciones. Todas las noches beben. Dado que los circuitos de *trekking* suelen ser muy agotadores, y durante el día se come muy frugalmente, lo usa como un truco para levantar la moral por la noche. Todo el mundo lo agradece.

–Una vez, sin embargo, hace un par de años– añade –estuve a punto de matar a un turista. La cuarta o la quinta noche, cuando abría la botella, el hombre aquel exclamó, con toda seriedad: "*¡Spumante,* otra vez *spumante!* ¿No habrías podido comprar vino tinto hoy?" Te juro que casi lo mato.

Los italianos están contentos de tenerme a mí en lugar de a la pareja de franceses. Aprovechan la ocasión para explayarse en hipótesis escabrosas sobre los rumores y quejidos nocturnos que normalmente brotan de la tienda de la extraña pareja, así como sobre la incierta feminidad de Patrice. Además, dicen, la chica, o el chico, es un deficiente mental. Apenas habla, se mueve con dificultad, siempre está a la sombra del francés… ¡Vaya escándalo! Luego reaparecen el tema de los bandidos y las historias que cada uno ha oído.

Piero pronto tiene suficiente y anuncia que se retira a dormir.

–¿Te importa si me instalo en la misma cueva que tú?– me pregunta. –Hace frío para dormir al raso.

–Claro que no me importa. Al contrario– le digo. –Si vienen los bandidos los recibiremos juntos.

Cuando las dos parejas se han metido en sus tiendas, voy a la cocina y le doy a Osmán mi cartera, con todos mis papeles y casi todo mi dinero. Él la coge, sin decir palabra, pero con un gesto de aprobación, y la coloca en el fondo de un cubo lleno de los platos y vasos de aluminio, ya limpios, que hemos utilizado para la cena.

El viento vuelve a soplar. Tendido en la cueva, miro correr las nubes. Se desplazan veloces, huyendo hacia parajes más acogedores. De vez en cuando, un efímero claro deja ver un retablo de brillantes estrellas. Osmán ha apagado el fuego. Piero ronca. El viento silba entre las rocas. La noche está cargada de ruidos fugaces, de tenues carrerillas: arena, piedrecillas, tal vez un lagarto, quizá los bandidos... Me gustaría que vinieran los bandidos, pero lo dudo. A menos que sea gente pagada por la oficina de turismo, me cuesta creer que a alguien pueda ocurrírsele venir a buscarse la vida por aquí. Hace cinco mil años quizá, pero ahora...

Los geólogos explican que en esta región se han producido prácticamente todos los fenómenos geológicos conocidos: orogénesis, pediplanación, basculamientos, transgresiones y regresiones marinas, vulcanismo, sedimentaciones, erosión fluvial y eólica... Al final lo que aparece como forma dominante en su superficie son los apilamientos de capas de gres, estratificadas, del período paleozoico, depositadas sobre un zócalo cristalino. Luego, la corrosión del viento y la arena las ha ido redondeando y horadando.

Por otro lado, la mayoría de paleoantropólogos coinciden en que la aparición del *homo sapiens* se produce, hace aproximadamente unos ciento cincuenta mil años, en algún punto del África oriental o meridional. Los valles y altiplanos de lo que hoy es Kenia, Etiopía y Tanzania, junto con algunas regiones surafricanas, fueron las primeras regiones de vida estable o, mejor dicho, de supervivencia. Carroñeros, cazadores y recolectores, débiles ante los grandes carnívoros depredadores, nómadas por necesidad, la supervivencia de nuestros antepasados estuvo directamente ligada a su movilidad y a su capacidad para encontrar refugio en lugares de fácil defensa. Durante decenas de miles de años, sabanas y llanuras fueron el dominio indiscutido de las grandes fieras, más fuertes, más rápidas, más mortíferas que la joven especie. Todos los más antiguos hábitats humanos conocidos se encuentran en zonas montañosas, accidentadas, de difícil acceso, llenas de cuevas y refugios naturales. En su lenta expansión desde el este o el sur de África, el Tassili N'Ajjer constituyó, sin duda, un espacio privilegiado para los asentamientos humanos. ¿Desde cuándo? No se sabe con exactitud. La espectacularidad de los vestigios artísticos relativamente recientes parece haber hecho dejar de lado otros aspectos de la investigación arqueológica y antropológica pero, aun así, la abundancia de restos de material de caza y de cocina indica una presencia humana de una antigüedad mínima de 20.000-30.000 años. En aquellos tiempos, el Sáhara y el Tassili tenían muy poco que ver con el paisaje actual.

En cualquier caso, entre los años 6000-7000 y 2000-3000 a.C., el Tassili fue una zona densamente poblada, probablemente demasiado poblada: todo parece indicar que el rápido proceso de desertización fue el resultado no sólo de los cambios climáticos sino también de la deforestación sistemática y continuada llevada a cabo por sus pobladores, los mismos que crearon las pinturas y los grabados, así como del pastoreo masivo e indiscriminado de los grandes rebaños que, como revelan las mismas pinturas, acabaron constituyendo su principal medio de vida. La menguante vegetación comporta una disminución de la humedad ambiental y cuanto menor es ésta, mayor es la probabilidad de que las nubes –procedentes, según las estaciones, de las zonas ecuatoriales o del Atlántico y que todavía ahora cubren muchos días los cielos del desierto– crucen la región sin dejar caer una gota de agua.

¿Qué se hizo de esta gente una vez que el Tassili llegó a ser inhabitable? ¿Desaparecieron realmente sin dejar rastro? Probablemente, como han hecho siempre los pueblos ganaderos, fueron desplazándose, en busca de nuevos pastos.

Más que los tuaregs, que parecen haber llegado a la región mucho más tarde, como una rama de los bereberes del norte, los descendientes más probables de los cazadores, pastores y artistas del Tassili parecen ser los *peuls* –*fulani*, en la nomenclatura antropológica inglesa–, una etnia repartida a lo ancho de todo el Sahel y aún hoy en esencia nómada y dedicada casi exclusivamente al pastoreo. En algunas de las zonas tradicionalmente recorridas por los *peuls* en Níger, se hallan algunos refugios con grabados y pinturas muy similares a los del último período del Tassili N'Ajjer. Por otro lado, el tipo anatómico y facial de los *peuls*, así como sus peinados y algunos de sus ritos y máscaras, coinciden de manera extraordinaria con algunas de las imágenes del Tassili.

Hoy, los *peuls* son una de las comunidades más afectadas por las dramáticas condiciones políticas y económicas de la vida en el Sahel. Las consecuencias de unas sequías cada vez más frecuentes y largas se ven agravadas por las dificultades –o, simplemente, las prohibiciones– que los nuevos Estados oponen al libre cruce de fronteras. A la vez, la razonable política de algunos gobiernos de extender el máximo posible los campos de cultivo y de aprovechar intensivamente la escasa agua disponible para la agricultura reduce de forma drástica los terrenos de pastoreo y provoca frecuentes conflictos entre los *peuls* y los nuevos agricultores. Larga agonía. Sean o no los *peuls* los descendientes de los hombres y mujeres del Tassili, el destino de éstos no puede haber sido muy diferente.

Pero tal vez no sean más que especulaciones, cavilaciones absurdas, explicaciones pretenciosas y arrogantes de aquello que es inexplicable.

Tal vez lo que realmente ocurrió fue que, después de la creación, los dioses y los ángeles y los demonios vinieron aquí a reposar, a jugar, a cazar y a holgar. Esculpieron palacios en las rocas, sembraron vergeles y jardines, excavaron ríos y lagos entre bosques y volcanes. Vivían divinamente, claro, hasta que empezaron a pelear, porque dos de los dioses deseaban la misma ninfa y uno de ellos, el dios del fuego, reunió un ejército con sus hijos, sus primos, sus sobrinos, y el otro, el dios del viento, hizo lo mismo con los suyos y un día al alba se enfrentaron en la plaza mayor, y los unos lanzaron el fuego, y los otros soltaron el viento, y las llamas se extendieron, y cubrieron a todos, y quemaron casas y palacios, bosques y jardines, y el viento caliente secó los ríos, los animales huyeron, las rocas se fundieron y estallaron, y sólo sobrevivieron los demonios, y los ángeles más débiles y miedosos, los desertores, escondidos en las cuevas, y los lagartos y los alacranes, y cuando todo hubo ardido, cuando el paraíso no fue más que una ruina humeante, un rescoldo maldito, ángeles y demonios caídos empezaron a pintar y grabar las paredes de sus refugios, invocando los días pasados, los días de los dioses, de los héroes, y de las grandes cacerías...

A las cuatro de la madrugada, la luz de la luna y de las estrellas me despierta, o tal vez ha sido el viento que sopla y silba entre las rocas. Hace frío. Las nubes han desaparecido. Millones de estrellas refulgen en el cielo, al alcance de la mano.

Poco antes de las seis, oigo que Osmán se levanta y enciende el fuego. Mientras nos calentamos y tomamos un primer té, nos preguntamos por nuestras vidas y familias. Él es, como tantos otros tuaregs, un nómada sedentarizado por la sequía y los camiones. Desde hace cinco años, vive con su familia en Tamanrasset. Tiene seis hijos, cinco varones y una niña. Durante la temporada turística, acompaña a pequeños grupos de extranjeros por el Hoggart y el Tassili N'Ajjer, unas veces como guía, otras como cocinero, a menudo como ambas cosas. El resto del año hace lo que puede.

–Ahora tengo cuarenta años– concluye. –Si todavía estoy vivo, a los cincuenta me retiraré y dejaré que mis hijos cuiden de mí.

–*Inxalá!*

–*Inxalá!*

–Voy a despertar a los demás– dice, después de mirar su Swatch. –Si no, después os moriréis de calor.

A las siete, después de desayunar, abandonamos nuevamente el campamento acompañados por Rissa, en busca de más pinturas.

Seguimos la misma de que ayer pero, cuando llegamos a la plaza de los dioses, esta vez la cruzamos en dirección a poniente. Por este lado, y tras las grandes rocas que lo cierran, el llano desciende abruptamente hacia un gran *oued* que hiere profundamente el altiplano. Al otro lado del *oued* se eleva otra fortaleza natural. Es Arouanrhet.

En las paredes y en los techos de los alvéolos las pinturas no son tan abundantes como ayer pero algunas tienen una calidad y una singularidad extraordinarias. Entre ellas, el perfil perfecto de una leona de tamaño natural, cuya imagen juega con el relieve de la pared rocosa para darle volumen, tensión, movimiento, vida. Una figura femenina alargada, horizontal, los brazos echados hacia atrás, la cabeza y los senos hacia el cielo, a la que otro personaje, masculino éste, arrastra por los pies. Alrededor de ambos navegan barcas llenas de remeros, de proa alta y fina, góndolas de los *oueds*. ¿Una pareja de nadadores juguetones, tal vez, o un último viaje por el río de la vida y de la muerte, al estilo de algunos ritos funerarios egipcios? Un ser misterioso, de gran tamaño, una especie de brujo, de cuerpo humano y cabeza de chivo, o de buey, con grandes cuernos. La Dama Blanca de Arouanrhet, un perfil femenino dibujado en blanco, íntimo, atractivo, sugerente, evocador. Dos esquemas abstractos, muy claros, de un principio de organización territorial de la comunidad: un círculo central del que surgen cuatro ejes, cuatro caminos, de idéntica longitud, al final de cada cual se halla un círculo ligeramente más pequeño. Dos parejas sexualmente enlazadas, contentas, decididamente gozosas.

Como ayer, Rissa nos conduce por un itinerario circular. Poco después de las diez, reencontramos las primeras pinturas y descansamos unos momentos antes de emprender el camino de regreso. Me sabe mal acabar tan temprano pero no sé si resistiría mucho más. Las sensaciones son demasiado fuertes, las emociones demasiado intensas, los pensamientos demasiado confusos. Además, el sol aprieta de lo lindo. El suelo quema y las sombras desaparecen rápidamente.

A las once llegamos al campamento y, una vez más, el té ardiente de Osmán nos tonifica.

Las dos parejas de italianos decidieron anoche que no querían volver a dormir al hotel de Djanet. Demasiado cutre, dicen. Anticipamos, pues, la hora habitual de descenso de Jabbaren –normalmente se baja hacia las cuatro de la tarde, cuando el calor empieza a amainar– para llegar temprano a Djanet, dejarme a mí, recoger a los franceses y hacer un par de horas de pista.

Así pues, después de comer una ensalada, iniciamos el regreso, con el sol en su cenit.

De nuevo Osmán se adelanta rápidamente y desaparece de nuestra vista.

La primera media hora, aún en el altiplano, no presenta problemas, pero cuando iniciamos el descenso del collado de Aghoun, por la inmensa cañada, el asunto deviene realmente complicado.

El calor, la fuerte pendiente, la inestabilidad de las piedras, convierten el descenso en un auténtico mal trago, mucho peor que el ascenso.

Las unidades de nuestro pequeño convoy van distanciándose. A la cabeza va Rissa, marcando un paso lento pero regular, adivinando o simplemente inventando una improbable y serpenteante senda entre las rocas. La pareja de italianos deportivos va pegada a sus talones. Yo los sigo unos veinte o veinticinco metros más atrás. La segunda mujer italiana, más ligera que su marido, me sigue a una distancia semejante. Al final, cada vez más alejado, su marido maldice y resopla, pacientemente escoltado por Piero.

A mitad del descenso, Rissa nos concede un breve descanso. Miro mis zapatos y veo con preocupación que las dos suelas están casi completamente despegadas, a punto de emprender su propio camino. También me doy cuenta de que he olvidado mi saco de dormir en el campamento. Mala suerte. No seré yo quien suba a buscarlo. Piero y Aldo tardan casi un cuarto de hora en llegar hasta nosotros. Cuando lo hacen, Rissa se pone de nuevo en camino, ignorando las protestas y las maldiciones de Aldo.

Reproducimos el mismo orden de llegada pero ahora, a los pocos minutos, las distancias entre unos y otros se amplían velozmente.

Con todo, puesto que la pendiente es muy pronunciada y sin vegetación alguna, y pese a que en algunos momentos los peñascos nos ocultan unos a otros, vamos manteniendo el contacto visual.

Una hora y media después de haber salido, Rissa y los dos italianos llegan al pie del macizo. Yo lo hago unos minutos más tarde.

Pero aún queda un buen trecho. Realmente, ahora empiezan una serie de pequeñas elevaciones y ondulaciones antes de llegar propiamente al llano y encontrar el *oued* por el que recuerdo haber andado durante una media hora antes de empezar a trepar por la cañada. Ahora pierdo de vista mucho más frecuentemente tanto a Rissa como a la mujer italiana que viene detrás de mí. Sigo con atención las huellas de los que me preceden, ahí donde las dejan, y los abundantes excrementos de los asnos, que me conducen hacia una torrentera encajada entre las rocas.

Mi zapato derecho exhala, finalmente, su último suspiro. La parte delantera de la suela cuelga inerte y a menudo tropiezo y me lastimo con los cantos de las piedras. El izquierdo aún resiste.

Tras un recodo encuentro a Rissa solo. Se está asegurando de que todos vamos por el buen camino. Me dice que si quiero puedo seguir solo. Los dos primeros italianos lo han hecho. A partir de aquí, el camino no presenta dificultades, dice, señalando hacia poniente.

Me voy solo, pues, siguiendo la torrentera, la vista fija en el suelo, observando con atención dónde pongo los pies –esto debe estar lleno de víboras y alacranes–, la cabeza y la cara completamente envueltas con mi *shesh* para protegerme del sol.

Quince o veinte minutos más tarde, cuando ya espero llegar definitivamente al llano y al *oued*, levanto la cabeza y me doy cuenta de que la dirección que estoy siguiendo me lleva irremediablemente hacia una muralla del Tassili sin abertura alguna. Miro alrededor y no veo ningún tipo de huellas, excepto las mías, ni de hombres ni de asnos, ni tampoco excrementos. Retrocedo unos pasos y tengo la certeza de que por aquí no pasamos a nuestra venida. La pared de enfrente me resulta igualmente desconocida.

Por un instante quedo colapsado, aturdido, inundado de sudor bajo mi *shesh*. Estoy a punto de arrancar a correr hacia atrás para rehacer el camino cuando recuerdo un consejo leído en algún libro sobre el Sáhara. El desierto es peligroso, decía, con profusión de ejemplos, pero lo peor es perder los nervios, actuar irreflexivamente. Cuando alguien se encuentra con problemas, el peor enemigo es el pánico. Si se conserva la calma, casi todo tiene solución.

Trepo a unos peñascos, para intentar orientarme, y veo, muy lejos, la parte superior de la cañada por la que hemos bajado. En algún punto me he desviado y he estado andando hacia el sur, cuando debería haberlo hecho hacia poniente.

De repente, se me ocurre pensar que, si en vez de caminar un cuarto de hora en dirección equivocada hubiera caminado media hora –cosa muy posible– en total puedo llegar a perder una hora o más, de modo que llegaré el último, con mucha diferencia. Puesto que tenía que haber dos Toyotas esperándonos, quizás el primero se vaya con Osmán y los dos italianos deportivos, creyendo que yo iré en el segundo, y tal vez los otros se vayan con Piero y la segunda pareja, pensando que yo ya he embarcado en el primer Toyota.

Sea como sea, y para tratar de ganar tiempo, en vez de desandar el camino, corto en diagonal, en dirección suroeste, hacia donde debe estar el *oued*.

Si se han largado ¿es aconsejable ir andando por la pista, siguiendo las roderas? Hasta Djanet, deben ser unos cuarenta kilómetros. Siete u ocho horas, en condiciones normales. Pero, con este calor, y con estos zapatos… Tengo algo más de un litro de agua. La segunda opción es esperar a que regresen en mi busca. Cuando los dos vehículos se encuentren en Djanet, verán que no he viajado en ninguno de los dos.

Finalmente, decido creer que Osmán y Rissa no se marcharán por separado, sin verificar que todos hayamos llegado. Aflojo algo el paso y me aseguro de no volver a perder el rumbo. Poco a poco, todo se va colocando en su sitio: detrás de mí, la cañada recupera el centro, entre dos murallas verticales; delante, sigue habiendo peñascos y ondulaciones, pero ningún muro.

Unos diez minutos más tarde, encuentro efectivamente el *oued*, y acacias, y huellas, y mierda de asno. La mierda de la vida. Bebo un buen trago de agua tibia y sigo la pista de los excrementos con delectación.

Aún me queda más trecho por andar del que deseo y recuerdo, pero ahora ya voy casi tranquilo.

A la media hora, distingo los Toyotas, allá a lo lejos, y la mancha azul de la *gandora* de Osmán. Alzo el brazo y salto, hasta que él devuelve mi saludo. Cuando por fin llego, Osmán me sonríe, burlón:

–Yo ya llevo una hora aquí.

Sin decir palabra, le muestro la suela colgante de mi zapato como justificación.

Los dos primeros italianos también han llegado, pero el resto todavía no. No digo nada de mi desorientación, ni de mi pánico. Diez minutos más tarde llegan Rissa y la segunda mujer italiana y, media hora después, Piero y Aldo. No me pillarán otra vez, jura este último.

En Djanet, cuando nos despedimos, Osmán me dice que cuando vaya a Tamanrasset lo busque.

–Iremos al Hoggart tú y yo solos.

–Ya me gustaría, ya.

En el hotel des Zeribas, la puerta de la habitación opuesta a la mía está abierta. Desde el pasillo veo que en el interior han juntado dos de las camas turcas para hacer un gran lecho. Patrice yace solo, inmóvil, mirando al techo, con los ojos abiertos de par en par. Lo observo un buen rato, hasta estar seguro de que respira. Él, o ella, me ve pero enseguida desvía la mirada y sigue inmóvil, mientras desde el patio llega la voz del francés que grita: *"Patrice, Patrice, où es tu? Patrice! On part!"*

9

¿Dónde está la piscina?

Sin embargo, salir de Djanet, por vía terrestre, no es nada fácil, y para ir a Tamanrasset, menos aún.

Se puede volar, con relativa facilidad, a Ghardaia o a Illizi y, desde ahí, a Argel, tres veces por semana, si la naturaleza y Air Algérie no tienen otros designios. Pero no se trata de eso: llegar en avión al fondo del Sáhara y volver a salir volando, sin haber recorrido un buen trecho del desierto, me parece un sacrilegio. Osmán no me lo perdonaría.

El problema es que, después de haber dedicado la mañana entera a buscar algún medio de transporte por todo Djanet, la respuesta siempre es la misma: ya es muy tarde, la temporada turística ha finalizado, quizás en cualquier momento aparezca un vehículo de Tamanrasset, pero por ahora no tenemos noticia de ninguno. Bien, de momento compro unos zapatos, por si tengo que irme andando.

Una vez más, mientras rondaba por el pueblo, Abdelmalek ha estado en el hotel, según me informan a mi regreso. Está visto que, en este caso, el azar ha decidido que la cita no debe tener lugar. Luego, cuando le cuento al muchacho de la recepción, uno de los hijos del dueño, que sigo sin conseguir ningún medio de transporte para Tamanrasset, él mismo me propone una alternativa imprevista: un hermano suyo sale mañana en un Toyota hacia Ouargla, una ciudad cercana a Ghardaia. Irá por la ruta de Amguid, es decir, por el mismo centro del desierto. Son unos 1.500 kilómetros de viaje. Tres o cuatro días, si no surge ningún contratiempo. Si quiero, puedo ir con él.

No sé qué pensar. Miro el mapa y me parece una exageración. Significa cruzar medio Sáhara. Además, no va por Illizi, por donde el mapa Michelin indica la existencia de una carretera, mala pero acreditada, sino atajando por una pista secundaria, marcada con un trazo fino y discontinuo, casi imperceptible. La leyenda del mapa indica que se trata de una pista peligrosa, no aconsejable.

Una vez más, la angustia –¿el miedo, sin más?– hace acto de presencia. Y yo no me siento muy en forma. Ayer, al llegar de Jabbaren, bebí, una tras otra, cuatro latas heladas de un refresco de naranjada y estuve horas, hasta la noche, con un pañuelo húmedo enrollado al cuello. Hoy me he despertado resfriado y con dolor de cabeza. Y el calor diurno no ha hecho más que empeorar mi estado.

–Esperaré hasta la tarde para ver si encuentro un transporte a Tamanrasset– le digo al joven.

–Sí, claro, tómate tu tiempo.

Paseo largo rato por el centro del pueblo, mirando las matrículas de los escasos vehículos que circulan por él, buscando alguna que acabe en 11, indicativo provincial de Tamanrasset. Finalmente veo una, de un viejo Toyota cargado de latas de conserva. Espero largo rato a que venga el chófer y, puesto que no aparece, emprendo su búsqueda, preguntando a los comerciantes. Lo localizo en el almacén donde he comprado mis nuevos zapatos. Es un viejo tuareg, de piel quemada y pelo blanco.

–¿A Tamanrasset? ¿Para qué quieres ir a Tamanrasset? Aquí se está mucho mejor. Lo que es yo, no pienso moverme, por ahora. No, no sé de nadie que vaya.

Ay, los viejos nómadas ya no son lo que eran.

En el hotel, miro de nuevo el mapa, así como la *Guide bleue* del Sáhara, mi libro de cabecera aquí. Sí, el itinerario existe: Djanet-Amguid, vía Fort Gardel, bordeando el Tassili y el Erg Admer. 600 kilómetros. Luego, Amguid-Hassi bel Guebour, vía Borj Omar Driss, por el Erg Tifernine y el altiplano de Tinrhert. 400 kilómetros. Después, todavía

300 kilómetros hasta Hassi Messaoud y 100 más hasta Ouargla, estos últimos ya por carretera asfaltada, cruzando el Grand Erg Oriental. Y finalmente, 150 más hasta Ghardaia. El libro explica que es el itinerario que siguen algunos camiones que quieren evitar los duros puertos del Tassili. Una travesía sahariana pura y dura. Claro, si no surgiesen problemas, podría ser un viaje interesante. Sin embargo, la angustia de la incertidumbre, el recuerdo de mi mal paso durante el regreso de Jabbaren, el calor y el dolor de cabeza, forman una combinación paralizante. No sé qué hacer.

A la hora de almorzar sigo sin haberme decidido. El chico que me ha propuesto el viaje está sentado a un extremo de una de las largas mesas, comiendo junto a su padre, el dueño del hotel. Al verme me preguntan si ya he encontrado algún vehículo para ir a Tamanrasset.

–No, todavía no.

–Ven, siéntate aquí con nosotros– dice el padre, ofreciéndome una silla a su lado.

Me explica las características del viaje a Ouargla. Su hijo es muy joven pero ya es un genio de la mecánica. El Toyota no tiene secretos para él. Llevaremos –desde el primer momento da por sentado que voy a ir; este hombre sí sabe lo que quiere– gasolina suficiente para un regimiento y agua para quince días. Además, no viajaremos solos, sino con un camión que cubre el trayecto un par de veces al mes. El resto de su familia vive en Ouargla y nos estará esperando. Puedo quedarme a pasar unos días en su casa, si quiero.

–Si dentro de cuatro días no habéis llegado, os vendrán a buscar, allí donde estéis. Y el camino, ¡qué paisajes!, ¡qué belleza! ¡No hay nada igual en el mundo! ¡Dormir bajo las estrellas, qué maravilla! No hay nada más saludable que el desierto. Cualquier dolencia que tengas, allí se te cura. Ya querría ir yo, pero debo quedarme aquí.

–No voy equipado para un viaje así– protesto débilmente. –Tenía un saco de dormir pero lo olvidé en Jabbaren.

–No tienes que preocuparte por nada. Te dejaremos una colchoneta, y una manta, o dos, las que quieras. Y llevaréis comida de sobra. No tendrás que hacer nada. Con mi hijo viajará uno de los muchachos que trabaja aquí. Es un buen cocinero, y el guía del camión también lo es.

–¿Quiénes son los del camión?

–Son unos tipos magníficos, muy amigos nuestros. Son tres: el chófer, un mecánico y el guía. Se dedican al transporte entre Djanet y Ouargla. Conocen el desierto como la palma de su mano. Lo pasarás muy bien con ellos.

En fin, acabo prácticamente convencido de que será un viaje de placer, divertido, instructivo, fascinante. Discutimos el precio y le digo que sólo tengo la mitad de la desorbitada cantidad que inicialmente me pide. Lo acepta inmediatamente. Mal, muy mal. Debí haberle ofrecido una cuarta o una sexta parte. No estaba mentalizado para un regateo ahora. Por el precio acordado deberían darme *spumante* todas las noches, pero ahora ya no puedo echarme atrás.

Un joven muy delgado y tiznado entra en el comedor y viene a hablar con el padre. Me recuerda al chico que, el día de mi llegada, hurgaba en el motor del Toyota desmontado en el patio. Espero que no sea ése el vehículo con el que debemos cruzar el desierto.

–Mira– dice el anciano. –Éste es Hamdi, mi hijo menor. Es él quien te llevará a Ouargla.

Se lo ve serio y tímido. Lleva las manos, la cara y la ropa manchadas de grasa y aceite. No sé si es un genio de la mecánica, pero parece buen chaval y voluntarioso. No parece muy feliz con mi compañía. Bien, que sea lo que tenga que ser. La salida queda fijada para mañana a las siete de la mañana.

En el hotel hay caras nuevas. Mientras estábamos en el comedor he visto llegar una curiosa pareja. Él es un hombre de unos treinta años, fuerte, atlético, de fisonomía claramente árabe pero vestido con ropa y zapatos occidentales, de calidad. Ella es una mujer más joven, esplendorosa, alta y curvilínea, de andar suave y ondulante, cara ovalada y pecosa, labios finos, ojos almendrados, pelo rizado y tez muy morena bajo unos pantalones y una camiseta inmaculadamente blancos. Tiene la belleza de los mejores mestizajes. Podría ser caribeña. A media tarde, los dos toman el sol en el patio del hotel. Él sólo viste pantalones cortos y está sentado, espatarrado, en una silla metálica, con los ojos cerrados, mostrando al mundo su bien cuidada musculatura. A su lado, en otra silla, con los brazos cruzados y las mangas de su camiseta dobladas hasta los hombros, la joven bosteza, incómoda y aburrida. Sus desnudos pies descansan sobre una tercera silla. Pies y manos son delgados y largos, con todas las uñas cuidadosamente esmaltadas de rojo sanguíneo.

–Buenas tardes– los saludo, cuando paso frente a ellos. –Mucho calor, ¿verdad?

El hombre abre los ojos y me devuelve el saludo, sonriente, contento de que alguien rompa el silencio.

–Sí, mucho, pero hay que aprovechar que estamos de vacaciones. ¿Siempre hace tanto calor aquí?

–Me temo que sí. Sólo llevo cuatro días, pero tengo la impresión que cada día hace más.

–¿Ya llevas cuatro días aquí?– pregunta el hombre, con súbito interés. –Entonces tal vez puedas decirnos qué otra cosa podemos hacer en este pueblo, además de broncearnos.

La mujer, que todavía no ha abierto la boca, también se inclina hacia adelante, esperando mi respuesta.

–No conozco gran cosa pero cuando baja el sol es muy agradable pasear por el palmeral. Y lo que realmente merece la pena es ir de excursión al Tassili. He estado ahí arriba un par de días y es fantástico. Hay pinturas magníficas, y los paisajes son impresionantes.

El hombre me ha escuchado expectante y, al final, no puede ocultar una cierta decepción. A pesar de ello, se gira hacia la mujer y le dice:

–Ves, ya te dije que éste era un buen sitio.

Ella ha recuperado su posición indolente y le dirige una mirada escéptica, aunque sin llegar a decir nada.

–A ella le gusta mucho bañarse, sabes, y creíamos que en el hotel habría piscina. ¿Hay algún otro lugar donde alojarse por aquí?

–Que yo sepa, no. ¿De dónde venís vosotros?– pregunto, con ganas de saber algo más de la mujer.

–De París– responde rápidamente el hombre y, tras una pausa, añade: –bien, mis padres son argelinos, pero yo he nacido en Francia y siempre he vivido allí. Ahora estamos de vacaciones. No había estado nunca aquí, en el sur. Me habían dicho que era muy hermoso.

La mujer se mantiene distante e indiferente. Quizá sea de la Martinica.

–Lo es– digo yo. –Quiero decir que a mí me gusta. Sobre todo el Tassili.

–Tal vez mañana podríamos subir, ¿qué te parece?– dice el hombre, girándose de nuevo hacia la mujer.

–¿Tú crees?– refunfuña ella, por fin, con esfuerzo, antes de abandonarse de nuevo a su lasitud. Me quedo con las ganas de preguntarle qué esperaba encontrar aquí, pero, evidentemente, no tiene su mejor día.

–¿Y tú hasta cuándo te quedas por aquí?– me pregunta el hombre.

–Me voy mañana.

–¿A Argel, en avión?

–No, a Ouargla, en camión.

–Pero, ¿qué dices? ¡Está muy lejos para ir en camión! Tardarás muchísimo, ¿no?

–Tres o cuatro días, me han dicho. No tengo prisa.

–¡Vaya aventura! En fin, tú mismo. Que tengas buen viaje.

–Sí, gracias. Y vosotros buenas vacaciones.

A media tarde Abdelmalek pasa de nuevo por el hotel y esta vez nos encontramos. Viene a buscarme para que vaya a instalarme a su casa. Cuando le digo que mañana a primera hora me voy parece lamentarlo sinceramente.

–¿Es de fiar esta familia del hotel?– le pregunto, después de contarle las características del viaje.

–Sí. Son árabes, pero buena gente.

Hablamos largo rato y me obliga a prometerle que la próxima vez que venga, solo, con la familia o con quien sea, le avisaré con tiempo suficiente para que él y monsieur Toufik puedan preparar mi estancia.

–Lo que no entiendo– le comento, una vez hechas todas las promesas –es que no haya vuelos entre Djanet y Tamanrasset. ¿Cómo se explica?

–Depende de la programación de Air Algérie para cada temporada. La compañía no tiene suficientes aviones y los van repartiendo por las diferentes rutas. Cada tres o cuatro meses los programas cambian y lo que ocurre es que los preparan en Argel, y allí nadie sabe nada del sur. Hacen y deshacen los programas desde sus despachos, sin consultarnos nada, como si aquí hubiese otras posibilidades de transporte.

–Ya entiendo. Tal vez puedas aclararme otro pequeño misterio. Ese edificio grande y nuevo que hay ahí arriba, ¿qué es? Alguien me dijo que es un edificio administrativo pero el otro día me aproximé y sólo había un hombre armado con una metralleta. ¿Pertenece al ejército?

–Sí y no. Es del Estado pero ahora mismo está vacío, no hay nada. Lo construyeron hace unos años, cuando Gaddafi y Benyedid, el que era presidente de Argelia hasta hace unos meses, celebraron aquí una reunión. Desde Argel decidieron reunirse aquí, porque está cerca de Libia, y también como un gesto hacia el sur, pero puesto que no hay ningún buen hotel, construyeron a toda prisa este edificio. Luego, no lo han vuelto a usar nunca. En Argel, el desierto sólo les interesa si hay petróleo. Esto funciona aquí así. Es como los programas de vuelo.

–Y vosotros, los tuaregs, ¿qué opináis de todo esto?

–Nosotros llevamos muchos siglos viviendo aquí, en el desierto. Hemos visto pasar mucha gente. Antes fueron los franceses, ahora son los árabes. Vienen, se creen que son los amos, pero, al cabo de un tiempo, no lo resisten más. Y nosotros seguimos aquí. Es muy complicado. Cuando regreses, hablaremos de ello. Hace falta mucho tiempo para entendernos.

Mientras hablaba con Abdelmalek he visto entrar y salir a Hamdi con su Toyota. El alma se me ha caído a los pies cuando he constatado que, efectivamente, es el mismo vehículo que hace una semana estaba prácticamente desmontado en medio del patio. Bien, debía estar haciendo prácticas de mecánica. Incluso los genios tienen que practicar.

Al atardecer, al pasar frente al hospital veo salir uno de los Toyotas que nos llevaron al pie del Tassili. En su interior distingo, además del chófer, a Piero y al francés cojo. Me ven y se detienen.

–¿Qué ocurre? ¿Algún problema?– pregunto a Piero.

–No, nada grave. Patrice no se sentía muy bien– me dice, guiñando un ojo, de modo que el francés no pueda verlo –y hemos creído que era mejor que la viese un médico. No es nada grave, pero en el hospital han preferido que pasase la noche bajo observación. Nosotros ya regresamos al campamento. Y a ti, ¿cómo te va?

–Muy bien. Mañana salgo hacia Ouargla, con un chico del hotel y un camión. Por la pista.

–¡Ah, fantástico! Un gran trayecto. Que tengas buen viaje.

–Igualmente.

El francés ha escuchado nuestro diálogo sin intervenir. No parece especialmente preocupado.

Bajo los pinos del bar situado junto al hospital, algunos hombres juegan a las cartas. Otros charlan, sentados a la sombra de las palmeras, o frente a las tiendas. Unos pocos van y vienen, atareados, por la carretera. Normalidad absoluta.

Sin embargo, no puedo borrar de mi mente la imagen de Patrice, tendido en una cama del hospital, solo, con los ojos muy abiertos, mirando al techo, como ayer en el hotel, al regresar de Jabbaren.

¿Qué habrá ocurrido estos días? El francés tiene aspecto de viejo perverso, degenerado, tal vez sádico. No me extrañaría que este tipo viniese aquí cada año con un mancebo distinto, mejor si es algo subnormal, y lo viola noche tras noche, hasta destrozarlo, amenazándolo con dejarlo tirado en cualquier sitio si se resiste. Al final, lo abandona de todos modos, y él regresa a casa, hasta el año próximo. Tal vez sea un respetable profesor universitario, o un abogado, un hombre culto y sensible de conducta intachable, respetado por sus colegas y vecinos, que viene aquí a expulsar sus demonios.

A la hora de cenar, me sorprende ver al viejo degenerado sentado frente a la pareja turística franco-argelina. Los tres comen en silencio. El joven apolo me ve y me invita con un gesto a sentarme a su mesa.

–¿Qué has hecho esta tarde? ¿Adónde has ido?

–A pasear. Me gusta andar por el palmeral. ¿Y vosotros?

–Hemos estado un rato en el bar, bajo los pinos, pero nos hemos ido pronto. ¿Sabes?, sólo había hombres y no paraban de mirarla– me dice, hablando de hombre a hombre, al tiempo que inclina su cabeza hacia la chica. –Resulta incómodo para ella– añade, comprensivo, posesivo y protector.

–Sí, ya entiendo. ¿De dónde eres tú?– le pregunto directamente a ella, pero es él quien se adelanta a responder.

–Es de padres argelinos pero siempre ha vivido en París, como yo.

–¿De veras? No lo habría adivinado nunca.

Ella sonríe por primera vez, claramente contenta, y también el ríe, satisfecho.

–¿Te das cuenta? Siempre te he dicho que no pareces argelina– le dice. Luego, girándose nuevamente hacia mí, me pregunta: –¿De dónde te imaginabas que era?

No lo sé, y en realidad me da igual. No importa de dónde sea. Lo importante es de dónde viene. Y sea de donde sea, viene de muy lejos, y de muchos lugares. Viene del sur, tal vez de sangre de esclavos negros, que probablemente antes habían sido emperadores, y viene del este, de árabes que conquistaron medio mundo, y viene de aquí mismo, de los bereberes y tuaregs que no saben de dónde vienen, porque siempre han vivido aquí, y viene del norte, de algún aventurero colonial, de algún militar francés o de un Alí Bey de pacotilla, viene de todas las invasiones, de cien conquistas y de mil derrotas, está cansada de tanta historia y ahora lo único que desea es descansar junto a una piscina y que alguien la mime y la proteja de tanto deseo como el que involuntariamente genera.

Sin embargo, me limito a decir:

–No estoy seguro, pero me recuerda a algunas mujeres del Caribe.

Los dos me miran algo desconcertados, inseguros del valor que atribuyo a esta denominación de origen.

–Me parece la gente más hermosa del mundo, y espero que no os molestéis por mi atrevimiento. Lo digo con todo respeto– añado rápidamente.

Ella baja sus ojos, halagada, mientras él pasa el brazo por encima de su hombro y la mira con orgullo.

La comida del hotel también es un mestizaje, pero de mucha menor calidad. Siempre hay prácticamente lo mismo: un potaje de patatas y verduras como entrante y, luego, un plato de lentejas con un pedazo de carne hervida. Los dos primeros días sirvieron naranja, a los postres, pero no ayer ni hoy. Ayer, el avión de Ghardaia no llegó, explica el camarero, y si no hay avión no hay naranjas. A mi lado, el presunto corruptor de menores come aplicadamente, escuchando pero sin intervenir en la conversación.

–Creía que habías regresado al campamento– le digo, con un punto de mala leche, mientras él limpia el fondo del plato de lentejas con un trozo de pan.

–Sí, pero sólo fui a recoger mis cosas y enseguida he vuelto. No creía que fuesen a quedarse con Patrice en el hospital. Esperaré aquí hasta que esté bien.

–¿Cómo está ahora?

–No parece nada grave. Le han diagnosticado una gastroenteritis. Es una persona delicada. Y aquí, ya sabes, el calor, el cansancio, la comida, el agua... Ha sido demasiado duro para ella. No debí traerla. Cuando se recupere, regresaremos a Francia en el primer avión.

Acaba de limpiar su plato y se levanta. –Perdóname, pero voy a hacerle compañía.

–Sí, claro. Salúdala de mi parte.

–Tiene aspecto extraño este hombre, ¿no te parece?– me pregunta el apolo franco-argelino cuando el otro ya se ha ido.

–Sí, pero creo que es un buen tipo.

A la mañana siguiente, a las siete estoy listo para marchar, pero pronto veo que soy el único que lo está. Hacia las ocho aparece el dueño del hotel.

–Y tu hijo, ¿dónde anda?

–Ha ido a ver cómo van los del camión. Estará esperando que acaben de cargar. ¿Tienes prisa? Yo ya le he dicho que si se retrasaban vosotros podíais adelantaros y esperarlos en Fort Gardel. Está a unos ciento cincuenta kilómetros, y hasta allí el camino es fácil. Mi hijo lo conoce muy bien.

–Si de todos modos tenemos que esperarlos luego, mejor es que salgamos juntos desde aquí.

–Como prefieras. No te preocupes por nada, todo irá bien. Además, si marcháis más tarde, a eso del mediodía, habrá llegado el avión que viene de Ghardaia y podréis llevaros naranjas y verduras frescas. Ahora no tengo porque anteayer hubo una tempestad de arena y anularon el vuelo.

Hacia las nueve aparece la primorosa pareja. El hombre sonríe satisfecho, enlazando la cintura de la mujer, que anda, seria y algo triste, la mirada ausente, a su lado. Probablemente cada uno explicará una historia muy distinta de este viaje y de esta noche.

–Creía que ya habrías marchado– me dice el hombre.

–Sí, yo también lo creía, pero parece que vamos algo retrasados. Y vosotros, ¿os habéis animado a subir al Tassili?

–No lo sé, hace mucho calor. A ella no le apetece demasiado. De momento vamos a dar un paseo por el pueblo.

–Que os vaya bien.

El viejo Toyota entra en el patio del hotel levantando una gran polvareda. Hamdi salta de la cabina y, simulando no haberme visto, descarga un neumático por la puerta trasera.

–¡Eh, Hamdi! ¿Algún problema?

–No, ninguno, pero los del camión todavía no pueden salir. Tienen que cargar una furgoneta y es muy difícil, pesa mucho. Saldremos a media tarde, o quizá mañana por la mañana. ¿Te parece bien?

–Bueno, no importa, pero avísame. No voy a estar todo el día esperando aquí.

El padre de Hamdi se nos ha aproximado. Habla en árabe con su hijo. Entiendo que le dice algo referente a Fort Gardel, a lo que Hamdi responde negativamente.

–No te preocupes– me dice el padre. –Saldréis hoy. Si los del camión no están listos, vosotros salís esta tarde, llegáis hasta Fort Gardel y mañana por la mañana os encontráis con ellos y seguís camino juntos.

Hamdi escucha en silencio, la mirada en el suelo, moviendo lentamente la cabeza de un lado a otro.

Cuando el padre se va, le digo a Hamdi que yo también creo que es mejor salir todos juntos de Djanet, aunque tengamos que esperar hasta mañana. Él me mira, aliviado. Creo que el desierto le inspira tanto temor y respeto como a mí. Eso me tranquiliza.

Poco antes del anochecer, la vida vuelve a Djanet. Los hombres hablan y pasean. Las mujeres van y vienen del palmeral al centro del pueblo, andando lentamente, con cubos sobre su cabeza y bolsas de plástico en las manos. En el palmeral, los niños juegan, gritan, cantan y corren, los viejos trabajan en los huertos, las ovejas balan en las *zeribas*. *"Essalamu aleykom!"*, *"Wa aleykom essalam!"*, intercambiamos con la gente que me voy cruzando. El aire empieza a refrescar y los colores renacen. ¿Por qué no quedarme unos días aquí y marchar después en avión? ¿Por qué no? ¿Por qué sí?

Ya de noche, sentado a oscuras bajo una palmera en el patio del hotel, veo entrar al francés y a Patrice por el portalón. Patrice apoya su brazo izquierdo sobre la espalda del viejo, que anda con la cabeza agachada, cojeando más claramente que en otras ocasiones. Parece como si quien no se sintiese bien ahora fuera él. Cuando pasan a poca distancia de mí, camino de su habitación, veo que el viejo está llorando. Ha pasado mucho miedo, oigo decirle entre sollozos. Patrice lo consuela, acariciándole la mejilla con la mano derecha, recostando la cabeza del viejo sobre su pecho liso.

Voy al comedor con la esperanza de encontrar a las dos jóvenes beldades pero no los veo por parte alguna. En cambio, en una de las mesas hay dos señoras francesas de mediana edad, muy maquilladas y peripuestas. Mientras esperan a que les sirvan la cena, observan con gesto adusto el suelo sucio, las paredes desconchadas, la mesa grasienta y se dirigen mutuos y silenciosos reproches. Cuando les llenan el plato del consabido potaje, una de ellas se queda mirándolo con aprensión. Lo remueve con la cuchara y finalmente aparta el plato sin probarlo. La otra, en cambio, vence sus posibles escrúpulos y come con decisión, intentando animar a su compañera.

–*Mais, mange, alors! Tu auras faim, à minuit. Ce n'est pas mauvais!*

Por toda respuesta, la primera mujer enciende un cigarrillo.

Al final de la cena, ya en el patio, el dueño viene hacia mí:

–Ya está todo resuelto. Finalmente han podido cargar la camioneta. Ya os lo había dicho. Habríais podido marchar esta tarde, llegar hasta Fort Gardel y esperarlos allí. Mañana habríais estado más descansados. Pero, bien, ya está hecho. Y, como te dije, ahora podréis llevaros naranjas y verduras. Han llegado con el avión. Y esta noche no te la cobraré.

–Estupendo. Ningún problema. Oye, ¿qué se ha hecho de aquella pareja de jóvenes que andaba por aquí?

–De repente les entró prisa por irse. Este mediodía han tomado el avión hacia Argel. Habían reservado habitación para una semana y apenas han estado dos días. Querían una piscina para bañarse. ¿Te imaginas? ¡Venir a bañarse al desierto! Como estas dos mujeres que han llegado hoy. Están molestas porque no tienen bañera en la habitación. ¿Dónde creen que están?

10

La rosa del desierto

Finalmente, esta mañana nos hemos puesto en marcha. A las siete, Hamdi ha ido una vez más a ver si el camión estaba preparado. Media hora más tarde ha regresado diciendo que sólo les faltaba pasar por la gendarmería para arreglar los papeles e informar acerca de nuestra ruta. Nosotros podemos ponernos en camino. Nos reuniremos con ellos dentro de pocos kilómetros, al principio de la pista.

Subo a nuestro vehículo y verifico que la piel del Toyota es un fiel reflejo de sus tripas. Los cristales de las ventanas no suben. Los asientos están hundidos y sólo un par de mantas plegadas nos permiten a Hamdi y a mí mismo mantener los ojos a la altura del parabrisas. No hay ni un solo contador del tablero de indicadores que indique nada. El motor, sin embargo, parece funcionar bien.

Además de Hamdi, y como ya me había anunciado su padre, viene Nabil, uno de los chicos que trabajan en el hotel. Es un tipo bajo y fuerte, cuadrado, alegre, con unas gafas oscuras tipo Stevie Wonder. Estos días lo he visto en más de una ocasión acarrear bidones de agua y gasolina, de veinticinco litros o más, como si fuesen cantimploras. Viaja en el asiento trasero.

Los primeros kilómetros los rodamos a gran velocidad por una carretera magníficamente asfaltada, por el centro de un valle sembrado de grandes bloques graníticos, aislados, flotantes en medio de extensos lagos de arena pálida. Sin disminuir la velocidad, Hamdi hurga entre el amasijo de bolsas de plástico, cables, destornilladores, trapos y paquetes de tabaco esparcidos por el asiento, en el suelo, sobre el tablero, hasta encontrar un casete. La cinta cuelga un par de palmos. La rebobina con ayuda de un bolígrafo, hasta tensarla, sopla para limpiarla de polvo y arena, y la introduce en un radiocasete artesanalmente incrustado junto a los inmóviles contadores. El grito agudo, sostenido y arenoso de un cantante de *raï* invade el desierto. El aparato reproduce la música chirriando como un viejo molinillo de café. El aire entra, fresco, por las ventanas abiertas. Un auténtico viaje de placer, tal como me prometió el viejo.

De repente, la carretera desaparece, como tragada por la arena, en un corte seco y neto.

8.00: Nos detenemos en el límite del asfalto, para esperar al camión. Más allá se extiende una pista de tierra prensada, ondulada como un techo de uralita, medio cubierta de arena. Es el famoso *trandili,* terror de todos los conductores. A un lado y otro del asfalto, decenas de roderas se adentran en el arenal, evitando la pista. Evidentemente, Hamdi no quiere aventurarse solo, ni por el *trandili* ni por la arena. Por el *trandili* no creo que durásemos más de diez minutos sin que el coche cayese a pedazos. Por la arena, el peligro de quedar inmovilizado es constante.

El paraje es sobrecogedor. Al este se alzan unas imponentes moles rocosas, negras, violentamente esculpidas por el viento, con torres y almenas, auténticas fortalezas contra el tiempo. Al oeste se extiende el mar de dunas doradas del Erg Admer. Al frente, hacia el norte, una llanura infinita, blanquecina, de horizonte curvilíneo.

Mientras esperamos al camión, Hamdi me explica que va a Ouargla para que le reparen el Toyota. Tiene doce años y necesita una revisión a fondo. Lo peor son los frenos, cuenta. Bien, si éste es el principal problema, no hay que preocuparse demasiado.

9.00: Hamdi teme que el camión haya tenido alguna dificultad. De lo contrario, ya debería haber llegado. Decidimos regresar a Djanet para ver qué ocurre.

A medio camino, avistamos con alivio a nuestros socios de viaje. Vienen a toda velocidad, a bordo de un Berliet de veinte toneladas, de chapa amarilla y reluciente, limpio y bien cuidado. Inspira confianza. De su caja descubierta emerge una furgoneta Volkswagen, atada por todas partes, y con viejos colchones incrustados en los intersticios entre la camioneta y la carrocería del camión, para proteger a una y otro de los posibles golpes. También transporta una vieja cocina de gas, media docena de cajas de madera y varios bidones de gran tamaño: las reservas de agua y combustible para el viaje.

En la cabina viajan tres hombres de mediana edad pero, puesto que ni ellos ni nosotros llegamos a bajar de los vehículos, sólo alcanzo a ver bien el rostro del conductor. Es un hombre de unos treinta o treinta y cinco años, muy moreno, ojos negros y brillantes. Me echa una ojeada no especialmente amistosa. Habla unos momentos con Hamdi y enseguida reemprende la marcha. Nosotros damos la vuelta y seguimos su estela. Nada, no les ha ocurrido nada, me explica Hamdi. Los gendarmes han querido revisar toda la carga del camión.

9.30: Nos detenemos de nuevo en el mismo lugar que antes y esta vez nos apeamos todos. Me presentan a los hombres del Berliet. Los tres son árabes y sólo entienden algunas palabras en francés. El chófer se llama Said y es, efectivamente, un hombre aún joven, fuerte y serio, con un bigote espeso y una barba prieta de pocos días. Cubre su cabeza con un *shesh* negro. Me recuerda a Omar Shariff. Me saluda con corrección pero sin pizca de simpatía. El segundo hombre, algo más joven, se llama Ismail. Viste un mono amarillo, sucio y descosido. Es hermano de Said y es el mecánico. Su rostro es franco y aniñado y, a diferencia de su hermano, parece acogerme con interés y buen humor. El tercer hombre es el de mayor edad, unos cincuenta años, tal vez, y el de menor estatura. Es el guía y cocinero del camión. Su párpado derecho cuelga, exánime, sobre una cuenca vacía. Hamdi y Nabil me lo presentan entre grandes risotadas, asegurándome que es un gran comediante.

–Su nombre es Alí, pero también lo llamamos Colombo– me informan, mientras el aludido me mira, sonriente y satisfecho, con su único ojo.

Un guía tuerto. No está mal. ¿Le pagarán un sueldo completo o sólo la mitad?

Finalizadas las presentaciones, los tres hombres del camión empiezan a desinflar las ruedas. Hamdi y Nabil hacen lo mismo con las del Toyota. Hay que reducir la presión a la mitad para reducir el riesgo de hundirse en la arena.

–Pero, entonces, ¿tendremos que estar hinchando y deshinchándolas continuamente?– le pregunto a Hamdi.

–¡No, qué va! Ya no las rehincharemos hasta el último día, cuando lleguemos de nuevo al asfalto.

9.50: El Berliet avanza a poca velocidad, zigzagueando en la arena, buscando tierra firme. Colombo asoma su menudo cuerpo por la ventana de la cabina, a ratos se sienta en el marco, oteando el terreno, indicando con gritos y gestos el camino a seguir. Nosotros vamos detrás. Me temo que Hamdi es realmente un novato. Muchas veces cae dentro de las profundas roderas que acaba de abrir el camión y nos cuesta mucho avanzar. A menudo debe forzar mucho el motor, con marchas cortas e incluso con la reductora.

10.10: El Toyota empieza a oler a quemado. Miro a Hamdi y veo que él también lo ha notado. Hace sonar el claxon pero los del camión no nos oyen. De todos modos, a los pocos momentos nos detenemos, mientras vemos alejarse el Berliet delante de un torbellino de humo y polvo, negro, ocre y anaranjado.

Bajamos del vehículo y, después de levantar la capota y de verificar que no se trata del radiador, Hamdi y Nabil tratan de localizar la avería. Yo doy unos pasos por la arena, rojiza, lisa, virgen, preguntándome cuánto tardarán los del camión en darse cuenta de que no estamos detrás de ellos. Y cuando se den cuenta, ¿qué harán?

Sobre la arena flotan algunas piedrecillas. ¡Si por lo menos encontrase algún fósil o alguna punta de flecha! En Jabbaren estuve buscando, sin éxito alguno, aunque debía haber a montones. Aquí, lo dudo. Cómo máximo, polvo de fósil. Sin embargo, de pronto veo, semienterrada en la arena, una piedra rosácea con grandes estrías. La recojo y, efectivamente, es una rosa del desierto. Pequeña, alargada, frágil, un tallo florido más que una flor abierta, pero hermosa. La sostengo con cuidado, como si fuese a romperse.

Al levantar la cabeza, veo que la ya lejana nube de polvo gira en redondo. Poco después, el camión se detiene junto al Toyota. Hamdi habla con Ismail, el mecánico, e inmediatamente los dos se ponen a trabajar. Parece ser que el problema es el disco del embrague. Al cabo de media hora, dan la avería por resuelta, por lo menos para llegar hasta Fort Gardel donde, si es preciso, harán una reparación más a fondo.

Si hubiésemos salido solos ayer, hasta aquí habríamos llegado.

10.50: Ahora vamos nosotros delante. Sin poder seguir el rastro del camión, y teniendo únicamente la temible pista como referencia, Hamdi está a punto de atascarse en la arena a cada momento. Para evitarlo, de vez en cuando sube al *trandili*, pero ahí el traqueteo es insoportable. Cada vez que tiene que cambiar la velocidad las marchas entran con mayor dificultad y el motor se sobrecalienta rápidamente. A los pocos minutos, colapso total. Desde que salimos de Djanet, habremos recorrido, calculo, unos 50 kilómetros. Tal vez aún esté a tiempo de cambiar de planes.

El Berliet se detiene detrás de nosotros y, de cuclillas sobre la ardiente arena, los cinco árabes celebran una larga asamblea a la sombra del camión, deliberando acerca de cuál debe ser la estrategia a seguir.

Finalmente, tres de ellos –Said, el chófer, su hermano Ismail y Hamdi– se ponen a trabajar en el motor del Toyota y empiezan a desmontarlo. Colombo trepa a la caja del camión y al bajar, lo hace con un hatillo de leña y una gran caja de madera en la que guarda todo su instrumental culinario. Cava un hoyo en la arena, enciende una pequeña hoguera y coloca sobre las llamas una marmita de aluminio llena de agua y, a su lado, una tetera azul. Evidentemente, vamos a comer aquí. Nabil ya está pelando patatas, cebollas y zanahorias. Me uno a él y le ayudo, mientras la sombra que proyecta el camión va reduciéndose rápidamente hasta ocultarse por completo bajo el vientre del camión.

El paraje sigue siendo espléndido, como el de la primera parada, pero no estoy seguro de poder soportar este calor. El aire es espeso, masticable. Por suerte es seco, reseco. En caso contrario, sería irresistible.

Hacia las doce, Said, Ismail y Hamdi han acabado de desmontar todo el sistema de transmisión. Bajo el Toyota, la arena está sembrada de piezas y engranajes grasientos. Ismail se aproxima a mí, triunfante, con el disco del embrague en la mano, medio carbonizado. Los otros también me miran, satisfechos. ¡Ya dijeron que éste era el problema! No acabo de comprender por qué están tan contentos, pero también yo me muestro encantado a la vista de la chamuscada pieza y celebro su perspicacia. Después, los tres se tienden bajo el Berliet, me invitan a descansar con ellos y Colombo sirve té para todos. Una vez bebido el té, Colombo sube de nuevo a la caja, hurga entre el equipaje y esta vez desciende con un bulto envuelto en un trapo que algún día fue blanco. El trapo oculta unas hojas de papel de periódico y, éstas, una pieza de carne violácea cubierta de sal y grumos de sangre seca. Nabil corta un pedazo con un gran cuchillo y luego lo desmenuza en grandes dados. Los arroja a la marmita y, un rato después, añade las patatas, las cebollas, las zanahorias, un par de tomates, un puñado de fideos y una cucharada de *harissa*. El resto de la carne queda, desenvuelta, sobre la caja de madera de Colombo, completando su proceso de secado.

Hamdi me explica el programa previsto. Ahora almorzaremos y descansaremos un rato. Luego, Said, Colombo y él mismo regresarán con el camión a Djanet para buscar un disco de recambio. Cuando vuelvan, lo montarán y continuaremos viaje puesto que, aparte del dichoso embrague, el Toyota no tiene ningún problema. Si quiero, yo puedo ir a Djanet con el camión o puedo esperar aquí, con Nabil e Ismail, a que ellos regresen.

Dudo unos momentos y finalmente le digo que me gustaría seguir con ellos, pero no veo que sea tan fácil reparar la avería.

–Tienes razón, no es fácil– responde Hamdi, –pero Ismail es un mecánico de primera.

–Sí, pero, ¿y si no encontráis la pieza?

–Es fácil de hallar. La encontraremos. Ningún problema.

–Bien, déjame pensarlo un poco. Ahora comamos y después ya decidiré qué hago.

La verdad es que estoy algo mosqueado, no con Hamdi, ni con los hombres del camión, sino con el padre de Hamdi. Si hubiésemos marchado ayer solos, ahora estaríamos quién sabe dónde, y bastante apurados.

Cuando la comida está lista, nos concentramos todos bajo el camión. Colombo ha vertido la *chorba*, rojiza por la *harissa*, en una vieja jofaina metálica y reparte pan y cucharas. Ismail trae un cazo lleno de agua extraída de la *gherba*, la nevera del desierto, un pellejo de cabra que cuelga, atado con unas cuerdas, al lado del camión. A mí, sin embargo, Hamdi me alarga un plato y un vaso de plástico que Nabil ha ido a buscar al Toyota. Todos esperan a que yo me sirva antes de que ellos empiecen a comer directamente de la palangana.

–No hace falta, gracias– le digo a Hamdi, rechazando el plato y el vaso, al tiempo que hundo mi cuchara en la *chorba*. Said me mira amistosamente por primera vez.

–Buenísimo– añado, aunque la escaldadura que acabo de sufrir me impide apreciar ningún sabor. No estoy seguro de si es debido a que la *chorba* aún está casi hirviendo, o a la cantidad de *harissa* que tiene.

El cazo pasa de boca en boca. El agua es parduzca y está llena de materiales y pequeños insectos en suspensión, pero muy fresca.

Cuando acabamos de comer permanecemos todos bajo el camión. El calor es asfixiante. El viento nos llena de arena. Me protejo tras una rueda y casi tiro al suelo el pedazo de carne que, ahora entiendo, constituye nuestra principal reserva para el viaje. Se ha resecado y oscurecido y está lleno de moscas. Medio dormido, decido regresar a Djanet con el camión, hacerme reembolsar el dinero por el padre de Hamdi y subir al primer avión que despegue.

No es exactamente miedo lo que tengo, creo. Entre mis compañeros de viaje reina un ambiente tranquilo y tranquilizador. Podríamos ser un grupo que está de picnic, pero tal vez no sea necesario exponerse a agarrar el tifus en pleno desierto. Sería ridículo.

15.30: Cuando, finalmente, después de una larga tertulia post-siesta en torno a un té reconcentrado y azucarado, Said, Colombo y Hamdi se preparan para ir a Djanet, le digo a Hamdi que regreso con ellos. No es que quiera dejarlos, le explico, pero, de este modo, si no encuentran la pieza, o tienen que esperar algunos días, ya estaré en el pueblo; y si la encuentran pronto, volvemos y seguimos viaje juntos.

Hamdi me mira, desolado, y a instancias de los otros traduce lo que acabo de decirle. Cuando acaba, todos vuelven su cabeza hacia mí, sin decir palabra, pero con mirada recriminatoria y decepcionada. Parecen estar convencidos de que si regreso ahora a Djanet ya no volveré con ellos. Están en lo cierto. El chófer y el guía hablan con Hamdi y éste me traduce:

–Dicen lo mismo que te dije yo antes de comer. Esta pieza es fácil de encontrar, ningún problema. Dentro de dos o tres horas estaremos aquí, de regreso. Si no tienes prisa, no debes preocuparte por nada. Desde luego, si quieres regresar a Djanet eres muy libre de hacerlo, pero a ellos les gustaría que siguieses viaje con nosotros.

Estoy prácticamente seguro de que el Toyota no puede cubrir, no ya mil quinientos kilómetros, sino ni siquiera ciento cincuenta, en un terreno como éste. Ahora ha sido el disco del embrague, más tarde será el radiador, o la bomba de la gasolina, o una rueda que se irá por su lado, o cualquier otra cosa. Siento las miradas de los cinco hombres, de pie junto al camión, clavadas en mí, esperando mi respuesta. ¿Cuánto debe haberles ofrecido el padre de Hamdi a los hombres del camión para guiarnos y protegernos? Noto también la rosa del desierto en mi bolsillo.

Finalmente, me oigo decir:

–Bien, de acuerdo, me quedo. Pero, por lo menos, traedme cigarrillos. Me temo que tardaremos más de tres días en llegar a Ouargla, y si se me acaba el tabaco puede ser fatal.

15.45: El camión desaparece rápidamente de nuestra vista aunque su ruido retrocede hasta nosotros largo rato. Ismail, Nabil y yo nos sentamos a la sombra del Toyota, de cara a las rocas negras, gigantescas esculturas, gonzález, mirós, giacommettis, desafiantemente erguidas en la arena rojiza. Extraigo la rosa del desierto de mi bolsillo y recorro las aristas de sus pétalos con el dedo índice, dibujando caminos siempre nuevos.

–¿La compraste en Djanet?– entiendo que me pregunta Nabil.

–No, la encontré esta mañana.

–¿De verdad?– exclama, contento. –Es muy hermosa. Pequeña pero muy hermosa– repite. –Te traerá suerte.

–Así lo espero.

16.15: Un ruido lejano, tembloroso, se va aproximando, hasta que por detrás de las rocas aparecen dos camiones. Son de la compañía nacional de electricidad. Los ocupan algunos de los operarios que comían en el hotel des Zeribas. Se dirigen a Illizi. Nos preguntan si necesitamos algo. No, no, ningún problema grave, les cuentan Ismail y Nabil, sólo el embrague. Sí, se han cruzado con nuestro Berliet y ya se lo han explicado. Uno de los operarios se dirige a mí y me dice que no me preocupe. Todo se arreglará. Sí, claro, por supuesto. ¿Estamos seguros de que no nos hace falta nada? ¿Agua? ¿Tabaco? No, gracias, tenemos de todo, ningún problema. Los camiones siguen su camino.

Es verdad, no precisamos nada. Lo único que se necesita aquí, además de agua y tabaco, es sombra, y ahora la tenemos. Mientras puedas protegerte del sol, puedes vivir y sobrevivir sin dificultades. A la sombra, el aire caliente te envuelve y alimenta. Recostado contra el Toyota, la plancha de la carrocería transmite un agradable calorcillo. También es placentera la tibieza de la arena, dorada, fina, limpia, reseca, que cojo y dejo caer entre mis dedos, sin que quede adherido en ellos ni un grano minúsculo. Ismail y Nabil hablan un rato entre ellos, tranquilamente, en voz baja, cada vez más baja, hasta dormirse. No hay nada que hacer. Hablar, mirar, pensar, sentir… ¿Por qué los filósofos no se han interesado nunca por el desierto? ¡Con las profundidades que podría uno alcanzar aquí pensando sobre el ser, sobre las esencias, sobre el tiempo, sobre la nada! O quizá no. Quizás el menosprecio de los filósofos tenga su razón de ser. El viento ha cesado. Nada se mueve. Una sensualidad difusa, sin objeto, impregna el cuerpo y la tarde. Sin movimiento, el tiempo va ralentizándose poco a poco, hasta detenerse del todo, y el pensamiento se derrite, derramándose sobre la arena, y se evapora en el aire caliente… Sin tiempo, fuera del tiempo, no hay nada qué pensar. Nada. Sólo mirar, dormir, soñar. La maravillosa chica del hotel se equivocaba. Aquí habría estado mejor que bien, acunada por la tibieza de la tarde en el desierto, protegida por guerreros inmortales, invencibles, de negras corazas.

18.30: Al igual que ha ocurrido antes con los camiones de la compañía de electricidad, una larga y creciente vibración ha precedido la aparición del Berliet. Hamdi no viene en él. Se ha quedado en Djanet, buscando la pieza de recambio. Cuando la encuentre, un hermano suyo lo acompañará hasta aquí con otro vehículo.

Colombo enciende una nueva hoguera y empieza a preparar el té. Una vez más, Nabil comienza a pelar patatas, zanahorias y calabacines. El sol se sumerge tras las dunas, en el centro de un horizonte inflamado. La noche cae rápidamente y el cielo se llena poco a poco de estrellas, millones de estrellas, brillantes, relucientes, tejiendo una cortina que llega hasta el suelo. Supongo que Hamdi ya no llegará hasta mañana. No importa. Hoy, mañana, ¿qué más da?

19.45: Said me indica dos rayos de luz que, desde el sur, barren temblorosamente el cielo. Unos minutos más tarde se oye un leve ronroneo, sordo y lejano. Colombo aguza el oído y afirma que es un Toyota. Poco después, distinguimos dos faros que avanzan dando tumbos y rodeos, hasta que se encaran decididamente hacia nosotros. ¿Cómo carajo es capaz esta gente de hallar su camino en plena noche? Es un Toyota, efectivamente, y en él vienen Hamdi, su hermano mayor y un guía. Traen un disco de embrague nuevo. Hamdi me lo muestra, feliz. Su hermano me pregunta si estoy bien.

–Sí, sí, *ça va*.

–¡Ah, qué experiencia para ti! ¿Verdad? ¡Esto es la aventura del desierto! ¡Y ahora, un cuscús!

Antes de que me exija un plus económico por las emociones y maravillas que estoy viviendo, me lo llevo lejos de los demás y paso al ataque:

–Escúchame, estoy bien y esta gente es magnífica. Espero que puedan reparar el Toyota y que mañana sigamos camino. Pero tienes que decirle un par de cosas a tu padre de mi parte. La primera, que fue un irresponsable al querer forzar a Hamdi para que saliésemos ayer, solos, sin esperar al camión. Ni tu hermano conoce bien el camino ni este Toyota estaba en condiciones de ir a ninguna parte. La segunda es que me ha cobrado un precio exagerado. Me ha cobrado como si esto fuese un viaje de lujo y, como puedes ver, no es exactamente así. A mí me parece bien viajar de esta manera, pero el precio debe ser proporcionado. De no haber sido porque estos tipos del camión son buena gente, y Hamdi y Nabil también, esta tarde habría regresado a Djanet para que tu padre me devolviese el dinero. De modo que espero que cuando lleguemos a Ouargla, él haya hablado por teléfono con tu familia y allí me devuelvan, por lo menos, la mitad de lo que he pagado.

El chico me ha escuchado serio, en silencio, moviendo afirmativamente la cabeza, y al final dice que sí, que tengo razón, se lo dirá todo a su padre, y que no me preocupe. Cuando lleguemos a Ouargla, todo se arreglará. No me lo creo, desde luego, pero, bueno, por lo menos me he desahogado. Al mismo tiempo, soy consciente de lo ridículo que es exigir el libro de reclamaciones en el centro del Sáhara.

El hermano de Hamdi y su guía regresan inmediatamente hacia Djanet. Nosotros nos tendemos alrededor del fuego, bebiendo té y esperando a que el cuscús esté a punto.

20.30: Estoy hambriento. Pregunto cuánto tiempo hay que dejar cocer el cuscús. Todos dudan y, después de muchas consultas y opiniones diversas, alcanzan un acuerdo: media hora, más o menos. Bien, de momento llevamos cuarenta y cinco minutos. No puede faltar mucho.

21.30: Después de casi dos horas y de reiteradas catas por parte de Colombo, el cuscús queda visto para sentencia. Es excelente. Picante como un demonio. Todos empujan hacia mi lado de la jofaina, con sus cucharas, los mejores trozos de carne. A oscuras, la carne sabe mucho mejor y el agua, fresca y cristalina. En cinco minutos no queda rastro del cuscús.

Plácida y fresca noche bajo las estrellas, enmoldados en un lecho de arena.

Al romper el alba, Colombo empieza a preparar el primer té de la nueva jornada. Luego, café, pan y mermelada. Ya me lo había anunciado el padre de Hamdi: como en un hotel. Al acabar el desayuno, Ismail, Hamdi y Nabil se dirigen de inmediato hacia el despanzurrado Toyota y se ponen a trabajar en él. Yo me encamino hacia las rocas que emergen a levante. A pesar de que nuestros vehículos están en plena llanura y tienen que ser visibles desde muy lejos, observo con detenimiento las formas inconfundibles de dos de los bloques rocosos hacia los que me dirijo, por si acaso.

Las rocas están más lejos de lo que parece, como si fuesen desplazándose a medida que me aproximo. La arena asciende y desciende en ondulaciones apenas perceptibles, leves y largas olas estáticas. Un cráneo de dromedario, limpio y pulido, blanquísimo, se reintegra lentamente a los orígenes. De vez en cuando miro hacia atrás y, antes de llegar a las rocas, el camión y el Toyota han desaparecido, engullidos en el mar de arena. Mis puntos de referencia, sin embargo, son claros y suficientemente elevados: a la izquierda, una mole rocosa yaciente, de unos doscientos metros de longitud y cincuenta o sesenta de altura, por la que trepan finas lenguas de arena rojiza. A la derecha, un macizo algo más pequeño, erizado de agujas. Entre los dos, más lejos, justo allí por donde el disco solar anuncia su aparición, despunta un bloque romboidal. A medida que me aproximo al eje que une, en una línea imaginaria, mis dos puntos de referencia, el terreno asciende en una leve pendiente. Al mismo tiempo, el bloque del fondo va adquiriendo unas proporciones imprevistas, colosales, y ahora crece a cada paso que avanzo, hasta transformarse en un inmenso tótem que eclipsa el sol naciente, y que parece proteger un territorio dorado, sembrado de gigantes de piedra negra, que se extiende hasta unas paredes aún borrosas, las murallas del Tassili, allí donde acaba el mundo.

Al dar la vuelta al gran tótem, cada cara revela una personalidad distinta, y pronto pierdo de vista mis primeras referencias. Son casi las ocho. Mis compañeros de viaje creerán que me he perdido. Sin embargo, la arena guarda clara memoria de mi camino. Regreso hacia poniente, resiguiendo mis propias huellas, y enseguida las dos primeras masas rocosas despuntan a derecha e izquierda y, poco después, el velo de arena que cubre el mundo deja ver a lo lejos, en uno de sus pliegues, dos puntos de color, uno azul, amarillo el otro.

8.30: Cuando llego junto al Toyota, Ismail acaba de dar su trabajo por concluido. El nuevo disco está montado. Prueban el vehículo, con breves aceleraciones hacia adelante y hacia atrás. Parece que el invento funciona. Bebemos un último té y recogemos el campamento.

9.00: En ruta. El camión va entrando y saliendo de la pista de *trandili*, siempre terrible, buscando zonas de arena compacta. Confirmo con preocupación que Hamdi es un conductor bastante novato, por lo menos en este tipo de terreno. En poco rato nos hundimos dos veces en la arena, hasta los ejes. Luego, es el camión el que queda clavado. Luego, una vez más, nosotros. Tres a uno, por ahora. Nuestros hundimientos son relativamente fáciles de resolver. Los tres hombres del camión bajan a ayudarnos y, con Hamdi al volante, el motor a toda potencia y los otros cinco empujando, después de haber rebajado toda la arena posible de debajo del vehículo, lo reflotamos en pocos minutos. Desatascar el camión resulta bastante más complicado. Empujar no sirve de nada. Hay que rebajar la arena al máximo, también, y luego encajar el extremo de unas largas planchas troqueladas bajo las ruedas traseras del Berliet. En el instante en que Said acelera para hacer subir las ruedas a las planchas, el extremo delantero de éstas salta hacia arriba con fuerza brutal, entre una tormenta de humo y polvo. Ismail, Colombo y Nabil se juegan el físico tratando de evitar que las planchas golpeen con violencia algunos puntos vitales –los depósitos de gasóleo, el tubo de escape, etcétera.– del camión.

Pronto el terreno deja de ser limpio y espectacular. Rocas y arena se mezclan y confunden para dar lugar a un territorio accidentado, irregular, con frecuentes estrechamientos, que nos obligan a trepar a menudo a la pista. En ésta sólo se puede circular o bien a diez o quince kilómetros por hora, subiendo y bajando suavemente cada una de las infinitas ondulaciones, o bien a cien por hora, volando sobre las crestas del *trandili*. A velocidades intermedias, los vehículos simplemente se desvencijan en poco tiempo. Hamdi se inclina, prudentemente, por el límite inferior. Fuertes ráfagas de viento irrumpen en el interior del Toyota, llenándolo de arena y polvo. Para compensar, Hamdi pone una y otra vez el único casete que tenemos: violines, tambores, aplausos, un grito agudo, sostenido, que vuelve y vuelve, acompañado por miles de voces.

–¿Qué dice la canción, Hamdi?

–¿No la conoces? Su título es *La libertad*. La canta Cheb Khaled. Es una canción de lucha y de esperanza, dice que el futuro será mejor. El estribillo dice: "Adelante, amigos, adelante, el camino va siempre hacia delante." Es una grabación en directo. ¿Oyes los aplausos y gritos de la gente?

No podíamos tener una mejor banda sonora. Adelante, amigos, adelante. Viento, arena y polvo.

12.00: Nos detenemos para descansar y comer junto a una acacia solitaria, minúsculo oasis en un páramo desolado. Antes de parar, el Berliet ha dado un par de vueltas alrededor del árbol, detectando la dirección principal del viento, con la intención de dejarlo situado en una posición que nos proteja del mismo. Antes de conseguirlo, la tierra polvorienta se resquebraja y las ruedas delanteras del camión se hunden pesadamente en ella. Said increpa duramente a Colombo. Tres a dos.

Mientras nosotros desencallamos el Berliet, Colombo enciende una pequeña hoguera cerca del árbol y empieza a preparar el té. Luego, Hamdi revisa el Toyota, Nabil y yo pelamos patatas y verduras, y Said descansa a la sombra de la acacia. Para comer habrá sopa de patatas, calabacines, fideos y media docena de dados de carne seca. Ismail ha estado recogiendo ramas muertas y matojos secos alrededor del árbol y ha preparado otra hoguera, mayor que la nuestra, lejos de nosotros. Una vez encendida, la deja arder, en grandes llamaradas, sin poner nada a calentar, mientras él se va al camión. No lo entiendo. Me parece un despilfarro increíble. Aquí, la madera es un bien tan escaso como el agua.

Nosotros pasamos calor bajo la transparente sombra de la acacia, mientras la *chorba* hierve.

Medio dormido, veo cómo Ismail va y viene entre el camión y la segunda hoguera. Sigo sin entender qué está haciendo. Primero la ha apagado, ha desparramado las brasas y ha excavado en la arena. Luego ha vuelto a reunir los rescoldos. Al cabo de media hora, cuando retiramos la marmita de nuestro fuego, Ismail separa de nuevo las cenizas de su hoguera, hurga en la arena y extrae una hogaza de pan recién hecho. No puedo creerlo, pero es verdad, lo estoy viendo. Ha construido un horno, ha preparado la masa del pan junto al camión y la ha cocido, simplemente. Es la *taghela*, el pan del desierto, su pan de cada día. Ismail lo reparte, a grandes pedazos aún ardientes, para que lo desmigajemos dentro de la sopa, que se convierte en un manjar casi sólido.

Mientras comemos, un avión cruza el cielo hacia el sur, lentamente, a gran altura.

–Éste debe ir hacia Djanet, ¿verdad?– comento.

–¡No, qué va!– responden todos al unísono. Y luego Hamdi explica: –En Djanet sólo pueden aterrizar Fokkers y reactores pequeños. Éste es un Boeing 707, como mínimo. Debe ir a Níger o a Kenia.

Sorprendentemente, hoy no hay siesta. Faltan pocos kilómetros para Fort Gardel, donde debemos cargar agua y combustible para el resto del viaje.

15.30: El camino sigue siendo muy malo, con continuas subidas y bajadas por suelos arenosos, entre obstáculos rocosos.

A unos doscientos metros delante de nosotros vemos dos pequeños camiones detenidos en medio de un arenal de unos cien metros de longitud y unos veinticinco de anchura. A cada lado se levantan sendas barreras de rocas que se pierden en la lejanía. El banco de arena es el único paso posible. La arena está surcada por profundas roderas que, de vez en cuando, se ensanchan y ahondan, en recuerdo de recientes naufragios. Uno de los dos camiones está varado hasta los ejes. Tres hombres trabajan con palas junto a él. Nos detenemos a una distancia prudente y Said y Colombo descienden del Berliet para examinar la situación de cerca. Hamdi va a parlamentar con ellos. Regresa diciendo que no hay otra posibilidad que lanzarse a toda velocidad. Seguiremos el Berliet y veremos qué ocurre.

El camión arranca y toma impulso y nosotros, unos cincuenta metros detrás, lo imitamos, con la reductora. Hacia la mitad del banco, a la altura del pequeño camión hundido, las ruedas del Berliet empiezan a patinar y a hundirse, hasta rodar en el vacío, en medio de un fragor de polvo, humo y arena. Al verlo, Hamdi se desvía unos metros hacia la izquierda y, cuando empezamos a quedar retenidos por la arena, cambia la velocidad, y el Toyota salta hacia arriba, y luego se arrastra, y gime, zigzaguea, nos inyecta polvo y arena por las ventanas y por todas las grietas y rendijas de la carrocería, pero no se detiene, sigue avanzando, palmo a palmo, hasta encontrar, si no tierra firme, sí, por lo menos, arena suficientemente compacta. Tres a tres.

Esta vez, desarenar el camión nos llevará más de media hora. Finalmente, Said logrará desatascarlo retrocediendo por encima de las planchas y regresando al punto de partida. Desde allí se lanza, como un destructor, siguiendo por una vez el camino que nosotros hemos recorrido, y también consigue cruzar, ayudado por nuestros gritos e imprecaciones.

16.15: Fort Gardel, por fin. Hemos tardado un día y medio en recorrer 160 kilómetros. Si tenemos en cuenta la avería y las condiciones de la ruta, no está mal. A este ritmo, en quince días nos plantamos en Ouargla.

Antigua guarnición militar francesa, Fort Gardel es hoy un pueblo fantasma, con calles amplias y rectas, bordeadas de edificaciones abandonadas. El viento silba con fuerza, haciendo desfilar nubes de polvo por las calles desérticas. Cruzamos todo el pueblo hasta encontrar el almacén de combustible. Se halla al otro lado de un *oued* seco, en un recinto cerrado por una gruesa alambrada. No hay nadie. Tocamos el claxon, inútilmente. Volvemos al pueblo, buscando la casa del encargado. La encontramos sin dificultades. Es un cubo de arcilla, sin una sola ventana. Antes de llegar a ella, la puerta se abre y en el umbral aparece un hombre joven, vestido con un abrigo gris. Un pañuelo rosa le cubre la cabeza y el cuello. Todos mis compañeros de viaje lo saludan y hablan afectuosamente con él. Nos acompaña al almacén, donde llenamos los depósitos del camión y del Toyota, así como dos grandes bidones de gasóleo situados en la caja del camión y ocho *jerrycans* de gasolina, de veinticinco litros cada uno, para el Toyota. Le pagamos con dinero y un par de paquetes de fideos.

Luego vamos a por agua. En medio del *oued* se encuentra una furgoneta Volkswagen estacionada junto a un zócalo de hormigón de un par de metros de longitud y medio metro de altura. En un extremo se alza un tubo de plomo con un grifo en lo alto. Es una mezcla de lavadero y abrevadero. Dos hombres semidesnudos lavan su colada bajo un milagroso chorro de agua clara. A medida que su ropa está limpia –camisas, camisetas, calcetines...– la tienden en un alambre espinoso clavado en un par de estacas, unos metros más allá. El viento hace volandear la ropa horizontalmente, hacia poniente. Cuando acaban de lavar, los dos hombres llenan de agua dos grandes garrafas de plástico y las cargan en la furgoneta. Luego se ponen la ropa, ya seca, y se van.

Nosotros repetimos el mismo proceso, lavándonos, en primer lugar, nosotros mismos. Ismail me pregunta si tengo jabón para el cabello. Le doy un par de sobrecitos de champú con el nombre de un hotel de Nueva York impreso en ellos. Ismail los mira detenidamente y luego va a mostrárselos a sus compañeros. Hamdi estudia con atención los sobres y luego pide algunas explicaciones.

–¿Tú has estado en Nueva York?

–Sí, algunas veces.

Todos me miran con respeto.

De algún rincón han surgido media docena de chiquillos de ocho o diez años, que nos observan con curiosidad. Colombo e Ismail juegan y bromean con ellos. También aparece un hombre mayor, con barba y albornoz gris, de gesto noble y palabra reposada. Es el alcalde del pueblo, me informa Hamdi. Nos pregunta si necesitamos algo más. No, gracias. Said le regala una lata de melocotón en almíbar. El alcalde la coge y se va, llevándose a los niños con él.

Además de dos *jerrycans* de veinticinco litros, también llenamos de agua las *gherbas* y los dos depósitos metálicos, de cien litros cada uno, que el camión lleva en su parte posterior.

A las seis y media nos ponemos en marcha, limpios y frescos.

El terreno es ahora completamente llano, de tierra dura y compacta. Avanzamos una hora a toda máquina, hasta que la oscuridad es total.

19.30: Parada y fonda en el centro de una llanura sin relieve alguno, en el vórtice de todos los vientos. Nuevamente, larguísima preparación del cuscús.

Le pregunto a Hamdi cuántas veces ha cubierto el trayecto Djanet-Ouargla en coche.

–Dos– responde, –pero por Illizi, no por Amguid. Por aquel lado encuentras la carretera asfaltada antes, pero la pista hasta Illizi es muy mala. Muy montañosa. Para los camiones, casi imposible. Este camino es mucho mejor.

Ya.

–¿Cuántos días tarda, normalmente, el camión en recorrer el trayecto?

Hamdi traduce y Said, Ismail y Colombo se enzarzan en una larga discusión que, por momentos, amenaza con degenerar hacia la violencia física. Para tratar de calmarlos, y también por curiosidad, les pregunto qué están discutiendo.

–Said dice que normalmente se tarda cuatro días– me informa Hamdi. –Alguna vez lo ha hecho en sólo tres y otras en cinco, según el tiempo, el calor y la arena. Pero Colombo dice que puede hacerse en veinticuatro horas. Dice que él lo ha hecho una vez. Salieron de madrugada y a la mañana siguiente llegaron, dice.

Said tiene los ojos encendidos y parece estar realmente ofendido con Colombo. Éste sigue hablando, a gritos, defendiendo su tesis. Said se abalanza sobre él y le hace callar, tapándole la boca con las manos, al tiempo que habla con Hamdi, para que éste me traduzca:

–Said quiere que tú seas el juez. ¿Crees que puede hacerse este viaje en veinticuatro horas?

Vaya, ¿qué digo yo ahora para que nadie se ofenda?

–En un Boeing, o incluso en un Fokker, sí. Yo vine de Ghardaia a Djanet en un solo día. En camión, me resulta difícil de creer. Pero Colombo es un gran artista y los artistas tienen mucha imaginación.

Cuando Hamdi traduce, tanto Said como Colombo ríen, satisfechos los dos. Una nueva ronda de azúcar diluido en esencia de té acaba de endulzar los ánimos.

A las siete de la mañana volvemos a ponernos en marcha. Navegamos a buena velocidad por el centro de una gran circunferencia, sin que aparentemente nos acerquemos nunca a ningún perímetro. Un bidón o un neumático requemado cada dos o tres kilómetros, o media docena de piedras planas colocadas unas encima de las otras, son las únicas evidencias de que efectivamente nos desplazamos y de que tal vez incluso nos dirigimos a alguna parte. Paradójicamente, el suelo guarda señales de numerosas rodadas que se entrecruzan en todas las direcciones posibles, atraídas, quizá, por los espejismos que tiemblan cerca del horizonte.

9.30: A lo lejos distinguimos un grupo de vehículos detenidos. Cuando nos aproximamos, vemos que nos hacen señales en demanda de ayuda.

Hay tres grandes camiones Berliet, cada uno de los cuales arrastra un remolque cargado con un enorme grupo electrógeno. También hay un camión Mercedes, sin remolque, y un Toyota todo terreno, del mismo tipo que el nuestro pero en aparente buen estado.

Son de la compañía nacional de electricidad. Uno de los camiones sufre una grave avería, nos informan, el compresor del diésel no funciona. Llevan un día y medio clavados aquí, intentando repararlo, sin éxito. Están nerviosos y cabreados.

Nos aproximamos todos al camión averiado, donde dos hombres hurgan en el motor. Al rato, Ismail ya está trabajando con ellos.

Otro hombre se me acerca y me pregunta si tengo un cigarrillo para ofrecerle. Habla francés muy correctamente. Esperaban haber llegado ayer y se les ha acabado el tabaco. Le doy uno de los paquetes que Hamdi me trajo de Djanet y el hombre se va, feliz, a repartirlo entre sus compañeros. Luego regresa hacia mí con un par de tazas de café caliente en las manos.

Vienen de Argel. Salieron hace ocho días. Él es el jefe del grupo. Llevan los generadores a Djanet. Nadie les dijo que el camino fuese tan duro. Ninguno de ellos conocía esta ruta. Cinco, seis días, les dijeron. ¡Y una mierda! ¡No volverán a tomarle el pelo jamás! Viento, polvo, calor… No pueden ir a más de veinte o veinticinco kilómetros por hora; de lo contrario, los generadores se desintegrarían.

Y sólo faltaría que después de recorrer dos mil kilómetros llegasen con las máquinas descompuestas. A cada momento un camión u otro se hunde en la arena. Por suerte, el Mercedes es una maravilla, es capaz de arrastrar una montaña. Sí, el Mercedes viene solo, sin carga, para desatascar a los demás camiones.

–Pero llevaréis un guía que conozca la ruta, ¿no?

–¡Qué va! Nos dijeron que el camino no ofrecía ninguna dificultad, aparte de la arena. ¡Todo recto, hacia el sur, buena carretera hasta Hassi Bel Guebour, y luego seguid las balizas, la pista está muy bien señalizada, nos dijeron! ¡Las balizas! ¿Has visto esos neumáticos quemados y esos montoncitos de piedras? Son eso, las balizas. En cuanto te descuidas un momento, avanzas una hora en dirección equivocada. ¡Ningún problema! ¡Vaya hijos de la gran puta, esos tipos de los despachos! ¿Cómo es la pista hasta Djanet?

–Hombre, no muy buena. Desde aquí hasta Fort Gardel, no está mal, pero después, entre Fort Gardel y Djanet, es francamente dura.

–Bueno, no será peor que hasta aquí. ¿Cuánto falta para Fort Gardel?

–No mucho. Nosotros estábamos allí ayer, a última hora de la tarde. Hasta aquí debemos haber tardado tres horas, a buena marcha.

–¿Podremos comprar tabaco allí?

–No lo sé. Lo dudo.

–¿Y en Djanet?

–Sí, en Djanet ningún problema.

–¿Hay buenos hoteles allí?

–Sólo hay uno, y no es nada del otro mundo.

–Pero las habitaciones tendrán cuarto de baño, ¿no?

–Pues no, pero en el patio hay duchas.

–¿Qué puede hacerse en el pueblo? ¿Es hermoso?

–Sí, a mí me ha gustado. Tiene un palmeral espléndido. Es muy tranquilo, y la gente muy amable. Pero en el pueblo no hay mucho que ver o que hacer. Si tienes tiempo, te recomiendo subir al Tassili. Es fantástico. El paisaje es impresionante y está lleno de pinturas y grabados muy antiguos.

–No sé. Pensaba quedarme unos días, de vacaciones. No había estado nunca en el sur. Pero ya empiezo a estar harto. Creo que si no se está muy bien en el hotel tomaré el primer avión que salga hacia Argel.

–Hombre, sería una lástima, después de este viaje.

–Sí, tal vez sí, pero no estoy acostumbrado a vivir de esta manera. En todo el camino no hemos encontrado más que arena, piedras y gente ociosa. No es que veas a mucha gente por aquí, claro, pero los pocos que ves, en Amguid o en Borj Omar Driss, no hacen nunca nada. Sólo dejan pasar el tiempo. Me ponen nervioso. Y, por lo que dices, en Djanet debe ser igual o peor. Lo único hermoso que hemos visto hasta aquí han sido algunas gacelas. Nos dijeron que la gente que vive por aquí las cazan y se las comen. ¿Te imaginas? No sé si creérmelo. No pueden ser tan salvajes.

Uno de los hombres del convoy se aproxima y habla con el jefe.

–Dice que vuestro mecánico ha localizado la avería. Parece que no era el compresor. Vayamos a verlo.

Ismail trabaja, ayudado por Nabil y por el chófer del camión averiado, rodeado por un grupo de hombres expectantes. Tiene media docena de piezas del motor a sus pies. Revisa y limpia las piezas una a una, descomponiéndolas en sus mínimas partes, mientras da explicaciones al chófer, un hombre mayor, alto y fuerte, que escucha con atención.

–Parece que este chico sabe lo que dice y lo que hace– comenta el jefe, a mi lado.

–Sí, si puede arreglarse, lo arreglará– le digo. –Yo me he encontrado con gente muy competente, aquí en el sur.

A las once y media, la avería está resuelta. Nos despedimos, cargados de agradecimiento y de admiración hacia Ismail, y con un paquete menos de tabaco.

11.50: Cada dos horas, aproximadamente, el desierto cambia de decoración. Ahora avanzamos por un terreno liso y duro, con manchas de hierba y algunos matorrales, abierto por delante, pero con largas sierras que cierran el horizonte a ambos lados. De pronto, el camión incrementa su velocidad y gira bruscamente hacia la derecha. Hamdi y Nabil hablan, excitados, y mientras el Toyota acelera, buscan afanosamente con la mirada, más allá del camión, hasta que

Nabil grita: "Allí, allí", estirando el brazo. En efecto, por delante del Berliet, a la derecha, me parece ver una pequeña mancha de polvo que avanza velozmente. Mientras acortamos la distancia que nos separa del camión, distingo claramente un animal que corre a grandes saltos. *"Gazelle, gazelle!"*, gritan al unísono Hamdi y Nabil.

Hamdi sitúa el Toyota a la derecha del camión, detrás del animal, haciendo sonar el claxon para desorientarlo, intentando alcanzarlo y atropellarlo. Es un animal espléndido. Más que correr, vuela, a saltos de cuatro o cinco metros. Debemos ir a setenta u ochenta kilómetros por hora, dando grandes tumbos también nosotros. Fascinado y horrorizado, pienso que si no matamos al animal, nos mataremos nosotros. Estos chicos han perdido el control. La gacela, sin embargo, además de veloz, es más lista que el hambre. Cada vez que estamos a punto de atraparla, zigzaguea como una centella, frena un instante y luego describe una curva cerradísima, de casi ciento ochenta grados, hacia la derecha o hacia la izquierda, pero finalmente corriendo siempre hacia las colinas, cada vez más cercanas. Hamdi gira violentamente el volante, intentando abatirla, pero cada vez se nos escapa por los pelos, y yo estoy seguro de que la próxima vez volcaremos, o chocaremos con el camión, como está a punto de ocurrirnos en dos ocasiones, y hasta aquí habremos llegado. Asomado a la ventana del Berliet, Colombo grita y gesticula violentamente hacia nosotros, pero ni siquiera Hamdi es capaz de entender qué intenta decirnos. Tras un cuarto de hora de alocada persecución, el Berliet abandona la cacería. Hamdi aún sigue unos minutos pero enseguida vemos que sólo con el Toyota no tenemos ninguna posibilidad. Hamdi y Nabil sueltan lo que imagino debe ser el repertorio casi completo de maldiciones árabes, mientras yo intento que no se trasluzca demasiado mi alegría.

13.00: Nos detenemos junto a un par de acacias, en la falda de una colina negra, perfectamente cónica.

Said y Colombo saltan del camión y vienen hacia nosotros con cara de pocos amigos. Le sueltan una bronca monumental a Hamdi, por su falta de habilidad durante la cacería. Hamdi aguanta el chaparrón con la cabeza gacha.

En una pausa de la bronca intento explicarles que la persecución me ha gustado mucho, pero que yo estaba a favor de la gacela.

–Me habría sabido mal cazarla, atropellarla. Era extraordinariamente hermoso verla correr y saltar. Además, con lo difícil que es vivir en el desierto, me parece cruel acabar con una gacela de esa manera.

Los cinco me miran con cara de no entender de qué carajo estoy hablando, incluido Hamdi.

Mientras Colombo y Nabil preparan el almuerzo e Ismail amasa y hornea una nueva *taghela*, yo intento hacerle olvidar la gacela a Said, preguntándole por sus viajes por el desierto. ¿Con qué frecuencia realiza el itinerario entre Djanet y Ouargla? Depende. Cada vez que hay carga suficiente. ¿Cuánto cobra por transportar la furgoneta Volkswagen desde Djanet hasta Ouargla? Una miseria. Seis mil dinars. Un solo neumático del camión cuesta diez mil. Hamdi se sienta junto a nosotros y cuando Said no halla la palabra francesa adecuada para responder a mis preguntas, él actúa como traductor, aunque Said lo ignora vengativamente. Antes ganaba más dinero, pero tuvo problemas. ¿A qué se dedicaba?, le pregunto. Me mira y vacila antes de responder. Finalmente lo dice, entre risas. Contrabando. Llevaba tabaco, tabaco americano, a Mali y a Níger, con un camión más pequeño. Hasta que los gendarmes lo pillaron, hace un par de años, y le clavaron una multa tremenda, pero con lo que había ahorrado aún le quedó dinero para comprar el Berliet. Le cuento que cuando yo era niño, en mi pueblo mucha gente se dedicaba también al contrabando entre España y Francia. No, tabaco no. Aceite y alcohol hacia un lado; café, azúcar, relojes, hacia el otro. ¿Cuánto vale un camión como éste en España?, me pregunta. Ni idea. ¿Y una bomba diésel para el Berliet? Es la pieza más difícil de encontrar aquí, me explica. Le haría un gran favor si algún día, en caso de necesidad, pudiese enviarle una. Me muestra un fajo de francos franceses que lleva en el bolsillo. Luego, pasamos un rato mirando mi mapa Michelin. Me dice los lugares que conoce y se los señalo en el mapa:

Djanet, Tamanrasset, In Guezzam, Agadez, Gao... Le pregunto las distancias kilométricas entre los diferentes puntos y contrasto sus respuestas con las cifras que da el mapa. Se aproxima con diferencias marginales: Ouargla-Tamanrasset, 1.300 kilómetros; Tamanrasset-Hassi bel Guebour, 850; Tamanrasset-Djanet, 700; Bordj Moktar-Gao, 650; In Guezzam-Agadez, 500... ¿Y has visto alguna vez, el mar? Sí, claro, en Argel. ¡Ah, allí viven bien! Pero, es muy lejos, demasiado lejos. Cuando la comida está lista le digo que al final del viaje le regalaré el mapa. Hamdi traduce y Said alarga la mano, coge el mapa y se lo lleva inmediatamente al camión. Un pequeño problema de traducción, imagino, de tiempos verbales, probablemente.

Cuando Said regresa me dice que, cuando yo quiera, puedo subir a la cabina del camión y viajar a su lado. Un gran honor, sin duda.

–Desde ahí arriba se ven mejor las gacelas– añade, antes de disparar contra Hamdi una ráfaga de frases breves y secas, que se quedan sin traducción.

15.30: A los pocos minutos de reemprender el camino, vemos un camión que viene en dirección opuesta a la nuestra. El Berliet se detiene y también lo hace el otro camión. Va ocupado sólo por dos hombres, el chófer y un ayudante, viejos los dos. Son unos colegas de Ouargla. Transportan un cargamento de patatas hacia Djanet. Llevarlas en avión es demasiado caro. Nos regalan algunos kilos y nosotros les damos unos paquetes de fideos. Charlan durante unos veinte minutos, informándose mutuamente acerca del estado de la ruta por uno y otro lado. Los que vienen del norte se han encontrado con un par de tempestades de arena. Por nuestro lado, todo bien, ningún problema especial. Perfecto.

16.20: Pese a que el terreno es apto para ir a buena velocidad, el camión avanza despacio hasta que, de pronto, acelera y gira con brusquedad. Otra vez, ¡gacela a la vista! Desde la ventana del Berliet, Colombo nos hace señales para que Hamdi no se precipite. Éste, aleccionado por la bronca, mantiene prudentemente el Toyota unos metros por detrás del camión, se abre a derecha o a izquierda, vigilando los intentos que el animal hace para cambiar de dirección y disuadiéndolo. No hay que atropellar a la gacela, le han explicado, sino cansarla hasta la extenuación. Parece algo más pequeña y menos veloz que la de esta mañana. De todos modos, durante veinte minutos la seguimos sin que dé muestras de desfallecimiento, pero las montañas están aún muy lejos y la llanura no ofrece refugio alguno. En nuestra tarea de coche-escoba, entramos y salimos de la nube de humo y polvo que levanta el Berliet. Durante los breves momentos en que penetramos dentro de la nube, no vemos nada en absoluto. Finalmente, la gacela empieza a desfondarse, sus saltos van acortándose, el galope deviene trote, la boca abierta, los ojos desorbitados. Aún en marcha, pero ya a poca velocidad, Ismail abre la puerta del camión y se sitúa de pie en el estribo. Said aproxima el vehículo hacia el animal y cuando está a su altura, Ismail se lanza sobre él, pero la gacela se le escurre de entre las manos y, con un último esfuerzo, trota tambaleante. El camión se detiene, Said y Colombo se apean y los tres hombres corren tras el animal lanzándole piedras, hasta derribarlo. En pocos minutos lo degüellan, despellejan y abren en canal. Luego, excavan un hoyo en la arena y entierran la cabeza, la piel y las entrañas.

–Esta noche, cuscús de gacela– viene a decirme, feliz, Said.

Yo intento sonreír, medio mareado.

17.05: Cuando nos volvemos a poner en camino, Hamdi me pide que vaya con mucho cuidado con las fotos que he hecho durante la cacería. No debo revelarlas en Argelia. Los hombres del camión podrían tener problemas. La gacela es una especie protegida y está prohibido cazarlas. Pero ellos lo han hecho por mí, me cuenta. La carne es muy buena, ya lo veré esta noche. En el mercado negro se vende muy cara. Le agradezco su amabilidad, pero le repito que yo habría preferido no matar al animal.

–Ya verás cómo te gusta– insiste él a su vez.

17.30: El camión sigue circulando a marcha moderada hasta que, de nuevo, sale disparado tras una saltarina mancha marrón. Otra gacela. Esta vez me pongo serio y le digo a Hamdi que, puesto que lo hacen por mí, mejor que se olviden de ésta. Ya hemos cazado una y, a este paso, no llegaremos nunca. Habíamos quedado en que haríamos el viaje en tres días, le recuerdo, y ya estamos al final del tercero y aún no hemos recorrido ni siquiera una cuarta parte del trayecto. En realidad, no tengo ninguna prisa, pero me temo que si cazamos otra gacela, acabaré mareándome del todo. Hamdi ve que estoy realmente molesto y, con gritos y señales, consigue hacerse entender por los del camión: basta de persecución. No les gusta nada, pero poco después dejan huir al animal, que se aleja a grandes saltos hacia las montañas.

El camino vuelve a complicarse. Se ha acabado el llano. Durante casi tres horas –la última a oscuras, prácticamente a ciegas– avanzamos por un terreno atormentado, durísimo, a marcha muy lenta, bordeando y cruzando pequeños *oueds*. En un par de ocasiones, el Toyota pierde contacto con el camión y durante unos angustiosos minutos lo buscamos en la noche, sin decirnos palabra, hasta que allá a lo lejos, a la derecha o a la izquierda, tras unas rocas, vemos elevarse las luces del Berliet hacia el firmamento. Adelante, amigos, adelante, el camino siempre va hacia adelante.

20.00: Después de mucho rato de navegar en la oscuridad, por un terreno accidentado y rocoso, hallamos un pequeño llano donde detenernos. El viento sopla con fuerza, pero hoy es fiesta mayor. Mientras se revive alegremente la cacería, Said descuartiza la gacela con destreza, Nabil y yo pelamos las últimas zanahorias que nos quedan, Ismail y Hamdi desleen en agua fría los grumos de semolina y alimentan el fuego sin parar, y Colombo sirve un té tras otro mientras supervisa la preparación del cuscús.

Un par de horas más tarde, empezamos a comer. Como aperitivo, hígado y corazón de gacela a la brasa. Said me ofrece el primer pedazo, grande como un puño, que acaba de sacar del fuego. Todos me miran, esperando que lo muerda y dé mi opinión. En la oscuridad, soy incapaz de distinguir si es un pedazo de hígado o de corazón. La idea de que sea corazón me da náuseas.

–¿Qué ocurre? ¿Por qué no comes?– pregunta Hamdi. Cinco pares de ojos brillantes me observan. No puedo decepcionarlos.

–Verás, es que en mi país el corazón no lo comemos. Nuestra religión nos lo prohíbe. Esto, ¿es hígado o corazón?

–Come tranquilamente. Es hígado– dice Hamdi, después de traducir mis palabras y de escuchar la respuesta de Said. –Es lo mejor de la gacela.

Lo es, sin duda, un hígado tierno y esponjoso. Delicioso.

–Es buenísimo. Os lo agradezco mucho.

Cojo el cazo del agua y lo levanto en un simulacro de brindis:

–¡Para que el desierto no pueda cruzarse nunca en veinticuatro horas!

Said y Hamdi se reparten el resto del hígado. Colombo y Nabil, el corazón.

Luego, cuscús de gacela. Para acabar, costillas de gacela, también a la brasa. El resto de la carne, previamente salada, es envuelta en papel de periódico para los próximos días. Francamente buena, la carne de gacela. Al acabar la cena, Said e Ismail discuten, entre risas, con Colombo. Le piden algo, a lo que éste se niega. Tras mucha discusión, los dos hermanos echan mano a sus bolsillos, extraen una monedas y se las dan a Colombo. Hamdi me dice que yo también debo darle alguna moneda. Lo hago y entonces Colombo se levanta, desenrolla su *shesh*, se lo pasa por detrás de su cintura, tensándolo con ambas manos, y empieza a bailar bajo las estrellas, moviendo la pelvis como Michael Jackson, mientras los demás batimos palmas. Es casi tan seductor como el bailarín patibulario de Marrakech. Podrían ser hermanos. Al poco rato caemos dormidos alrededor del fuego, en medio del viento, hartos, cansados y muertos de risa.

Poco antes de la siete nos ponemos nuevamente en marcha. Seguimos avanzando por parajes torturados, subiendo y bajando roquedales por caminos inverosímiles. A media mañana pasamos a unos cincuenta metros del esqueleto, totalmente descarnado, de una furgoneta Volkswagen. Poco después, tenemos que desviarnos para no aplastar una tumba de piedras, aparentemente reciente, en uno de cuyos extremos se yergue una cruz construida con un par de finas y relucientes barras metálicas.

11.00: Nos detenemos para descansar y comer. Said y Hamdi están molidos, pero no quieren ni oír hablar de ser relevados al volante. Ismail tiene dolor de muelas. Mientras ellos yacen bajo el camión, Nabil, Colombo y yo preparamos la comida, una *chorba* de gacela, fideos y *harissa*, mucha *harissa*. Dos grandes cuervos, uno negro, blanco el otro, vuelan en grandes círculos sobre nuestras cabezas, al acecho. Después de comer, larga siesta.

La verdad es que, a ratos, ya estoy deseando que termine este viaje. No sé qué es lo que quería demostrar, pero, fuese lo que fuese, ya está, ya es suficiente. Estoy bien, me siento más vivo que nunca, ningún lugar mejor que el desierto para experimentar el milagro y el privilegio de la vida. Pero, al mismo tiempo, tengo la sensación de estar insultando a esta gente con la que viajo. Dentro de tres o cuatro días yo estaré en un buen hotel, con tanta agua como desee, bebiendo un whisky o una cerveza, o comprando alfombras o brazaletes en algún zoco. Luego me iré a casa, o a los mares del sur, o adonde quiera. Y tal vez acabe escribiendo un libro, mientras ellos van y vienen, arriba y abajo, Ouargla-Djanet, Djanet-Ouargla, transportando patatas, furgonetas, chatarra, pasando frío y calor, trabajando como condenados, envejeciendo aceleradamente, vigilados como delincuentes...

Mientras escribo, mis compañeros se han ido despertando.

Hace apenas cuatro días que nos hemos conocido y dentro de dos o tres nos despediremos, probablemente para no volver a vernos jamás. No me han preguntado quién soy ni qué hago en mi país. Podría ser un millonario o un delincuente, un artista o un mercenario. No tiene ninguna importancia. Limpio patatas y zanahorias, hundo mi cuchara para comer la *chorba* y el cuscús en la misma jofaina que ellos, bebo agua del mismo cazo y nos hemos repartido la media docena de naranjas que Nabil trajo de Djanet para mí, como pasajero de pago. Cuando uno de los dos vehículos se hunde en la arena, arrimo el hombro como ellos, aunque con escasa eficacia. Éste es mi *curriculum* aquí. El resto no interesa. El pasado es arena y polvo. El futuro está en el viento.

Ismail hurga en el motor del camión. Hamdi y Nabil limpian con arena los cacharros que hemos utilizado para preparar el almuerzo. Said me observa y esboza un gesto irónico y amistoso, como diciendo: "¡Otra vez escribiendo! ¿No sabes hacer nada más?" No, la verdad, apenas sé hacer nada más. Y, sí, ya lo sé, aquí la escritura vale bien poco. Sin ellos sería hombre muerto.

Colombo atiza los rescoldos para preparar un nuevo té, concentrado y azucarado. Después de beber tres vasitos cada uno, reemprenderemos la marcha.

Los cuervos, uno negro, blanco el otro, se alejan planeando, decepcionados.

14.00: Nuevamente en ruta, siempre durísima, hasta que nos adentramos en un gran *oued* arenoso que desemboca, poco después, en una llanura inmensa, blanquecina, flagelada por el viento. Cielos y tierra se confunden en un aire espeso, lechoso, sin horizonte. El suelo, sin embargo, es perfectamente liso y duro. El camión y el Toyota penetran a toda potencia en la bruma, con una visibilidad mínima.

14.45: Una construcción prismática, blanca, ciega, de unos tres metros de altura y base triangular, va tomando forma en medio de la bruma. El Berliet se dirige derecho hacia ella, como si quisiera llevársela por delante y, de hecho, frena a muy pocos metros. Es la baliza indicadora de la confluencia –o divergencia, depende de dónde se venga– de las pistas que van de Djanet por un lado, y de Tamanrasset por el otro, a Borj Omar Driss. Es decir, nos hallamos a la altura de

Amguid, en el centro mismo del Sáhara argelino. Hemos cubierto, aproximadamente, la mitad de nuestro camino.

Amguid queda a unos veinticinco kilómetros, hacia el este. Hay que repostar combustible para el Toyota. Debido a su mal estado, consume mucha más gasolina de la prevista: unos treinta litros cada cien kilómetros. Hamdi, Said y Colombo van al pueblo con el Toyota. Los demás nos quedamos a esperarlos junto a la baliza.

Los muros de ésta están llenos de inscripciones. Son los únicos mensajes escritos que he visto en el desierto: "*Everything is O.K. See you in Agadez. Dick.* 29-3-89"; "*U-2, Sand Tour*, 1990"; "*Michèle, putain, je t'aime. Denis*"; "*Fuck you all. Larry*. May, 5, 1991"; "*I love being fucked. Charly. September*, 27, 1991"... Siempre es un placer reencontrarse con la cultura, especialmente en este ambiente espectral.

La atmósfera es gris y sofocante. Cuando el Toyota ya se ha ido, empiezan a caer algunas gotas. Durante un cuarto de hora llueve intermitentemente, una lluvia tibia y fangosa. Luego el viento arrecia, el cielo y el aire se calientan y oscurecen y toda la arena del desierto se nos viene encima, obligándonos a refugiarnos en la cabina del camión. Durante más de media hora, un rugiente ciclón de arena y polvo azota furiosamente el vehículo.

15.40: La tormenta ha amainado pero ha dejado un aire irrespirable. De vez en cuando, ráfagas de viento cargadas de arena nos recuerdan que en cualquier momento puede volver a desencadenarse el infierno. Ahora mismo, no obstante, quienes nos caen encima por sorpresa son dos gendarmes que aparecen de la nada en un vehículo blindado, todo terreno, mitad furgoneta, mitad tanqueta. Surgen de la bruma a toda velocidad y saltan literalmente del vehículo, cada uno con un *kalashnikov* entre las manos, apuntándonos. Tras cachearnos formulan, a gritos, las grandes preguntas de la vida: ¿Quiénes somos? ¿De dónde venimos? ¿A dónde vamos? ¡Documentación! Nos tratan prácticamente como a delincuentes. En todo caso, como sospechosos. Después de enseñar todos los documentos de identidad y los papeles del camión, y ante la insistente actitud agresiva de los gendarmes, Ismail pierde la paciencia y, a gritos, planta cara al más rufianesco de los dos, que manipula su arma con ostentación. Por un instante pienso que esta historia puede acabar mal.

–*Est-ce que vous parlez français?*– les pregunto, con la mayor naturalidad de que soy capaz.

Los dos gendarmes me miran, serios.

–*Oui, un peu. Qu'est-ce qu'il y a?*– responde, finalmente el más joven, algo menos chulo que su colega.

–Nada, sólo quería deciros que esta gente son unas personas excelentes. Son transportistas. Vengo desde Djanet con ellos. Hemos salido hace cuatro días y están muy cansados. Hemos tenido algunos problemas, incluida una avería grave que nos ha paralizado durante un día. Luego encontramos un convoy de camiones que también tenía problemas, y estuvimos detenidos una mañana para ayudarle. Este hombre es un mecánico excelente. Pero ahora están muy cansados– insisto.

–De acuerdo, pero no hace falta que se ponga tan nervioso– responde el gendarme, señalando a Ismail. –¿Qué camiones eran ésos que os encontrasteis?

–Eran cuatro camiones y un Toyota, de la compañía nacional de electricidad. Transportaban unos generadores hacia Djanet.

–Sí, pasaron por aquí hace cinco días. ¿Qué les ocurrió?

–No lo sé muy bien, no entiendo de mecánica, pero era una avería grave o, por lo menos, algo que ellos no sabían arreglar. Ismail lo resolvió en pocas horas– repito, como si fuese una prueba irrefutable de bondad y legalidad.

Ismail y el otro gendarme parecen haberse olvidado por unos momentos el uno del otro y tratan de seguir nuestra conversación.

–¿Cómo conociste tú a estos hombres?

–Estaba en el hotel de Djanet, y buscaba un transporte para venir hacia el norte. El dueño del hotel me dijo que su hijo hacía el viaje con un Toyota y un camión y que yo podía venir con ellos.

–¿Un Toyota? ¿Dónde está?

–Ha ido a Amguid, a buscar gasolina.

–¿Por qué no habéis ido vosotros?

–Estamos todos muy cansados, y el camión no necesita repostar combustible.

–¿Cuánto les has pagado por el viaje?

–A ellos, nada. Me puse de acuerdo con el dueño del hotel para pagar la comida y nada más.

Los dos gendarmes hablan entre ellos y, algo más calmados, nos olvidan por un rato y se dedican a registrar el Berliet. Uno sube a la cabina y la escudriña a fondo, levantando los asientos, haciendo volar trapos y papeles, mientras el otro hace lo propio en la caja del camión y en el interior de la furgoneta Volkswagen. Ismail me mira y yo le hago un gesto aconsejándole que los deje hacer, que no se cabree. Luego me acerco a él e intento hacerle comprender que en mi país, y en todas partes, los policías son así.

Cuando parece que la situación puede volver a encabronarse, porque uno de los gendarmes ha descubierto que la Volkswagen no lleva matrícula, llega nuestro Toyota.

Al ver a Colombo, los agentes se echan a reír y se ponen a bromear. Son viejos conocidos. Colombo los saluda, presenta a sus acompañantes y hablan largo rato. En un instante, el ambiente ha cambiado radicalmente. Hace unos minutos, podrían habernos ametrallado. Ahora parecemos amigos de toda la vida. De hecho, los gendarmes no sólo conocen a Colombo sino que uno de ellos, el más joven, es amigo de uno de los hermanos de Hamdi. El interrogatorio y el registro dejan paso a una hoguera y a un té con arena junto a la baliza. La conversación, en árabe, gira básicamente en torno a Colombo. El gendarme de más edad se ha sentado a mi lado. En ningún momento ha dejado de lado su metralleta. Mientras tomamos el té, el arma apunta a pocos centímetros de mi hígado. Con la mano, desvío el cañón hacia atrás. El hombre me mira con desprecio, pero finalmente se cuelga el arma a la espalda, la boca del cañón apuntando ahora hacia el cielo.

Al despedirnos, su compañero me explica que conocen muy bien a Colombo. Ha pasado cuatro años en la cárcel, por contrabando, pero ahora se porta bien, me dice riendo.

18.00: El terreno sigue siendo totalmente llano, arenoso pero compacto, y la visibilidad muy escasa. Avanzamos a gran velocidad, en paralelo al camión, para evitar su polvareda. El aire es espeso, gris y marrón. En el horizonte se alzan, difuminadas, dos columnas de polvo, que se aproximan rápidamente. Son dos grandes camiones. Llevan las luces encendidas. Vienen derechos hacia nosotros, o nosotros hacia ellos. Hamdi sitúa el Toyota detrás del Berliet, algo a la derecha, intentando no dejarse engullir por la polvareda, pero las ráfagas de viento cambian continuamente de dirección y pronto no tenemos otra referencia que, precisamente, la nube de arena y polvo que levanta el Berliet, y que de vez en cuando se precipita sobre nosotros, cegándonos. Sin embargo, a nadie se le ocurre reducir la velocidad. ¡Adelante, adelante, el camino va siempre hacia adelante! De pronto, suena un claxon ensordecedor y de la nube del ya invisible Berliet surgen frente a nosotros, algo a la izquierda, los dos faros amarillentos del primero de los dos camiones que vienen en sentido opuesto. Hamdi debe dar un golpe de volante para evitar el choque. La duda, ahora, es por dónde aparecerá el otro camión. Sería el colmo que nos la pegásemos en medio de una llanura sin límites. Algo más allá lo vemos, parado, es un gran camión cisterna, a unos cincuenta metros a nuestra derecha. Vale.

20.30: Stop. Said y Hamdi están exhaustos. Les duele todo. Consigo convencer a Colombo y a Nabil para que hoy hagamos una cena rápida. Efectivamente, en vez de las dos horas habituales, hoy solamente tardamos una hora y media. Estúpida idea la de *fast food* en el desierto. Reparto aspirinas a toda la expedición y nos tendemos a dormir bajo una ventolera furiosa y caliente.

Esta mañana, todo el mundo se despega de la arena con dificultad. No nos ponemos en ruta hasta las ocho. El viento sigue soplando, pero el aire es hoy transparente. A nuestra derecha se extiende, inacabable, el mar de dunas del Erg Tifernine. Para huir del polvo del camión Hamdi se emancipa de su tutelaje y pronto nos hundimos en la arena un par de veces, una de ellas hasta las cejas. Cinco a tres.

9.45: El camión se detiene y los tres hombres saltan de la cabina y corren hacia una mancha verde. Hamdi y Nabil corren tras ellos. Allí, entre risas y empujones, recogen con cuidado, tratando de no arrancar la raíz, las hierbas que han brotado con las cuatro gotas que cayeron ayer o anteayer. Las hay de dos clases. Una es manzanilla. La otra no la conozco. Me dicen que también es buena para el sistema digestivo. Hay que recogerlas así, tiernas, de lo contrario en un día el sol las quema. Llenan un saco, con la alegría de haber encontrado un tesoro.

Luego, seguimos avanzando toda la mañana a gran velocidad por una llanura lisa y dura, calcinada, persiguiendo charcos y lagunas que se disuelven a medida que nos aproximamos. Hamdi sigue dibujando grandes diagonales detrás del camión y por dos veces estamos a punto de partirnos el cuello cuando, de repente, la llanura revela ante nosotros la fractura de una vieja torrentera.

Paramos a comer poco antes del mediodía. Hoy Ismail no prepara la habitual *taghela*. Todo el mundo parece tener prisa. La verdad es que, aparte de algunos pedazos de gacela salada, apenas queda nada para comer. Se ha acabado la harina, y también las zanahorias, las cebollas y los tomates. Las naranjas sólo duraron un par de días. Queda semolina, pero la guardamos para la cena. Hoy, pues, la *chorba* se reduce a un caldo de patatas y fideos y, faltaría más, *harissa*, mucha *harissa*. Said, además, está preocupado por sus reservas de gasóleo. Con las cacerías de gacelas se gasta mucho combustible, me dice riendo.

Volvemos a ponernos rápidamente en marcha, con el sol aún en lo más alto. El mundo es un gran horno.

16.30: A la derecha, el horizonte de dunas, cada vez más cercanas, se ha transformado en una auténtica cordillera de arena, inmensas montañas doradas, de crestas limpias, recortadas, que descienden formando grandes curvas, y se ensanchan suavemente, senos gigantescos, tentadores, hechiceros...

En un bidón lleno de piedras, plantado en el centro de la llanura, se yergue un poste de madera con un travesaño en forma de flecha apuntando hacia levante. En él hay escritas unas palabras, en caracteres arábigos y también en latinos: Bordj Omar Driss, 30 kilómetros. No me lo puedo creer. En menos de un día hemos recorrido casi 300 kilómetros. Hamdi y Nabil sueltan grandes exclamaciones, como si hubiesen visto una gacela. No sólo están contentos por la gran distancia que hemos cubierto sino porque, según me informan, pronto llegaremos a la carretera asfaltada, unos 200 kilómetros antes de lo que indica el mapa Michelin. ¡Aleluya!

Poco después, el camión se detiene. Todos estamos exultantes por el inminente final de la pista. Para celebrarlo, Colombo enciende una hoguera. Esto bien se merece un té extra.

17.00: Mientras se reinflan los neumáticos, por detrás de una duna aparece, como ayer, un vehículo blindado, todo terreno, de la gendarmería. De él saltan cuatro hombres, con un fusil ametrallador cada uno en posición de alerta. Tres de ellos vienen hacia nosotros y el cuarto permanece junto a su vehículo. Actúan algo menos agresivamente que los de ayer, pero al principio distan de ser mínimamente amables.

¿De dónde venimos, adónde vamos, qué llevamos? Revisan todas las documentaciones y registran a fondo el Berliet, el Toyota, la carga y los equipajes. Uno de los gendarmes que inspecciona el camión encuentra el saco de hierbas recogidas esta mañana. Mala cara, desconcierto y consultas entre los representantes de la ley y el orden. Conocen la manzanilla, pero no la otra hierba, como yo. Después de olisquear un buen rato, Colombo acaba por convencerlos de que su infusión es excelente para el dolor de estómago. Por si acaso, se quedan con unas muestras.

El gendarme que estudia mis documentos y mi equipaje me formula también algunas preguntas y luego ofrece algunos consejos: ¿En qué sitios de Argelia has estado? ¿Dónde has conocido a esta gente? ¿Cuánto has pagado por el viaje? ¿Habéis encontrado otros vehículos por el camino? ¿Cuántos? ¿Cómo eran? No debes fiarte de nadie aquí, ni aceptar ningún paquete de un desconocido. Tú no conoces las drogas de aquí. Luego, cuando finalizan el interrogatorio y el sermón, cambia de actitud y, mucho más amablemente, me pregunta:

–¿A qué te dedicas?

–Soy profesor de filosofía.

–¿De verdad? Entonces, es mejor que no hablemos.

–¿Por qué?

–Porque en la escuela yo tenía un profesor de filosofía con el que no estaba jamás de acuerdo. Pero era inútil. Si discutías lo que decía, te salía con nuevos argumentos, y siempre acababa venciéndote. Y, además, era un tipo alto y fuerte, practicaba karate, de modo que tampoco podías ganarle por esta vía.

Dado que yo no soy especialmente fuerte ni practico arte marcial ninguna, le doy la razón: mejor no discutamos, no fuese a ocurrir que él se sintiese vencido dialécticamente... Tal vez sea mi ductilidad lo que lo lleva a explicarme que está harto del desierto. Es de Tlemcén y lleva casi dos años aquí. Es insoportable. Si todo va bien, dentro de un par de meses se habrá acabado, podrá regresar al norte, cerca de su casa, de la familia, del mar...

–¿Piensas volver algún día a Argelia?– me pregunta.

–Sí, seguramente, me ha gustado mucho.

–Entonces, tienes que venir a mi casa, en Tlemcén. Es una de las ciudades más hermosas del país.

–De acuerdo, lo haré.

–¿Seguro?

–Seguro.

–¿Y cómo vas a encontrarme, si no sabes mi nombre ni mi dirección?

–Bueno, iré a la gendarmería y preguntaré por ti, por el gendarme que se pasó dos años en el desierto cerca de Borj Omar Driss.

–Te estás burlando de mí. Yo te estoy invitando seriamente, de corazón.

–No, no me burlo– le digo, muy serio, porque me doy cuenta de que el hombre está hablando sinceramente. –¿Quieres decir que no te localizaría a través de la gendarmería?

–No, hombre, no. Tlemcén es una gran ciudad, y hay muchos gendarmes que se pasan dos años en el desierto. Vamos, apúntate mi nombre y mi dirección. Y no dejes de venir. Hablaremos de filosofía.

–*Inxalá!*

–*Inxalá!*

Colombo sirve té para todos y les regala un generoso haz de hierbas.

18.00: Con las ruedas bien hinchadas, entramos en el pavimento prometido. Nunca había sido tan consciente, hasta ahora, de las virtudes del asfalto. Un letrero anuncia: Hassi Messaoud, 365 kilómetros; Ouargla, 450. Esto se acaba.

La cinta negra se extiende, serpenteando entre las dunas doradas del Grand Erg Oriental, hacia el norte, donde el cielo ya oscurece.

Hamdi acelera a fondo y adelanta al camión, que pronto queda muy rezagado. El viento vuelve a soplar con fuerza, con mayor fuerza que antes, recubriendo de arena el asfalto.

Ya es casi de noche cuando la capota del motor se abre violentamente y choca contra el parabrisas. Al mismo tiempo, un surtidor de agua y vapor brota del motor, mojando y empañando el cristal, que ha resistido milagrosamente el choque con la capota.

Hamdi, rápido de reflejos, ha asomado la cabeza por la ventana y ha conseguido frenar el coche hasta detenerlo, sin salirse de la carretera.

Bien, hasta aquí hemos llegado. Éste es el final del Toyota, pienso. Estaba seguro de que no llegaríamos a Ouargla con esta cafetera.

Hamdi y Nabil han bajado a inspeccionar el motor.

–¿Qué ha ocurrido? ¿Ha estallado el radiador?– les pregunto.

–No, nada grave. Ningún problema– responde Hamdi. –Sólo ha saltado el tapón. Ocurre a menudo. Ayúdame a buscarlo.

Caminamos hacia atrás, uno a cada lado de la carretera, mirando los márgenes, en medio del viento y de la arena que vuela y se te clava en la cara. Cuesta mantener los ojos abiertos y, en cualquier caso, a esta hora ya sólo podríamos encontrarlo a tientas.

–Regresemos– grita Hamdi, al poco rato. –Es imposible ver nada.

Nabil ha rellenado de agua el radiador.

–¿Qué vamos a hacer? No vamos a ir con el radiador destapado.

–No te preocupes. Siempre llevo un tapón de recambio.

En efecto, entre el revoltijo de cables, trapos, plásticos y herramientas que se amontonan bajo su asiento, localiza fácilmente un tapón sucio y viejo que instantes después encaja perfectamente en la boca del radiador.

El Berliet aún no nos ha alcanzado. Quizá se hayan detenido para tomar un té o para cenar. Me temo que ya no volveré a verlos. Aquí todo el mundo se va sin despedirse.

Cuando nos ponemos de nuevo en marcha, Hamdi introduce, por enésima vez, el casete del raï. Violines, tambores, aplausos. Un largo grito agudo, sostenido. ¡Adelante, amigos, adelante, el camino va siempre hacia adelante...!

Ahora ya sé que llegaremos, mañana o dentro de diez días, pero llegaremos. Adónde, eso es lo de menos. Llegar, descansar unas horas, o unos días, y volver a partir.

La rosa del desierto sigue en mi bolsillo. ¿Habría seguido adelante con estos hombres de no haberla encontrado? Signos, promesas, ilusiones... Vanas esperanzas. Sí, pero es muy difícil no creer en algo, no tener nada a qué agarrarse.

El viento sigue soplando con fuerza, con más fuerza que nunca, tapizando de arena el asfalto.

Abril-mayo 1992

Glosario

Chorba: Sopa a base de patatas, fideos y tomates secos.

Dinar: Unidad monetaria de Argelia. Equivalente a unas 4,50 pesetas, según el cambio oficial, y aproximadamente a la mitad en el mercado negro.

Dirham: Unidad monetaria de Marruecos. Equivalente, aproximadamente, a unas 15 pesetas.

Djebel: Montaña, cumbre.

Erg: Mar de arena y dunas.

Essalamu aleykom!: Dios esté con vosotros. La respuesta convencional, de significado equivalente, es *Wa aleykom essalam!*

Ghelta: Charca, pequeño lago entre rocas.

Gandora: Vestido masculino de algodón, de una sola pieza, largo hasta los pies.

Grand taxi: Taxi para recorridos interurbanos.

Harira: Sopa de legumbres.

Harissa: Salsa picante hecha con pimientos, aceite de oliva, pimienta y ajo. Utilizada en la preparación de casi todos los platos y especialmente en el cuscús.

Henna: Planta utilizada, previa cocción de las hojas, para vigorizar y teñir el cabello así como para maquillaje de manos y cara.

Inxalá: Si Dios quiere.

Kasbah: Ciudadela, plaza fortificada.

Khol : Polvos obtenidos de la piedra de antimonio, utilizados como maquillaje para ojos y manos.

Ksar: Aldea fortificada.

Ksour: Plural de *ksar*.

Medina: Ciudad. Actualmente se utiliza como denominación de la parte vieja de las ciudades islámicas.

Oued: Río. Cauce seco de un río.

Petit taxi: Vehículos para el transporte de pasajeros en el interior de las ciudades. Como en el caso de los *grands taxis*, el conductor recoge tantos pasajeros como caben en el vehículo, ajustando el itinerario a los diferentes destinos.

Pisé: Técnica de construcción que sólo utiliza barro, paja y excrementos.

Rabab: Violín de una sola cuerda, propio del folklore bereber.

Raï: Género musical tradicional de la región de Orán y que en los últimos años ha incorporado ritmos e instrumentos modernos.

Saruel: Pantalones de perneras muy anchas, aunque ajustadas y cerradas en los tobillos.

Shesh: Turbante utilizado por los hombres en las regiones desérticas, para protegerse del viento y de la arena. Se confecciona con tejido de algodón, de color y longitud muy variable (entre dos y ocho metros).

Taghela: En lengua *tamahak* (tuareg), pan cocido en la arena. En árabe, *kesra*.

Tajin: Guiso de carne, patatas y verduras.

Trandili: Pista de tierra prensada, de superficie ondulada.

Zoco: Mercado.

Itinerario